E DEPOIS

NATSUME SOSEKI

E DEPOIS

Tradução do japonês
Lica Hashimoto

Estação Liberdade

Título original: *Sorekara*

Preparação de texto Antonio Carlos Soares
Revisão Nair Hitomi Kayo
Editora-adjunta Luciana Araujo
Consultoria Antônio José Bezerra de Menezes Jr., Bruno Gomide, Cecília Casini, Edgar Santana Bikelis, Ho Yeh Chia, José Rodrigues Seabra Filho, Marta Kawano e Yun Jung Im Park
Ideograma em caligrafia sho Hisae Sagara
Composição B.D. Miranda
Ilustração da capa © Asian Art & Archaeology, Inc./Corbis (DC)/Latinstock
Editores Angel Bojadsen e Edilberto F. Verza

CIP-BRASIL. CATALOGAÇÃO-NA-FONTE
Sindicato Nacional dos Editores de Livros, RJ

N231e

Natsume, Soseki, 1867-1916

E depois / Natsume Soseki ; tradução do japonês Lica Hashimoto – São Paulo : Estação Liberdade, 2011.
288 p. ; 23 cm

Tradução de: Sorekara

ISBN 978-85-7448-201-9

1. Romance japonês. I. Hashimoto, Lica. II. Título.

11-5232 CDD 895.63
CDU. 821.521-3

Editora Estação Liberdade Ltda.
Rua Dona Elisa, 116 | 01155-030 | São Paulo-SP
Tel.: (11) 3661 2881 | Fax: (11) 3825 4239
www.estacaoliberdade.com.br

それから

Sobre esta edição

Diferentemente do padrão empregado em nossas traduções de obras japonesas, nesta edição e em *Eu sou um gato*, obra do mesmo autor, optamos por adotar a grafia do nome do autor na forma original, com o pseudônimo que escolheu para si próprio, Soseki, grafado depois do patrônimo, de modo que o leitor brasileiro possa conhecê-lo pela denominação que o tornou mundialmente conhecido.

Natsume Soseki recebeu ao nascer, em 1867, o nome de Natsume Kinnosuke (sobrenome/nome). A partir de 1887, passa a assinar seus escritos com o pseudônimo (Soseki), que em chinês significa "incômodo" ou "estorvo".

O leitor encontrará no texto dois tipos de notas classificadas de acordo com as fontes utilizadas para a pesquisa: notas da tradutora [N.T.] e do consultor [N.C.]. As notas da tradutora [N.T.] foram elaboradas com base em algumas notas e observações das edições japonesas publicadas pelas editoras Shinchobunko (2009) e Kadokawa Shoten (1980), além de extensa bibliografia, da qual destacamos os dicionários *Daijirin* 3.0. e *Nihongo Chishikijiten* e a enciclopédia *Buritanika Kokusai Daihyakka-jiten*. Tais notas têm como objetivo apresentar ao leitor brasileiro algumas especificidades da língua e da cultura japonesas.

As notas do consultor [N.C.] foram elaboradas por especialistas de várias áreas. Nesse sentido, a tradutora agradece a seus colegas da Faculdade de Filosofia, Letras e Ciências Humanas da Universidade de São Paulo: do Departamento de Letras Clássicas e Vernáculas, Prof. Dr. José Rodrigues Seabra Filho (latim), o pesquisador Edgard Santana Bikelis (sânscrito); do Departamento de Letras Modernas, Profª Drª Cecília Casini (italiano); do Departamento de Teoria Literária e Literatura Comparada, Profª Drª Marta Kawano (francês); do Departamento de Letras Orientais, Prof. Dr. Bruno Barreto Gomide (russo), Profª Drª Yun Jung Im Park (coreano), Profª Drª Ho Yeh Chia (chinês) e Prof. Antônio José Bezerra de Menezes Júnior (chinês).

1

Passos apressados diante da porta projetaram na mente de Daisuke um enorme par de tamancos de madeira, suspensos no ar; à medida que as passadas se distanciavam, os tamancões iam sumindo, sumindo até desaparecerem por completo. Então ele acordou.

Ao olhar para a cabeceira, notou que havia uma camélia no tatame. Daisuke estava convencido de que, na noite anterior, a ouvira cair no chão; a queda ecoara como uma bola de borracha lançada do teto. E, apesar de cogitar que o silêncio que reinava tarde da noite havia potencializado o som da queda, por via das dúvidas achara melhor dormir com a mão direita sobre o coração — escutando e sentindo o fluir cadenciado do sangue no alto das costelas —, para se assegurar de que não havia nada de errado com ele.

Absorto em pensamentos, fitou o colorido da flor, que era bem grande, quase do tamanho da cabeça de um bebê. Ainda deitado, um pensamento repentino incitou-o a colocar novamente a mão sobre o coração e ficar atento às suas batidas. Permanecer deitado sentindo o coração era a sua mais nova mania. Certificou-se de que o batimento cardíaco mantinha-se regular. Mão no peito, imaginou o fluxo brando do sangue quente-carmesim orquestrado pelas batidas rítmicas do coração. "Isso é a vida", pensou; e refletiu: "Sinto o fluir da vida na palma da mão." Por fim, cogitou: "Essas batidas que sinto na palma da mão, semelhantes às dos ponteiros de um relógio, são um alerta, uma advertência de que a morte se aproxima." E concluiu: "Se eu pudesse ignorar essa advertência... Se não houvesse a relação entre o fluxo sanguíneo e o fluir do tempo... Viver seria mais tranquilo e, certamente, a vida seria muito mais prazerosa."

Esse pensamento percorreu suas entranhas, estremecendo-lhe o corpo. Apesar de imaginar um coração saudável bombeando ritmicamente o sangue, Daisuke ansiava por viver. Às vezes, deitado, com a mão um pouco abaixo do mamilo esquerdo, imaginava levar um golpe certeiro de martelo no coração e, nessas horas, mesmo ciente de gozar de boa saúde, tinha plena consciência de que o fato de ele estar vivo era um milagre: pura questão de sorte.

Tirou então a mão do coração e pegou o jornal que estava na cabeceira. Com os braços fora das cobertas, abriu o jornal e viu que do lado esquerdo havia a ilustração de um homem esfaqueando uma mulher. Sem se ater à notícia, desviou a atenção para a página ao lado, onde, em letras garrafais, estava estampado: REBELIÃO ESTUDANTIL[1]. Daisuke começou a ler o artigo, mas ao sentir os braços pesados largou o jornal na cama. Pouco depois, enquanto fumava um cigarro, afastou o cobertor — cerca de quinze centímetros —, pegou a camélia do tatame e a trouxe de ponta-cabeça para bem próximo do nariz. A flor encobriu praticamente toda a região da boca, do bigode e boa parte do nariz. A fumaça encorpada do cigarro pairou densa por entre as pétalas e os estames. Em seguida, deixou a flor sobre o lençol branco e se levantou para ir ao lavatório.

Escovou os dentes com capricho. Os dentes alinhados sempre lhe foram motivo de satisfação. Tirou a parte de cima da veste e esfregou o peito e as costas, limpando-os com esmero. Sua pele tinha um brilho delicado e singular. Após passar um óleo perfumado, movimentou seus ombros e braços para se certificar de que o espalhara bem. Ao se movimentar, seus músculos do dorso ficavam levemente salientes, e isso também o deixava envaidecido. Em seguida, repartiu ao meio os cabelos pretos, que eram bem jeitosos mesmo sem óleo. Assim como os cabelos, o bigode era cuidadosamente aparado, coroando-lhe os lábios bem modelados. Mirando-se no espelho, Daisuke massageou três vezes as bochechas rechonchudas. Eram os mesmos trejeitos de uma mulher

1. Rebelião estudantil de 1909 que ficou conhecida como *gakko sodo*. Os estudantes da Escola Técnica de Comércio de Tóquio (atual Universidade Hitotsubashi) manifestavam-se contra a decisão do Ministério da Educação de implantar um Departamento de Comércio na Faculdade de Direito da Universidade Imperial de Tóquio (atual Universidade de Tóquio). [N.T.]

passando pó de arroz, e se fosse necessário ele certamente seria capaz de usá-lo, tamanho o orgulho que nutria pela sua aparência. O que mais o repugnava era a fisionomia esquelética dos *arhat*[2]; tanto que, toda vez que se olhava no espelho, alegrava-se de não ter nascido com a cara deles. E não se importava nem um pouco de ser chamado de vaidoso. Era um homem que soube, de fato, superar os valores do Japão feudal.

Meia hora depois, ele se sentou à mesa. Enquanto tomava seu chá preto e passava manteiga na torrada, Kadono, seu *shosei*[3], trouxe o jornal do quarto, dobrado em quatro, e, ao deixá-lo sobre o tatame ao lado da almofada, perguntou:

— Sensei[4]! O senhor viu o que está acontecendo? — perguntou o estudante com sua voz possante. Toda vez que Kadono conversava com Daisuke o chamava respeitosamente de "sensei".

No começo, Daisuke se sentia incomodado com esse tipo de tratamento e, com um sorriso amarelo estampado no rosto, chegou a pedir não só uma, mas duas vezes para que ele não o chamasse assim; entretanto, apesar de concordar com uma risadinha sem graça, Kadono logo replicava: "Mas, sensei..." Diante disso, Daisuke achou melhor deixar como estava, e com o tempo o hábito fez com que Kadono fosse o único a chamá-lo de sensei sem lhe causar constrangimento. O próprio Daisuke admitia que, se estivesse no lugar de Kadono, também não saberia como chamá-lo e que, na ausência de outro denominativo, também optaria por sensei.

---

2. Em japonês, *arakan*. Do sânscirto *Arhat*. Neste contexto, refere-se aos ascetas que permanecem neste mundo para proteger a Lei (dharma). São representados como velhos, cabeças raspadas, muito magros e com roupas modestas. [N.C.: Edgard Santana Bikelis]

3. O termo se refere aos "estudantes pensionistas" que, nas eras Meiji (1868-1912) e Taishô (1912-1926), vinham para a cidade morar na casa de outra família e, enquanto frequentavam a escola — em troca de moradia e alimentação — ajudavam nas tarefas da casa. No entanto, o personagem Kadono não é exatamente um *shosei*, mas um tipo de assistente. [N.T.]

4. Forma de tratamento utilizada em sinal de respeito às pessoas mais velhas, reconhecendo que estas possuem mais experiência de vida. Por extensão, o termo *sensei* é usado para denominar os profissionais de uma determinada área do saber, tais como professores, médicos, políticos, mestres das artes marciais, dentre outras. [N.T.]

— É sobre a rebelião estudantil? — indagou Daisuke, calmamente, enquanto comia a torrada.

— Não é ótimo?

— O quê? Expulsar o diretor?

— É. Estão dizendo que ele vai ter de renunciar — disse todo eufórico.

— Se o diretor renunciar, o que você vai ganhar com isso?

— Deixe de gozação. O fato de eu achar bom não tem nada a ver com essa questão de ganhar ou perder.

Daisuke continuava comendo a torrada.

— Você acha que eles querem se livrar do diretor só porque não gostam dele? Será que eles não possuem algum outro interesse em vê-lo expulso? — questionou Daisuke, vertendo a água quente da chaleira de ferro em sua xícara de chá preto.

— Não sei, não. Por um acaso, sensei sabe de alguma coisa?

— Eu não sei de nada. Só sei que acho improvável que, hoje em dia, as pessoas façam esse tipo de rebelião sem que haja alguma vantagem por trás disso. Uma rebelião é apenas um pretexto...

— Que coisa! É mesmo?

Kadono esboçou um leve quê de seriedade. Daisuke não comentou mais nada, mesmo porque Kadono não compreenderia nada além disso. Se tentasse argumentar mais, o máximo que Kadono conseguiria dizer seria algo como "Que coisa! É mesmo?". Com esse tipo de resposta, Daisuke achava impossível discernir se Kadono estaria ou não entendendo a conversa. E foi justamente por causa dessa ingenuidade, que não requereria nenhum empenho emocional por parte de Daisuke, que ele aceitara o jovem em sua casa. Por outro lado, Kadono não frequentava a escola, não estudava e ficava praticamente o dia todo sem fazer nada. Quando Daisuke sugeria: "Que tal estudar um pouco de língua estrangeira?", ele sempre respondia "Acha mesmo que devo?", ou exclamava "É mesmo!", e a conversa ficava nisso. Sua resposta nunca foi categórica: "Vou estudar."

Daisuke sabia que Kadono era preguiçoso e que um sujeito assim jamais seria capaz de dar uma resposta objetiva; além do mais, ele não tinha nenhuma obrigação de fazê-lo estudar e, assim, deixava-o fazer o que bem entendesse. Ainda bem que, ao contrário do cérebro, o corpo do rapaz era ágil, e Daisuke o valorizava nesse quesito. E não era apenas Daisuke que o valorizava sob esse aspecto; sua empregada, uma velha senhora, também reconhecia que, de uns tempos para cá, era graças a Kadono que ela realizava os afazeres domésticos com muito mais facilidade. Por conta disso, a velha senhora e Kadono se davam muito bem e, nas ausências de Daisuke, costumavam conversar:

— Obasan[5], o que a senhora acha que o sensei pretende fazer?

— Na posição dele, ele pode fazer o que quiser. Não se preocupe!

— Não estou preocupado. Apenas acho que seria bom se ele fizesse alguma coisa...

— Bem, acho que ele pretende procurar com calma um bom emprego e depois se casar.

— Isso sim que é vida! Eu também queria ficar o dia todo lendo livros e saindo para ouvir música...

— Você?

— Tem razão. Eu dispensaria os livros, é claro; mas eu bem que gostaria de desfrutar a vida como ele.

— Isso não tem jeito, pois todos nós seguimos o destino traçado na vida anterior.

— Acha mesmo?

A conversa era mais ou menos assim.

Duas semanas antes de Kadono se mudar para a casa de Daisuke, o seguinte diálogo se deu entre o jovem proprietário solteiro e o ocioso que passaria a viver às suas custas:

— Você estuda em alguma escola?

— Eu estava estudando, mas agora não.

— Onde você estudava?

— Onde? Bem... Estudei em vários lugares, mas logo me aborreço...

5. Termo que caracteriza vínculo familiar e utilizado para designar "tia". Porém, neste contexto, o termo *obasan* (pronuncia-se "obassan") está sendo empregado para se referir a uma mulher idosa, em situações de convívio diário, sem relação de parentesco. [N.T.]

— Isso significa que você é uma pessoa inconstante?

— É. Acho que sou.

— E você não tem nenhuma vontade de estudar?

— Não. Não tenho nenhuma vontade. Ainda mais que, ultimamente, as coisas lá em casa não estão muito boas.

— Sua mãe conhece a obasan que trabalha aqui em casa, não é?

— Sim. Antigamente, ela morava lá perto de casa.

— E sua mãe não...

— Ela faz alguns bicos, mas por causa da recessão parece que as coisas não estão indo bem.

— Você diz "parece que não estão indo bem"; mas, afinal de contas, você mora ou não com ela?

— Moro, sim, mas como acho que não vale a pena ficar especulando, nunca toco nesse assunto. Só sei que ela anda reclamando muito.

— E seu irmão mais velho?

— Ele trabalha no correio.

— São só vocês na casa?

— Tem também o caçula. Ele trabalha num banco, e sua função deve ser pouca coisa melhor do que a de um garoto de recados.

— Então... Você é o único que não faz nada?

— Digamos que sim.

— E o que é que você fica fazendo em casa?

— Bem, geralmente durmo ou saio para passear.

— Você não se sente mal de ficar em casa dormindo enquanto todos os outros trabalham?

— Não. Não sinto não.

— Vocês vivem em harmonia?

— Por incrível que pareça, não costumamos brigar.

— Pode até ser, mas, pelo que entendi, sua mãe e seu irmão mais velho não veem a hora de vê-lo independente, não é?

— Acho que sim.

— Você me parece uma pessoa muito acomodada. É isso?

— É. Sou sim. Não vejo nenhum problema em admitir isso.

— Então você assume que é indolente, certo?

— Certo. Eu me considero um indolente.

— Quantos anos tem seu irmão mais velho?

— Hum... Acho que vai fazer 26.

— Então, ele logo deve arranjar uma esposa. Se ele se casar, você pretende continuar agindo da mesma maneira?

— Isso só vou saber quando acontecer, mas, seja como for, acho que para tudo se dá um jeito.

— Além deles, você tem algum outro parente?

— Tenho uma tia... Ela tem uma transportadora em Yokohama.

— A sua tia?

— Minha tia não, meu tio.

— Por que você não pede um emprego para eles? Uma transportadora deve precisar de muita gente, não é?

— Acho que não me aceitariam, pois sabem que sou indolente.

— Se você mesmo admite ser assim, a coisa fica complicada... Você sabia que foi sua mãe que pediu para a senhora que trabalha aqui em casa arranjar um emprego para você?

— É. Acho que ela disse algo assim.

— Afinal, o que você pretende fazer?

— Bem. Vou tentar não ser tão preguiçoso...

— Você acha que será bom vir para cá?

— Acho que sim.

— Mas fique sabendo que ficar só dormindo ou passeando não vai dar certo.

— Quanto a isso, não se preocupe. Tenho saúde e posso fazer qualquer coisa. Até encher a água do ofurô para o seu banho de imersão

— Isso não precisa, temos água canalizada.

— Então... posso limpar a casa.

E foi nessas condições que Kadono se tornou o *shosei* de Daisuke.

Daisuke finalmente terminou de tomar seu café da manhã e começou a fumar um cigarro. Kadono estava sentado no chão, ao lado do armário, com os braços envolvendo os joelhos e o corpo recostado no pilar. Assim que intuiu que era o momento certo, perguntou:

— Sensei, como está hoje seu coração?

Havia algum tempo, Kadono percebera essa mania de Daisuke e a pergunta soou um tanto quanto debochada.

— Hoje ele ainda está bom.

— Nunca se sabe se amanhã vai ficar ruim, não é? Acho que sensei se preocupa tanto com a saúde que pode acabar ficando doente de verdade!

— Eu já estou doente.

Kadono deu sua risadinha de sempre, sem tirar os olhos da tez sadia e lustrosa de Daisuke; em seguida, desviou o olhar para os músculos dos ombros, proeminentes sob o *haori*[6]. Toda vez que ele o encarava assim, Daisuke sentia pena do jovem. Para ele, a cabeça de Kadono estava entupida de cérebro de boi, e conversar com o rapaz era como andar sem dificuldade ao lado de alguém que só consegue acompanhá-lo meia quadra de uma avenida e se perde ao dobrar a primeira esquina Adentrar nas galerias subterrâneas do raciocínio lógico estratificado seria simplesmente um ato proibitivo. Seu sistema nervoso, por demais primitivo, era como cordões de palha entrelaçados. Às vezes, Daisuke se irritava ao observar as circunstâncias de vida desse jovem; tanto que, nessas horas, não só questionava o fato de Kadono existir, como ficava indignado de ele respirar para se manter vivo. Irritava-o também a naturalidade com que ele assumia ser indolente e como, envaidecido pelo corpo robusto e saudável, ousava atingir um ponto sensível de seu senhor. Para Daisuke, o preço a ser pago por ter conquistado um poder singular de pensar de forma meticulosa e ter reações emocionalmente apuradas se chamava sensibilidade. E o sofrimento era o preço a ser pago por alcançar o ápice de uma educação de excelência: uma punição velada, fruto da recompensa de pertencer à aristocracia sob os desígnios dos deuses. Ele se tornou o que era, ciente dos sacrifícios dessa escolha. E, mais do que aceitá-los, em determinados momentos reconhecia neles a existência do próprio sentido da vida. Coisas que Kadono jamais poderia entender.

---

6. Tipo de quimono largo, de mangas compridas, que vai até os joelhos e se veste sobre o quimono. Os tecidos podem variar conforme a estação do ano. [N.T.]

— Kadono! O correio já passou?

— O correio? Hummm. Passou sim; trouxe um postal e uma carta. Deixei sobre a mesa. Quer que eu traga?

— Pode deixar. Eu vou até lá...

A resposta seca e ríspida de Daisuke fez Kadono se levantar rapidamente e trazer as correspondências. O postal dizia: "Cheguei às duas em Tóquio. Estou hospedado no endereço escrito no verso. Desculpe-me a brevidade. Quero me encontrar com você amanhã de manhã." Tudo escrito de modo informal, às pressas, com tinta diluída. No verso do cartão havia o endereço de uma hospedaria localizada no bairro Ura-Jinbocho, e o nome do remetente, Tsunejiro Hiraoka, também estava em traços corridos.

— Ele já chegou? Isso foi ontem... — monologou e, em seguida, pegou a carta. Pela letra, reconheceu logo que era de seu pai: "Voltei há dois ou três dias; não é urgente, mas gostaria de falar com você. Quando receber esta missiva, venha me visitar." O restante da carta eram apenas algumas linhas de frases supérfluas, relatando que em Kyoto as flores tinham florescido antes do tempo, que o trem expresso estava lotado e que foi muito desconfortável viajar nele. Daisuke guardou a carta no envelope e, ao comparar com o postal, esboçou uma expressão de interrogativa estranheza.

— Me faça um favor. Telefone lá para casa.

— Para sua casa? O que devo dizer...

— Diga que hoje não posso ir porque estou aguardando uma visita. Mas que amanhã ou depois, sem falta, eu passo por lá.

— E falo com quem?

— Meu pai voltou de viagem e disse que quer falar comigo. Ele pediu que eu desse uma passada por lá, mas não precisa mandar chamá-lo, deixe o recado com quem atender.

— Está bem.

Kadono saiu sem titubear. Daisuke deixou a sala de refeições, passou pela sala revestida de tatames e foi para o gabinete. Notou que estava tudo limpo. A camélia já tinha sido retirada. Daisuke aproximou-se da estante modular de livros, à direita do vaso de flores, e pegou no alto um álbum pesado. Ainda em pé, abriu o fecho dourado e folheou página por página até o meio do álbum, onde havia uma foto de metade do corpo de uma jovem de uns vinte anos. E ficou olhando fixamente o rosto dessa jovem.

2

No momento em que Daisuke pensava em se trocar para ir à hospedaria visitar Hiraoka, eis que, por sorte, o próprio veio visitá-lo. O ranger das rodas de um riquixá aproximando-se do portão com alguém que dizia "É aqui... É aqui!", ordenando ao condutor que baixasse o timão, era a mesma voz de quando se despediram havia três anos. E, quando essa mesma voz disse para a velha senhora que o recepcionava: "Ih! Esqueci minha carteira na hospedaria... Será que poderia me emprestar vinte *sen*[7]?", era inevitável não se lembrar daquele Hiraoka dos tempos de escola. Daisuke correu para a varanda e, sem delongas, convidou o velho amigo para entrar, conduzindo-o à sala de tatames.

— E então... Vamos, fique à vontade!

— Oh... Uma cadeira! — exclamou ao se sentar rude e pesadamente no que seria uma poltrona.

A impressão que se tinha ao vê-lo se sentar, praticamente jogando seus 56 e poucos quilos sobre a poltrona, era de que seu corpo não lhe valia nada. E, no que recostou sua cabeça raspada no espaldar da poltrona, olhou em torno e elogiou:

— Que casa bonita! Muito melhor do que eu imaginava...

Sem dizer nada, Daisuke abriu a tampa da cigarreira; depois, perguntou.

— E então... Quais são as novidades?

— Ih! São muitas. Tenho muito que lhe contar.

— Antes você me mandava notícias, mas de uns tempos para cá parou de escrever...

— Não me leve a mal. Estou em falta com muita gente.

---

7. Antiga unidade monetária do Japão institucionalizada em 1870 no período Meiji, baseada no sistema monetário de contagem de centésimos de iene; foi tirado de circulação em 1954. [N.T.]

Hiraoka tirou os óculos e, piscando sem parar, retirou um lenço amarfanhado do bolso interno do paletó para limpar as lentes. Desde os tempos de escola, ele era míope. Daisuke o observou em silêncio.

— E você? Como tem passado? — perguntou Hiraoka, posicionando as hastes finas dos óculos atrás das orelhas.

— Como sempre.

— Pois saiba que é melhor assim. Eu que o diga, pois mudanças não me faltam...

Hiraoka franziu a testa e, olhando para o jardim, disse, mudando o tom de voz:

— Vejam só... Cerejeiras! Só agora é que estão em floração. O clima daqui é realmente diferente.

Daisuke estranhou esse tipo de comentário, que em nada lembrava a intimidade de outrora, e respondeu com um ar de indiferença:

— Lá deve ser bem mais quente do que aqui, não é? — como se devolvesse uma resposta circunstancial. No entanto, contrariando suas expectativas, Hiraoka prosseguiu ainda mais enfático:

— Tem razão. Lá é mesmo mais quente.

O tom exageradamente enfático parecia o de alguém que acabou de se conscientizar de sua própria existência. Daisuke limitou-se de novo a observá-lo. Hiraoka acendeu um cigarro. Nesse momento, finalmente a velha senhora trouxe um bule de chá. Ao colocar a bandeja sobre a mesa ocidental, pediu desculpas pela demora e explicou que, como colocara água na chaleira de ferro havia pouco tempo, esta demorou muito para ferver. Enquanto ela não parava de falar, os dois olhavam em silêncio a bandeja de sândalo vermelho. Ao perceber que ninguém lhe dava atenção, a velha senhora esboçou um sorriso sem graça e se retirou da sala.

— Quem é?

— Uma senhora que contratei. Afinal, preciso me alimentar.

— Que bajulação!

Daisuke arqueou ligeiramente os cantos de seus lábios vermelhos para baixo e esboçou um sorriso desdenhoso.

— Paciência, ela nunca trabalhou num lugar assim.

— Por que você não trouxe alguém lá da sua casa? Lá tem mais do que o suficiente, não?

— São muito jovens — Daisuke disse num tom sério, que provocou um acesso de riso em Hiraoka, o primeiro desde que chegara.

— E não seria melhor uma jovem?

— Prefiro que não sejam os lá de casa.

— Tem mais alguém além dessa senhora?

— Tenho um *shosei*.

Kadono já tinha voltado e estava na cozinha conversando com a velha senhora.

— Só eles?

— Só. Por quê?

— Ainda não arranjou uma esposa?

Daisuke ficou ligeiramente ruborizado, mas logo se recompôs e reassumiu seu jeito habitual.

— Você não acha que, se tivesse arranjado uma esposa, eu não teria ao menos lhe enviado um cartão? Mas, e a sua... — e, de repente, interrompeu a frase.

Daisuke e Hiraoka se conheciam desde o ginásio e, especialmente no ano seguinte à formatura, andavam sempre juntos, feito irmãos. Época de confidências, de apoio mútuo e em que a amizade era a maior das virtudes. E não foram poucas as vezes que ambos constataram que, para serem fiéis à amizade, mais do que alegria era necessário despender uma dose de sacrifício. Mas deixaram de constatar uma verdade: que o ato de se sacrificar pelo outro logo transformava a alegria em sofrimento.

No ano seguinte, Hiraoka se casou. E, nesse mesmo ano, o banco em que trabalhava o transferiu para a sucursal regional de Kyoto-Osaka. No dia da partida, Daisuke acompanhou o casal até a estação de Shinbashi e, comovido, ao apertar a mão de Hiraoka, pediu para que o amigo voltasse logo. Este, porém, apesar de dizer que não havia outro jeito a não ser aguentar a distância, não conseguiu disfarçar, por detrás dos óculos, um olhar carregado de triunfo e satisfação. Ao perceber a expressão desse olhar, Daisuke sentiu ódio do amigo. E, tão logo voltou para casa, enfurnou-se no quarto e ficou o dia todo remoendo pensamentos. Nesse dia, cancelou o encontro em que levaria a cunhada a um concerto, deixando-a muito magoada.

Hiraoka sempre lhe mandava cartas: que chegou bem; que conseguiu uma moradia; depois, passou a falar sobre seu trabalho na filial; como planejava o futuro; etc., etc. E Daisuke respondia zelosamente a todas elas, embora uma estranha inquietação o perturbasse sempre que as redigia. Às vezes, essa inquietação culminava em tamanho desassossego que nem sequer conseguia finalizar a carta. Dentre as cartas de Hiraoka, as únicas que Daisuke respondia com facilidade e de modo prazeroso eram aquelas em que o amigo demonstrava gratidão e reconhecia o quanto ele o ajudara no passado.

No entanto, com o passar do tempo, as cartas começaram a rarear, tornando-se cada vez mais esporádicas. De duas por mês passou a uma; essa uma passou a ser a cada dois meses; depois, a cada três; e, por fim, o fato de não ter de responder as cartas de Hiraoka é que o deixava ansioso. E, no intuito de atenuar essa inquietação, Daisuke escrevia cartas e as guardava em envelopes. Isso durou cerca de meio ano, até que, com o passar do tempo, ele próprio começou a perceber que estavam ocorrendo mudanças em seu modo de pensar e de sentir, pois aquela angústia de outrora, de ter ou não de escrever as cartas, simplesmente deixou de existir. Tanto que Daisuke só se deu ao trabalho de informar ao amigo seu novo endereço, onde morava havia cerca de um ano, porque precisava retribuir um cartão de saudações de primavera enviado por Hiraoka.

No entanto, havia um motivo que não o deixava ignorar por completo a existência de Hiraoka. Um motivo que, vez ou outra, o fazia conjeturar como certo alguém estaria vivendo. Porém, essas conjeturas eram restritas à imaginação, mesmo porque não tinha coragem nem via a necessidade de se dar ao trabalho de contatá-lo, ou mesmo sair por aí sondando informações com terceiros. Até então, era assim. E por isso, duas semanas atrás, ficou surpreso ao receber uma carta de Hiraoka. Na carta ele contou que em breve deixaria a cidade e voltaria para Tóquio, mas deixava claro que a mudança não era por ordens da matriz ou por ter sido promovido. Apenas disse que tinha algumas ideias e que por isso achou melhor mudar de emprego. E finalizava dizendo que quando estivesse em Tóquio gostaria de poder contar com sua ajuda. Daisuke não sabia ao certo se esse "contar com sua ajuda" deveria ser entendido ao pé da letra ou era apenas uma força de expressão; de uma coisa, no entanto, ele tinha certeza: algo de inesperado aconteceu na vida de Hiraoka. E tal constatação o deixou intrigado.

Por isso, ao reencontrá-lo, era grande a expectativa para saber tudo, todos os pormenores, detalhe por detalhe; no entanto, lamentavelmente, estava difícil desviar a conversa para esse assunto. Quando achava oportuno, Daisuke tentava desviar a conversa, mas Hiraoka logo se esquivava, dizendo que contaria tudo com calma, e insistia em manter conversas triviais. Vendo que isso se delongava, Daisuke sugeriu:

— Então, que tal sairmos para comer algo? Há um bom tempo que não saímos juntos, não é?

Hiraoka teimava em dizer que talvez fosse melhor um outro dia... quem sabe com mais calma..., mas Daisuke insistiu e o levou praticamente à força a um restaurante ocidental das redondezas.

Os dois beberam muito. Quando Daisuke comentou que em matéria de comida e bebida Hiraoka continuava o mesmo, a conversa, até então reticente, começou a deslanchar. Demonstrando um ar de contentamento, Daisuke falou sobre a celebração da Páscoa na igreja de São Nicolau[8], a que assistira havia cerca de dois ou três dias. Contou que a celebração começou à meia-noite, hora em que as pessoas costumavam estar dormindo. Os romeiros caminharam em procissão por um longo corredor e, ao retornarem à igreja, eis que, de súbito e num átimo, milhares de velas foram acesas; e, quando os padres, paramentados com as vestes cerimoniais, passaram enfileirados à frente da procissão, enormes sombras se projetaram nas paredes lisas.

8. Em 1861, o jovem missionário russo Ioan Dimitrivich Kastkin Nikolai (1836-1912) introduziu no Japão os dogmas da Igreja Católica Apostólica Ortodoxa, que sobreviveu aos períodos de hostilidade entre Japão e Rússia. Em 1891, foi construída a sede da Igreja de São Nicolau em Tóquio, no bairro de Surugadai, em Kanda, distrito de Chiyoda. O missionário batizou cerca de 20 mil japoneses na fé ortodoxa e traduziu para a língua japonesa o Novo Testamento e muitos outros livros litúrgicos. Foi canonizado em 1970. [N.T.]

Hiraoka escutava a conversa segurando o queixo com as mãos e, por detrás dos óculos, eram visíveis as pregas das pálpebras, de tão vermelhas. Após a celebração, lá pelas duas horas, Daisuke contou que caminhou pela avenida Onari e andou sozinho, em plena madrugada, sobre os trilhos do trem, os quais adentravam em linha reta pela escuridão em direção à floresta de Ueno. Ao chegar em Ueno, dirigiu-se ao parque e caminhou entre as flores iluminadas por lâmpadas elétricas.

— É muito bom ver as cerejeiras durante a noite, sem ninguém por perto! — exclamou Daisuke.

Sem dizer nada, Hiraoka pegou o *sakazuki*[9] e, num gole, tomou todo o saquê. E só então teceu seus comentários com um ar de comiseração:

— Eu nunca fiz isso, mas deve ser bom... Sorte sua poder fazer essas coisas, mas saiba que, se um dia você tiver que enfrentar o mundo, a história será outra... — disse num tom que denotava sua superioridade perante a suposta inexperiência do outro.

O comentário de Hiraoka lhe pareceu muito mais incoerente do que a reação e o jeito como este o expressou. Afinal, para Daisuke, a experiência de ter assistido à celebração da Páscoa naquela noite era muito mais significativa e proveitosa do que a experiência de uma vida mundana voltada apenas à subsistência. E, diante disso, argumentou:

— Eu acho que não há nada mais estúpido do que essa coisa de experiência de vida. Por acaso, não seria apenas sofrimento?

Já bêbado, Hiraoka arregalou os olhos.

— Pelo visto, você não é mais o mesmo! Não era você que vivia dizendo que o sofrimento se transformava em santo remédio?

— Ah! Aquilo era uma bobagem típica de um adolescente tolo que acreditava nas crendices do povo. Há muito tempo que deixei de pensar assim.

— Mas você não acha que já está na hora de enfrentar o mundo? Se continuar desse jeito, você vai se dar mal!

---

9. Recipiente específico para se tomar saquê. O formato se assemelha a um pires com base. [N.T.]

— Pois fique sabendo que eu já estou enfrentando o mundo há muito tempo. Percebi o quão grande ele é, principalmente depois que nos separamos. A questão é que o tipo de mundo que enfrento é diferente do seu.

— Agora você está aí todo convencido, mas saiba que é só uma questão de tempo para se dar por vencido.

— É claro que se eu passar fome vou ter que me render. Mas você acha que uma pessoa que nunca teve dificuldades se sujeitaria a passar por experiências desagradáveis só no intuito de sofrer? Seria o mesmo que um indiano vestir casaco para se prevenir do inverno.

Uma sutil expressão de desconforto esboçou-se entre as sobrancelhas de Hiraoka. Seus olhos avermelhados ficaram estáticos, ele fumava sem parar. Assim que Daisuke percebeu que exagerara, procurou ser menos incisivo com as palavras.

— Eu conheço uma pessoa que não entende nada de música. Ele é professor e, como não consegue o sustento com apenas um emprego, precisa trabalhar em outros três ou quatro. Uma situação, sem dúvida, lamentável, pois ele não tem tempo para mais nada a não ser preparar as aulas e ir para as salas de aula mexer mecanicamente a boca. Nos raros domingos em que pode descansar, passa o dia todo dormindo. Por isso, mesmo que haja um concerto ou que algum estrangeiro renomado esteja no país, ele não tem oportunidade de assistir. Isso quer dizer que ele vai morrer sem ao menos conhecer uma das maravilhas do mundo, que é o universo da música. Na minha opinião, não existe nada mais digno de pena do que isso. Lutar pela subsistência pode até ser algo sério, mas não deixa de ser uma experiência inferior. A vida não tem valor se o homem não pode se dar ao capricho de experimentar viver na opulência, à parte do que necessita para conseguir seu pão. Você me considera um garoto mimado, mas no mundo do luxo e da opulência em que vivo eu me considero muito mais experiente do que você.

Hiraoka bateu as cinzas no prato e, com uma voz triste e pesarosa, disse:

— Hum... Tomara que você possa viver nesse tipo de mundo para sempre. — Essas palavras, pesadamente carregadas, soaram como um tipo de maldição à riqueza.

Bêbados, os dois deixaram o lugar. A bebida trouxe à tona discussões das mais diversas e, com isso, Hiraoka nem sequer tocou naquele assunto tão aguardado por Daisuke.

— Vamos andar um pouco? — convidou Daisuke.

Hiraoka, que parecia não estar tão ocupado como dizia, deu de novo uma resposta vaga, mas no final, como sempre, acabou aceitando a sugestão. Eles dobraram uma esquina da avenida e seguiram por uma rua secundária no intuito de encontrar um local tranquilo para conversar; foi então que, num certo momento, o assunto tão aguardado começou a se desenrolar espontaneamente.

Segundo Hiraoka, para se dar bem no novo emprego, ele precisava conhecer a administração do banco e, por isso, procurou se dedicar ao trabalho para entender a situação financeira da sucursal. Pensou até em elaborar um estudo teórico para aplicá-lo às necessidades locais; porém, como seu cargo era inferior na hierarquia, infelizmente a proposta ficou apenas no papel. Ele então guardou a ideia consigo para, quem sabe, um dia colocá-la em prática. No início, falava de seus planos com o gerente, mas este sempre se mostrava indiferente e nunca lhe dava a devida atenção. Se apresentasse algum problema complexo, o gerente ficava irritado e denegria a capacidade do novato. Segundo Hiraoka, o gerente reagia dessa maneira porque, no fundo, não entendia nada do assunto. O gerente o ignorava ou denegria mais por temer sua capacidade do que por falta de consideração, como a princípio se acreditava. Essa constatação deixou Hiraoka muito chateado, ainda que fossem constantes as desavenças.

No entanto, com o passar do tempo, a raiva foi se dissipando e, aos poucos, Hiraoka foi se adaptando ao ambiente. E, na medida do possível, esforçou-se para manter um convívio harmonioso. Com isso, a atitude do gerente para com ele também começou a mudar. Tanto que o próprio gerente é que às vezes o procurava para tirar dúvidas. E, quando isso acontecia, Hiraoka — que já não era mais nenhum recém-formado — não só evitava falar de assuntos que o outro tivesse dificuldade de compreender, como também evitava dizer coisas que lhe pudessem ser inconvenientes.

— Veja bem, minha intenção não era agradar ou ficar bajulando... — Hiraoka fez questão de se explicar.

— É claro que não — respondeu Daisuke, com uma expressão séria.

O gerente parecia preocupado com o futuro de Hiraoka. Chegou até a comentar que seria transferido para a matriz e, caso isso acontecesse, brincou que gostaria que Hiraoka o acompanhasse. Nessa época, Hiraoka já havia adquirido experiência no trabalho, conquistado a confiança dos colegas, aumentado o círculo de amizades e, com isso, não tinha mais tempo para estudar. E foi então que percebeu que o estudo, na verdade, mais atrapalhava do que ajudava no trabalho.

Assim como o gerente confidenciava todos os assuntos com Hiraoka, este, por sua vez, também confiava e costumava trocar ideias com um outro subordinado chamado Seki. No entanto, esse tal de Seki envolveu-se com uma gueixa e, num certo dia, desfalcou a empresa. Logicamente, quando isso veio à tona, Seki iria ser mandado embora e, caso isso viesse a acontecer, certos fatos acabariam por atingir o gerente. Hiraoka, então, assumiu a responsabilidade pelo rombo e pediu demissão.

Em linhas gerais, foi assim a história contada por Hiraoka, mas para Daisuke isso fora apenas uma estratégia usada pelo gerente para convencer o subordinado a assumir toda a responsabilidade. Percebeu isso quando Hiraoka, ao contar o final da história, fez o seguinte comentário: "Quanto mais um funcionário sobe, mais ele pode fazer o que bem entender. Para falar a verdade, acho que seria injusto Seki ser mandado embora só porque pegou aquela ninharia."

— Então quer dizer que esse gerente é que ficou com a melhor parte do negócio? — perguntou Daisuke.

— Acho que sim — deixou escapar, sem querer, Hiraoka.

— E quanto esse sujeito furtou?

— O valor não chegava a mil ienes, e eu acabei bancando o prejuízo.

— E você tinha isso tudo? Pelo jeito, você também andou fazendo bons negócios, hein?

Hiraoka encarou Daisuke por alguns segundos demonstrando nítido desagrado.

— Você está achando que obtive vantagens, não é? Pois fique sabendo que gastei tudo que tinha, tive dificuldades até para sustentar a casa. Consegui o dinheiro por meio de empréstimo.

— É mesmo? — disse Daisuke, sem alterar sua fisionomia. Ele era um tipo de homem que transluzia uma inalterável compostura do gesto. E essa atitude demonstrava uma expressão de maturidade, ainda que sutil.

— Pedi emprestado para o gerente e completei a soma que faltava.

— Por que será que o próprio gerente não emprestou esse dinheiro para esse tal de Seki?

Hiraoka não quis responder. E Daisuke também não o pressionou. Por um bom tempo, os dois continuaram a caminhar lado a lado, em silêncio.

Daisuke sabia que Hiraoka estava omitindo algo. Mas também estava ciente de que não deveria tomar a iniciativa de pressioná-lo a lhe contar a verdade. Digamos que Daisuke era um homem por demais urbano para incutir em si tal curiosidade. Era, por assim dizer, um homem que vivia no Japão em pleno século XX e, estando na casa dos trinta, já atingira o estado de *nil admirari*[10]. Seu modo de pensar não era o de um provinciano inocente que se intimidaria ao se deparar com o lado sombrio do ser humano. Emocionalmente, a vida não lhe era tão entediante a ponto de se deleitar com segredos tão banais. Não. Melhor dizer que, por ele se sentir exausto, qualquer estímulo, mesmo que prazeroso, seria incapaz de satisfazê-lo. A evolução de Daisuke nesse seu mundo particular e estritamente familiar — mundo oposto ao de Hiraoka — atingira esse nível (se observarmos o curso da evolução, constatamos que, em todas as épocas, sempre existiu o triste fenômeno da degeneração por detrás dessa suposta evolução). No entanto, Hiraoka não percebeu a evolução de Daisuke. E Daisuke sabia que, lá no fundo, a imagem que Hiraoka fazia dele era ainda a do jovem inocente de três anos atrás e que, por isso, não valia a pena revelar seus pontos fracos

10. "Não se admirar com nada", expressão citada por Horácio (Ep. 1, 6, 1-2): *nil admirari prope res est una, Numici, solaque quae possit facere et seruare beatum* (não se surpreender com nada é, por assim dizer, Numício, a única e só coisa que pode promover e preservar a felicidade). [N.C.: José Rodrigues Seabra Filho]

a um jovem mimado, pois seria como brincar de assustar donzelas jogando bosta de cavalo.

Daisuke percebeu que o silêncio de Hiraoka significava que este achou melhor se calar do que perder a paciência tentando explicar-lhe inutilmente as coisas. E é por isso que Daisuke achou uma idiotice ter de caminhar em silêncio ao lado de quem não lhe diria nada. Foi a partir desse dia que Daisuke passou a achar que Hiraoka era muito mais criança do que este o considerava. No entanto, após caminharem uns trinta metros, nenhum deles demonstrava quaisquer indícios do que haviam pensado. E quem quebrou o silêncio foi Daisuke:

— E o que você pretende fazer de agora em diante?

— Hum...

— Agora que você já tem experiência, não seria melhor seguir a mesma profissão?

— Hum... Vai depender das circunstâncias. Na verdade, eu estava pensando em conversar calmamente com você sobre isso. E então, será que não tem alguma coisa para eu fazer na empresa do seu irmão?

— Posso ver. Dentro de dois ou três dias preciso ir para casa resolver algumas coisas. Mas não sei não...

— Se não tiver nada na área empresarial, entro em algum jornal.

— Isso também parece uma boa ideia.

Os dois retornaram à avenida, onde passavam bondes. Hiraoka olhou a placa do bonde que se aproximava e, de repente, avisou que o pegaria. Daisuke apenas disse "Tudo bem" e não fez menção de impedi-lo, mas não se despediram de imediato e continuaram a caminhar em direção ao poste vermelho, o ponto de parada do bonde. Ao chegar ao ponto, Daisuke perguntou:

— Como vai Michiyo-san?

— Continua na mesma, obrigado. Ela lhe mandou lembranças. Na verdade, eu ia trazê-la comigo, mas como o trem chacoalhou muito e ela ficou com dor de cabeça resolvi deixá-la descansando na hospedaria.

O bonde parou diante deles. Hiraoka deu dois ou três passos ligeiros em sua direção, mas parou assim que Daisuke o avisou que esse não era o bonde que ele deveria tomar.

— Sinto muito pela criança...

— É. Foi lamentável. Agradeço seu apoio naquele momento tão difícil. Se ia morrer, melhor seria nem ter nascido.

— E como vão as coisas agora? Já estão tentando o próximo?

— Acho que, mesmo tentando, provavelmente não teremos outro. Ainda mais que a saúde dela não anda muito boa...

— Enquanto vocês não tiverem residência fixa, talvez seja melhor não ter filhos.

— Você tem razão. Se eu fosse solteiro como você, seria muito melhor, muito mais tranquilo.

— Então fique solteiro.

— Não brinque! E por falar nisso, outro dia minha esposa andou perguntando: "Será que ele já arranjou uma esposa? Ou ainda não?" Ela estava preocupada!

Nesse momento, o bonde chegou.

3

O pai de Daisuke, Toku Nagai, era um senhor idoso que lutara na guerra[11] durante a Restauração Meiji e que, apesar da idade, gozava de muita saúde. Depois que deixou o emprego de funcionário público e entrou para o ramo empresarial, foi acumulando dinheiro ao trabalhar em diferentes atividades e, havia uns quatorze, quinze anos, tornara-se um homem muito rico.

Daisuke tinha um irmão chamado Seigo, que logo que se formou foi trabalhar numa empresa coligada à do pai e ocupava atualmente um cargo muito importante. A esposa se chamava Umeko. Eles tinham dois filhos: Seitaro, com quase quinze anos, e Nui, três anos mais nova.

Além do irmão Seigo, Daisuke tinha uma irmã mais velha, casada com um diplomata, e hoje o casal morava no Ocidente. Entre Seigo e essa irmã havia uma outra, e entre essa outra e Daisuke havia mais uma. Mas ambas morreram cedo. A mãe também era falecida.

Estes eram os membros da família de Daisuke. Como a irmã morava na Europa, e recentemente Daisuke passou a morar sozinho, havia apenas cinco pessoas na casa de seu pai.

Uma vez por mês, Daisuke passava na casa do pai para buscar dinheiro. Vivia tanto às custas do pai quanto do irmão. Uma vez ou outra, quando se sentia entediado, costumava fazer visitas extras e, após brincar com as crianças, jogava partidas de *gomokunarabe*[12] com o *shosei* e conversava com a cunhada sobre peças teatrais.

---

11. Refere-se à Guerra de Boshin (1868-1869), guerra civil entre as forças do governo xogunal e as forças pró-imperiais, que culminou com a restauração do poder pelo imperador Meiji. O filme *O último samurai* do cineasta Edward Zwick foi inspirado nesta batalha. [N.T.]

12. Jogo de duas pessoas em que vence aquele que conseguir fazer uma sequência de cinco pedras, seja na horizontal, vertical ou diagonal. É um jogo simples que utiliza o mesmo tabuleiro e as peças do jogo de *go* (sobre o *go*, vide nota 20). [N.T.]

Daisuke se dava bem com a cunhada. Ela era um tipo de pessoa que convivia sem constrangimentos com tendências de duas épocas distintas: as do período feudal Tenpo[13] e as do modernismo Meiji. Certa vez, ela pediu para a irmã de Daisuke, que morava na França, alguns tecidos de nome difícil, daqueles bastante caros, e, com a ajuda de quatro, cinco pessoas, costurou faixas de quimono para ela usar. Quando, tempos depois, a família soube que esse tecido caríssimo era um produto de exportação do Japão, todos caíram na gargalhada. E quem descobriu isso, sem querer, foi Daisuke, ao visitar uma exposição realizada pelas lojas Mitsukoshi. Ela também apreciava música ocidental, e Daisuke a levava com frequência a concertos. E, já que estamos falando nela, há de se dizer que a moça também tinha um enorme interesse em adivinhações e especial adoração pelos mestres Sekiryushi[14] e um tal de Ojima. Umas duas ou três vezes, Daisuke foi com ela de riquixá ao encontro desses mestres adivinhos.

De uns tempos para cá, o garoto Seitaro andava empolgado com beisebol, e uma vez ou outra Daisuke lançava bolas para ele. Esse garoto tinha uns desejos estranhos. Todos os anos, no início do verão, quando praticamente todos os vendedores de batata doce assada passavam a vender raspadinha e sorvete, o primeiro a sair em disparada para tomar sorvete era Seitaro, e antes mesmo de o calor fazer surgir a primeira gota de suor em seu rosto. E, se porventura o vendedor ainda não tivesse sorvete, ele se contentava com raspadinha e voltava para casa todo satisfeito. Ele também andava com a ideia fixa de ser o primeiro a entrar no estádio de sumô, quando este ficasse pronto. Tanto que, dia desses, sondou Daisuke: "Tio, por um acaso o senhor conhece algum lutador de sumô?"

A caçula, Nui, sempre tinha uma frase pronta para tudo: "Olhe bem onde pisa! Acho melhor não mexer comigo..." E tinha a mania de ficar

---

13. Período Tenpo (1830-1844). Época em que ocorreram reformas políticas no sistema xogunal, as quais, no entanto, não evitaram a deflagração da Restauração Meiji. [N.T.]

14. Quinta geração de uma família de fisiognomonistas famosos desde o período Edo (1603-1867). O mestre Sekiryushi assimilou o conhecimento da frenologia (teoria que estuda o caráter e as funções intelectuais humanas baseadas na conformação do crânio) de Franz Joseph Gall (1758-1828), que, na época, estava em voga no Ocidente, e lançou uma revista intitulada *Shoso* (Frenologismo) em outubro de 1908. [N.T.]

trocando várias vezes o laço de cabelo durante o dia. Recentemente, começara a ter aulas de violino e, chegando em casa, repassava as lições em sons estridentes que lembravam o vaivém de um serrote. No entanto, se alguém quisesse vê-la treinar, ela parava de tocar. E, como ela costumava ficar no quarto com as portas fechadas tocando agudos "kii-kii", os pais estavam convencidos de que era talentosa. A única pessoa que vez ou outra ousava abrir sorrateiramente a porta do quarto para espiá-la era Daisuke, que não se fazia de rogado, mas levava uma tremenda bronca: "Olhe bem onde pisa! Melhor não mexer comigo..."

O irmão de Daisuke praticamente não parava em casa. Quando estava muito ocupado por conta do trabalho, compartilhava apenas do café da manhã com a família, e seus filhos não tinham nenhuma ideia de como era sua vida durante o resto do dia. Daisuke, por sua vez, também desconhecia a vida do irmão e achava melhor assim, tanto que não a vasculhava, a não ser que fosse mesmo necessário.

Daisuke era muito querido pelas crianças e, de certa forma, também pela cunhada. Em relação ao irmão, no entanto, ele não sabia se este lhe tinha ou não alguma afeição. Nas raras vezes em que os dois se encontravam, as conversas giravam apenas em torno de assuntos triviais, mas agiam com tanta naturalidade e desprendimento que davam a impressão de que se viam com regularidade.

O mais difícil para Daisuke era aturar o pai. O problema nem era a questão de ele ter uma amante jovem, apesar de sua idade avançada. Isso não tinha nenhuma importância, uma vez que Daisuke aprovava. O que ele realmente reprovava, e considerava uma tremenda idiotice, era alguém sustentar uma amante sem ter condições para tal. Seu pai era bastante severo e implicante, e esse temperamento muito afligia Daisuke quando criança; mas hoje, já adulto, não tinha mais motivo para se amargurar com isso. A única coisa que ainda o afetava era o fato de seu pai confundir o tempo de sua mocidade com o de Daisuke e não admitir a existência de diferenças entre eles. E é por isso que, segundo a lógica de seu pai, Daisuke estava errado em não ser como ele quando jovem. Por outro lado, como Daisuke nunca questionava o que o pai achava que havia de errado nele, os dois nunca se confrontavam.

Na juventude, Daisuke tinha um temperamento muito agressivo, a ponto de ter se atracado com o pai uma ou duas vezes entre os dezoito e dezenove anos; mas, após se formar e se tornar adulto, essa agressividade desapareceu. Desde então, jamais demonstrou sequer estar enfurecido. Por outro lado, seu pai acreditava que essa mudança no comportamento de Daisuke era fruto da disciplina que ele soube impor ao filho e, lá no íntimo, gabava-se de seu feito.

O que o pai acreditava ser fruto da disciplina era, na verdade, o resultado de um minguar crescente do carinho e do afeto filial Pelo menos era assim que Daisuke entendia a relação entre eles. No entanto, lá no íntimo, o pai pensava exatamente o contrário: para começar, ele levava em conta que tinham uma relação biológica pai-filho. Nesse tipo de relação, a afeição do filho para com o progenitor era incondicional e imutável, independentemente da maneira de ele tratar o filho. E, se porventura, em nome da educação, fosse necessário praticar certos exageros, o pai estava convencido de que essa prática jamais comprometeria essa afeição. O pai de Daisuke, influenciado pelos ensinamentos confucionistas, acreditava piamente nisso; nesse sentido, o simples fato de ele ter sido o progenitor era motivo mais do que suficiente para crer que, apesar dos sofrimentos e dissabores que tivesse proporcionado ao filho, poderia desfrutar do eterno afeto filial. E foi com esse tipo de pensamento que ele acabou criando um filho indiferente à sua pessoa. Quando Daisuke se formou, o relacionamento com o pai mudou da água para o vinho e, de certo modo, devemos reconhecer que ele soube desenvolver uma assustadora tolerância para com o pai. Isso, porém, era o que se podia esperar — um resultado parcial e prático — desse tipo de educação ditada pelo pai: uma programação sistematizada que não levava em conta nenhum tipo de percepção sobre quaisquer que fossem as mudanças no coração do filho. O pai de Daisuke, portanto, ainda não se dera conta dos resultados maléficos desse seu modo de educar.

O pai se vangloriava de ter lutado na guerra. E, sempre que podia, jogava isso na cara de Daisuke, dizendo que o fato de o filho não ser corajoso e ousado era porque lhe faltava essa experiência. Segundo seu pai, ou pelo menos era o que deixava transparecer, o único e o melhor atributo de um homem era a coragem. E toda vez que Daisuke ouvia isso, sentia um desagradável mal-estar, pois considerava a coragem um atributo necessário para o homem sobreviver numa época selvagem, como a que viveu seu pai quando jovem, um tempo em que havia muitas matanças. No entanto, na atual civilização, a coragem não passava de uma arma primitiva tal qual o arco, a flecha e a espada. Não. Para enfrentar a civilização atual eram necessários outros atributos muito mais apropriados e bem mais eficazes, incompatíveis com a coragem. Daisuke ouviu de seu pai, pela enésima vez, como era importante o homem ser corajoso. Certa vez, Daisuke e a cunhada deram risadas de um comentário que ela fez a respeito do pai dele: "Do jeito que seu pai fala, o único que se salva no mundo é o *jizo*[15] de pedra."

Um homem como Daisuke era realmente um covarde. Mas, no íntimo, isso nunca foi motivo para se sentir constrangido. Muito pelo contrário, em certas ocasiões tinha até vontade de se vangloriar da própria covardia. Quando era criança, instigado pelo pai, foi obrigado a ir ao cemitério de Aoyama durante a noite. Apesar do medo, conseguiu ficar cerca de uma hora, mas acabou desistindo e voltando para casa, todo amedrontado e pálido. Naquela ocasião, ele mesmo lamentou sua própria atitude. No dia seguinte, quando seu pai soube o que aconteceu e começou a rir, Daisuke sentiu ódio. O pai contou que antigamente era costume fazer esse tipo de coisa para desenvolver a coragem, e que, uma vez, ele e um amigo fizeram um trato de cada um subir sozinho, durante a noite, até o topo da montanha Tsurugamine, localizada a cerca de quatro quilômetros ao norte do castelo. Após passarem a noite no templo, rezariam ao alvorecer em agradecimento pelo raiar de um novo dia e só então voltariam para casa. E o pai

15. Em japonês, *ji* é terra; *zo* é ventre: Ventre da Terra. Do sânscrito *Kṣitigarbha*, "Joia / Ventre da Terra". Seu culto foi introduzido no Japão pelo budismo esotérico, no século VII, suscitando a importação de textos *sutra* vindos da China. Posteriormente, recebeu também a função de protetor das mulheres grávidas e das crianças. Suas estátuas costumam ser esculpidas em pedra. Porta, numa das mãos, um bastão (*khakkhara*) com seis argolas que representam os seis mundos, e na outra uma joia concessora de desejos (*cintāmaṇi*). [N.C.: Edgar Santana Bikelis]

aproveitou para criticar os jovens de hoje, dizendo que eles não eram como os do seu tempo.

Daisuke sentia pena de seu pai por ele acreditar e continuar a insistir nisso nos dias de hoje. Daisuke odiava terremotos. Um leve tremor era suficiente para lhe provocar palpitações no peito. Às vezes, sentado tranquilamente no seu gabinete, de repente intuía a aproximação de um terremoto que acabara de ocorrer num local distante. Ele não só sentia tremer a almofada sob suas nádegas como também via claramente os tatames e o assoalho se mexerem. Para ele, esse tipo de percepção era algo próprio de sua natureza. E, nesse sentido, pessoas como seu pai eram homens primitivos, com um sistema nervoso subdesenvolvido, ou idiotas, que enganavam a si próprios.

Neste exato momento, Daisuke estava sentado em frente ao pai. Eles estavam numa sala pequena com uma extensa varanda, cuja cobertura traçava uma linha que parecia dividir a extensão do jardim. Desse lugar não se via o céu em sua vastidão, mas em compensação era um local silencioso e agradável para se conversar.

O pai de Daisuke tinha à sua frente uma caixa retangular, que usava de vez em quando para bater o cachimbo. As batidas ecoavam pelo jardim silencioso, proporcionando um som agradável. Daisuke, por sua vez, deixou no cinzeiro de mão umas quatro ou cinco bitucas douradas.[16] Enjoado de soltar fumaça pelo nariz, cruzou os braços para observar o pai. Notou que, apesar da idade, o rosto dele era rechonchudo e que, por isso, as bochechas estavam caídas; sob as sobrancelhas grossas, a pele das pálpebras se mostrava flácida. A barba estava mais para amarelada do que para branca. Quando conversava, tinha a mania de olhar alternadamente para o joelho e o rosto do interlocutor. Esse olhar deixava à mostra um cantinho do branco dos olhos, causando uma impressão desagradável.

E o velho disse:

— O ser humano não deve pensar somente em si mesmo. É importante também pensar na sociedade, na pátria. Uma pessoa incapaz de

16. Refere-se a cigarros egípcios de luxo, cujo filtro era envolto em papel dourado. [N.T.]

ajudar o próximo nunca se sentirá bem consigo mesma. Creio que o fato de você não fazer nada deve incomodá-lo muito. É claro que as pessoas do povo, sem instrução, são um caso à parte, mas uma pessoa como você, que teve acesso a uma boa educação, não deve se sentir bem de não ter o que fazer. Afinal, o conhecimento só se torna importante ao ser colocado em prática, não é?

— É isso mesmo — respondeu Daisuke.

Toda vez que seu pai resolvia lhe pregar um sermão, Daisuke sempre se via encurralado e, por isso, com o tempo criou o hábito de dar uma resposta vaga e um tanto quanto leviana. Segundo Daisuke, as ideias do pai eram infundadas, pois tudo partia de um julgamento precipitado, com a intenção de acomodar as coisas a seu bel-prazer. Além do que, seus argumentos começavam embasados no altruísmo e passavam, de uma hora para outra, para o egoísmo. Suas palavras fluíam abundantes, mas se resumiam a meras conjeturas confusas e insondáveis. Sendo assim, Daisuke decidiu que o melhor seria não discutir com o pai, prevendo que seria uma árdua tarefa derrubar a base das argumentações dele e impossível tentar dialogar. No entanto, na cabeça de seu pai, não havia dúvidas de que Daisuke fazia parte de seu sistema solar e, uma vez pensando assim, se dava ao direito de controlar a órbita do filho e lhe impor a todo custo seu modo de pensar. Daisuke sabia muito bem disso e fingia estar gravitando obediente ao redor desse velho sistema solar chamado pai.

— Se você não gosta do ramo empresarial, tudo bem. Ganhar dinheiro não é a única maneira de ser útil ao Japão. Não precisa necessariamente fazer algo por dinheiro. Acho que você não ia se sentir bem em trabalhar com esse intuito. Não se preocupe com dinheiro. Vou continuar a prover seu sustento, como sempre fiz. Não sei quando vou morrer, mas, seja lá quando for, uma coisa é certa: não vou poder levar o dinheiro... A mesada para seu sustento é um valor que sempre se pode dar um jeito. E então? Que tal você começar a pensar em fazer alguma coisa? Pense nisso como dever de um cidadão. Você já tem trinta anos, não é?

— Tenho.

— Que vergonha! Trinta anos... E sem fazer nada o dia inteiro... Como pode?

Daisuke não se considerava um ocioso. Ele apenas não passava a maior parte do tempo vivendo exclusivamente para o trabalho, já que se considerava uma espécie humana de excelência. O fato é que, toda vez que seu pai insistia nesse assunto, Daisuke sentia pena dele. O cérebro pouco desenvolvido de seu pai não conseguia perceber que o filho aproveitava o tempo de um modo muito mais significativo, cristalizado em pensamentos e emoções. Sem outra opção, Daisuke limitava-se a esboçar uma expressão séria e concordava:

— Realmente, é um problema.

Aos olhos do velho, Daisuke era apenas um garotinho, cujas respostas sempre lhe soavam infantis, singelas e inocentes; e, ao mesmo tempo que zombava dessa criancinha, o pai também se preocupava com ela, pois, mesmo adulto, parecia ser um caso perdido. E essa preocupação piorava quando Daisuke respondia de modo um tanto quanto indiferente, sossegado, descontraído e despreocupado, como se a conversa não lhe dissesse respeito, reforçando a ideia de que era realmente um caso perdido.

— E a saúde está boa?

— Não pego gripe há uns dois, três anos.

— Você também não ia mal na escola. Se não me engano, suas notas eram excelentes, não é?

— Eram sim

— Realmente, ficar à toa é um desperdício. E... como é mesmo que se chamava? Sabe... Aquele que sempre andava com você! Encontrei com ele, se não me engano, uma ou duas vezes.

— O Hiraoka?

— Isso mesmo. Hiraoka. Ele não era dos bons, mas se mudou assim que se formou, não foi?

— Em compensação, já perdeu o emprego e voltou.

O velho não pôde conter um sorriso amarelo.

— Por quê?

— Acho que é porque tinha que trabalhar para comer.

O velho não entendeu o que Daisuke quis dizer.

— Será que ele andou aprontando? — tornou a perguntar.

— Ele deve ter tentado fazer as coisas certas, mas, pelo visto, isso o levou a cometer erros.

— Ah... — o pai de Daisuke exclamou num tom de desagrado, mas logo desatou a falar: — Dizem que os jovens tendem a fracassar, mas isso é porque faltam a eles honestidade e dedicação. A experiência que acumulei nesses longos anos de vida me mostrou que não há como vencer na vida sem ter essas duas qualidades.

— E será que não há algum caso em que justamente o fato de ter sido honesto e dedicado tenha levado a pessoa a se dar mal?

— Não. Isso nunca.

Logo acima da cabeça de seu pai havia um quadro vistoso, onde se lia "A honestidade nos conduz ao céu"[17].O pai tinha um enorme apreço por ele e dizia que fora escrito por seu antigo senhor feudal. Daisuke detestava esse quadro. Para começar, não gostava da caligrafia nem dos dizeres. Por ele, após "A honestidade nos conduz ao céu", acrescentaria "mas isso não existe no mundo dos homens".

Tempos atrás, numa época em que o feudo passava por grandes dificuldades financeiras, Nagai, pai de Daisuke, foi incumbido de tentar resolver a situação. Reuniu então dois ou três mercadores citadinos que eram amigos do senhor feudal; diante deles, colocou a espada no chão e, prostrado, lhes solicitou um empréstimo. Ciente de que não poderia assegurar a devolução, agiu com sinceridade desde o início ao expor que não podia garantir os pagamentos, e foi essa honestidade que o fez conseguir o empréstimo, que resultou numa solução satisfatória para o feudo. Por essa razão é que Nagai pediu para que o senhor feudal lhe escrevesse esses dizeres. Desde então, esse quadro ficou pendurado na parede da sala de Nagai para que ele pudesse contemplá-lo dia e noite. Daisuke já perdeu as contas de quantas vezes ouviu a história desse quadro.

---

17. Refere-se ao Livro I, capítulo 20, da obra *O justo meio* (em chinês, *Zhong Yong*) de Confúcio (551-479 a.C.), no qual consta "A honestidade é da natureza e ao homem cabe-lhe o papel de torná-la seu atributo". [N.C.: Antônio José Bezerra de Menezes Júnior]

Havia uns quinze ou dezesseis anos, quando as despesas da residência do antigo feudo aumentavam mensalmente de modo a colocar em risco as economias que tinham sido recuperadas a muito custo, Nagai, com sua já reconhecida habilidade, foi novamente incumbido de encontrar uma solução para o problema. Nessa ocasião, o próprio Nagai começou a pôr a lenha para aquecer o ofurô e constatou que havia uma discrepância entre o consumo real e as anotações no caderno de despesas. Diante disso, concentrou-se nesse ponto, e o resultado dessa total dedicação de dias e noites foi que, em menos de um mês, ele desenvolveu uma primorosa técnica para aquecer o ofurô. A partir daí, o antigo senhor feudal passou a ter uma vida relativamente confortável.

Depois disso, Nagai nunca conseguiu pensar além dessa experiência do passado e sempre concluía tudo que dizia ressaltando a importância de as pessoas serem honestas e dedicadas.

— Você parece não saber o que é honestidade e dedicação. Acho que é por isso que não consegue fazer nada.

— Eu sou honesto e dedicado. O que não consigo é colocar isso em prática com as pessoas do meu convívio.

— Por que não?

Daisuke se viu de novo encurralado. Para ele, tanto a honestidade quanto a dedicação não eram exatamente sentimentos preexistentes no coração do homem, mas uma espécie de fenômeno que — tal qual faíscas que surgem da fricção entre pedra e ferro — apenas ocorre quando duas pessoas são capazes de tornar os atritos da relação em algo conveniente para ambos; mais do que uma característica pessoal, é uma questão de afinidade espiritual. Por isso, se a outra pessoa for má, tais sentimentos jamais se manifestarão.

— O senhor diz isso porque engole esses analectos de Confúcio e os ensinamentos desse tal Wang Yang Ming[18] como se as palavras fossem banhadas em ouro.

18. Wang Yang Ming (1472-1528). Um dos expoentes da escola neoconfuciana da Dinastia Ming (1368-1644), cuja interpretação das obras de Confúcio exerceu grande influência no pensamento moral e filosófico do período Edo (1603-1867). [N.C.: Antonio José Bezerra de Menezes Júnior]

— O que você quer dizer com "palavras banhadas em ouro"?

Daisuke ficou um tempo reticente até que, finalmente, respondeu:

— É que as palavras são ditas como se fossem pílulas de ouro.

Nagai queria entender o propósito desse aforismo; no entanto, em vez de dar o braço a torcer, fez questão de demonstrar seu desdém ao que esse leitor voraz de livros, esse jovem impertinente e inexperiente no que tange à vida, estava tentando lhe dizer.

Cerca de quarenta minutos depois, o velho trocou de roupa e, vestido com uma *hakama*[19], saiu de riquixá. Daisuke o acompanhou até a varanda e retornou pela sala de visitas. Esta sala em estilo ocidental, contígua à casa, havia sido recentemente construída, e quase todos os móveis e objetos de decoração foram feitos por profissionais gabaritados, de acordo com um meticuloso projeto de Daisuke. Dentre os objetos, Daisuke tinha especial apreço pelo desenho pintado no painel de madeira entre a porta e o teto, fruto de inúmeras conversas com um artista que ele conhecia de longa data, a quem encomendara a pintura. Em pé, Daisuke observou a disposição das cores ao longo do quadro como se desenrolasse uma pintura em rolo. Nisso, ficou surpreso ao constatar que o quadro tinha decaído — e muito — em qualidade desde a última vez que o viu. Desapontado, examinava-o com atenção, parte por parte, quando, de repente, sua cunhada entrou na sala.

— Ah! Então você está aqui! — disse, para logo em seguida perguntar: — Por um acaso, você não viu meu pente caído por aí?

O pente estava caído ao pé do sofá. Ela explicou que ontem emprestara o pente para Nui e a filha o perdera, por isso que o estava procurando pela casa. Ao encontrá-lo, apoiou as duas mãos na cabeça, deslizou o pente nos cabelos e o firmou próximo à base do rabo de cavalo; com a cabeça ligeiramente inclinada para baixo, olhou para Daisuke e comentou em tom de gracejo:

— Pelo visto, você estava distraído...

— Tive que ficar ouvindo o sermão do meu pai.

---

19. Tipo de calça larga, pregueada, com fendas nos lados e presa com um cinto amarrado na cintura (*koshiita*). Passou a ser uma peça exclusiva do vestuário masculino a partir do século XVII até o início do período Meiji. [N.T.]

— De novo? Ultimamente, você anda levando muita bronca. Seu pai também não tem jeito mesmo, mal acabou de voltar de viagem e fica fazendo isso. Mas você também não tem se comportado bem; afinal de contas, nunca acata as vontades dele.

— Eu jamais discuto com ele. Procuro ser cauteloso e sempre fico escutando, quieto no meu canto.

— É por isso que as coisas não acabam bem. Quando ele lhe fala alguma coisa, você concorda dizendo "Sim... Está bem", e depois não cumpre o que diz.

Daisuke deu um sorriso forçado e se calou. Umeko sentou-se no sofá em frente a ele. Era uma mulher esbelta, de tez levemente morena, sobrancelhas bem delineadas e lábios finos.

— Vamos, sente-se. Vou lhe fazer um pouco de companhia.

Daisuke continuou em pé olhando atentamente a aparência da cunhada.

— Hoje você está com uma gola diferente, não?

— Isso? — Umeko encolheu o queixo e, franzindo as sobrancelhas, tentou ver sua própria gola. — Comprei outro dia.

— Que cor bonita!

— Ah! Não mude de assunto. Vamos, sente-se aí.

Daisuke sentou-se em frente à cunhada.

— Está bem. Estou sentado.

— E então... Qual foi a bronca de hoje?

— Nem sei direito que bronca levei hoje. Mas essa história de meu pai ficar dizendo que ele está servindo a nação e a sociedade é demais! Diz que vem fazendo isso desde os dezoito anos, acredita?

— É por isso que ele chegou aonde chegou, não é?

— Se eu for ficar rico como meu pai só pelo fato de servir a pátria e a sociedade, também vou começar a servir.

— Então, em vez de ficar à toa, comece a servir a pátria. É muito cômodo de sua parte ficar sem fazer nada e depois vir aqui pegar o dinheiro dele, não acha?

— Eu nunca quis tirar o dinheiro dele.

— Pode até ser que não, mas o fato de aceitá-lo não dá na mesma?

— Meu irmão andou reclamando?

— Ele está tão desapontado com esse seu jeito que já nem toca no assunto.

— Você está sendo muito dura. Saiba que admiro muito mais meu irmão do que meu pai.

— Por quê? Esse tipo de adulação é muito desagradável, sabia? É isso que eu não gosto em você: essa sua mania de ficar zombando dos outros com essa cara séria.

— É mesmo?

— Como assim "É mesmo?". Do jeito que você fala até parece que estamos falando de outra pessoa. Vamos, pense um pouco no que eu disse.

— É que quando eu venho aqui fico que nem o Kadono.

— Quem é Kadono?

— É o rapaz que trabalha lá em casa. Quando alguém lhe pergunta algo, ele sempre diz "Acha mesmo?" ou "É mesmo?".

— Ele diz isso? Deve ser um rapaz esquisito.

Daisuke interrompeu a conversa por alguns segundos para observar, por sobre os ombros de Umeko e, por entre as cortinas entreabertas, o céu que se descortinava belo. Ao longe, viu uma árvore enorme repleta de brotos marrons claros, cuja copa, enevoada como nos dias de garoa, parecia tocar delicadamente o céu, a despeito da imprecisão de seus contornos.

— O tempo está bom, não? Que tal sairmos para ver a florada?

— Vamos. Mas antes você vai me dizer...

— Dizer o quê?

— O que seu pai disse.

— Ele disse muitas coisas. Não sei se vou conseguir colocar os assuntos em ordem para poder lhe contar. Não sou tão inteligente assim.

— Você continua dando uma de desentendido, mas fique sabendo que já sei de tudo.

— Então, eu é que pergunto.

Umeko ficou ligeiramente ressabiada.

— Ultimamente, você anda com a língua afiada, hein!

— Mas não a ponto de magoá-la, não é? A propósito, hoje está muito quieto por aqui. O que aconteceu? Onde estão as crianças?...

— Estão na escola.

De repente, uma criada que aparentava ter uns dezesseis ou dezessete anos abriu a porta e, com o rosto por entre a porta entreaberta, disse a Umeko que o patrão gostaria de lhe falar ao telefone. A garota ficou aguardando a resposta de Umeko, que prontamente se levantou. Daisuke também se levantou. E, quando também pensava em deixar a sala, a cunhada voltou-se para ele e disse:

— Fique aqui. Tenho um assunto para tratar com você.

Toda vez que sua cunhada assumia esse tom autoritário, ele a achava engraçada.

— Esteja à vontade! — disse ele, acompanhando-a com o olhar; em seguida, voltou a sentar e a observar a tal pintura.

Após observá-la por um tempo, as cores não pareciam mais estar pintadas na parede; era como se saltitassem de suas pupilas para ir ao encontro da parede e se fixar nela, e, com as pupilas a liberar cores, viu que conseguia alterar a seu bel-prazer as pessoas e as árvores do quadro. Daisuke então começou a repintar todas as partes que não lhe agradavam e o transformou numa magnífica pintura. Sentado, Daisuke estava em pleno estado de êxtase. Porém, assim que Umeko retornou à sala, voltou a ser um homem comum.

Ao ouvir o que Umeko queria lhe dizer, descobriu que o assunto era de novo acerca de uma proposta de casamento. Antes mesmo de se formar na faculdade, por insistência de Umeko, ele conheceu várias pretendentes, tanto por fotos quanto pessoalmente. No entanto, reprovou todas. De início, ele se dava ao trabalho de dispensá-las com jeito e educação, sempre com respostas evasivas, mas de uns dois anos para cá mudou a atitude e, de modo insolente, passou a pôr defeito em todas: que o ângulo da boca e do queixo era ruim, que o comprimento dos olhos não era proporcional à largura do rosto, que a posição das orelhas não estava correta; ou seja, sempre tinha algo a criticar.

Esse elenco de desculpas descabidas fez a cunhada repensar sua estratégia. E foi então que Umeko concluiu que o problema era que ela o paparicava muito e que isso o tornou presunçoso, a ponto de constranger as pessoas a torto e a direito. Diante disso, achou melhor deixar o assunto de lado até que ele próprio lhe pedisse ajuda. E a partir desse dia, ela nunca mais falou sobre casamento. Daisuke, no entanto, não estava nem um pouco preocupado com essa questão e vivia tranquilamente como quem não quer nada.

Seu pai acabara de voltar de uma viagem, que tivera como propósito conhecer uma pretendente, filha de uma família conhecida de longa data. Uns dois ou três dias antes, o pai de Daisuke comentara com Umeko algo sobre a pretendente e, por isso, ela estava crente de que a conversa que tiveram naquele dia era a respeito disso. No entanto, nesse dia o pai não havia lhe dito nada a respeito de casamento. O velho com certeza o chamara para lhe falar disso, mas, ao ver a atitude de Daisuke, resolveu estrategicamente adiar o assunto para uma outra ocasião, evitando tocar no assunto.

Daisuke tinha uma relação peculiar com essa tal pretendente. Ele sabia o sobrenome, mas não o nome. Também desconhecia a idade, a aparência, a instrução e a personalidade. No entanto, Daisuke sabia muito bem o porquê de ela ter sido escolhida para ser a sua pretendente.

O pai de Daisuke tinha um irmão, um ano mais velho do que ele, chamado Naoki. Apesar de o irmão ser mais franzino do que o pai, as feições do rosto, como os olhos e o nariz, eram muito parecidas; tanto que, muitas vezes, para os que não os conheciam, eles se passavam por gêmeos. Nessa época, o pai ainda não se chamava Toku e seu nome era Seinoshin. Os irmãos, além de serem muito parecidos fisicamente, eram, por assim dizer, verdadeiros irmãos. A não ser quando um dos dois tinha algum contratempo, sempre que possível andavam juntos e procuravam fazer as mesmas coisas. Tentavam conciliar o horário dos treinos para que pudessem ir e vir juntos. Eram muito unidos, a ponto de compartilharem a mesma chama da vela para suas leituras.

Num certo dia de outono, quando Naoki acabara de completar dezoito anos, os dois foram, a pedido do pai deles, ao templo Tokakuji, que ficava afastado da cidade. Este templo era cultuado pela família do senhor feudal e nele havia um monge chamado Sosui, muito amigo de seus pais; a incumbência dos dois irmãos era levar uma carta para o monge. A carta era apenas um simples convite para uma partida de *go*[20] e nem requeria uma resposta, mas Sosui segurou os irmãos e começou a conversar sobre várias coisas. E nisso foi ficando tarde, e eles só deixaram o templo quando faltava cerca de uma hora para escurecer. Nesse dia, havia um festival e era grande a movimentação na cidade. Quando os dois resolveram virar uma esquina para se desvencilhar rapidamente da multidão, acabaram trombando com um sujeito apelidado de Hoguiri, que morava do outro lado do rio. Havia muito tempo que esse tal Hoguiri e os irmãos não se davam bem. O sujeito parecia estar bastante embriagado; no meio dos calorosos insultos, desembainhou a espada e, de repente, partiu para cima de um dos irmãos. Quem se feriu foi o mais velho. Sem outra escolha, Naoki desembainhou a espada para enfrentá-lo, pois, além de o sujeito ser mal-afamado pela violência e estar bêbado, ele era muito forte. Se não interviesse, o irmão não teria nenhuma chance de vencê-lo sozinho. Diante desse impasse, o irmão mais novo desembainhou a espada e juntos o mataram.

Naquela época, era praxe que um samurai que matasse um outro praticasse o suicídio por estripação, num ritual conhecido como *seppuku*. Os irmãos voltaram para casa cientes disso. O pai, também conhecedor dos costumes, sabia que ele próprio teria de praticar o último ato ritualístico do *seppuku*: cortar a cabeça dos filhos. No entanto, por conta das festividades, a mãe se encontrava numa outra cidade, na casa de conhecidos. Antes de os filhos fazerem o *seppuku*, o pai, num gesto de bondade, quis que os filhos reencontrassem a mãe mais uma vez e mandou buscá-la. Enquanto aguardava o retorno da esposa, o pai tratou não só de instruir os filhos como também os fez preparar o local onde seria realizado o ritual, tentando, desse modo, aproveitar melhor o tempo.

20. Jogo originário da China, criado há cerca de 5 mil anos; foi introduzido no Japão em 735 por Kibi no Makibi. Jogo para duas pessoas, o tabuleiro possui linhas perpendiculares (19 x 19), formando 361 casas. Simula a batalha entre dois grupos, representados pelas pedras brancas (180) e pretas (181), e o objetivo é ocupar o maior número de territórios — as pedras são colocadas nas interseções das linhas, e não dentro dos quadrados — e capturar o maior número de pedras do adversário. [N.T.]

Por sorte, a mãe estava na casa de um parente distante chamado Takagui, um homem muito poderoso e influente. Pode-se dizer que foi sorte, pois era uma época em que os valores da sociedade estavam em transformação e o código de conduta dos samurais não estava mais sendo praticado como antigamente. Visto que o rapaz morto era um mau-caráter e tinha péssima reputação, Takagui resolveu ir junto com a mãe para aconselhar o pai a esperar que o assunto fosse discutido pelos altos conselheiros e julgado pelo próprio senhor feudal. E foi assim que Takagui convenceu o pai dos jovens a deixar as coisas como estavam por algum tempo.

A partir daí, Takagui passou a se dedicar ao caso. Primeiro, convenceu os altos conselheiros; depois, fez com que estes conseguissem convencer o senhor feudal. Por outro lado, o pai desse tal rapaz morto era uma pessoa esclarecida e não só reprovava, mas também sofria com a má conduta do filho. Quando este pai soube que fora seu filho quem provocara a confusão e partira para a violência, resolveu não registrar nenhuma queixa contra os irmãos para que estes fossem castigados. Mesmo assim, os irmãos ficaram enclausurados durante um bom tempo num cômodo da casa, como que cumprindo uma penitência. Cumprido o prazo, os irmãos deixaram secretamente a cidade.

Três anos mais tarde, o primogênito foi morto, em Kyoto, por um samurai errante. E quatro anos depois se iniciou o período Meiji. Decorridos cinco, seis anos, Seinoshin mandou que buscassem seus pais na terra natal e os trouxessem para Tóquio. Ele se casou e passou a adotar o nome Toku, com apenas um ideograma, e deixou de usar o nome Seinoshin, de três ideogramas. Nessa época, Takagui, o homem que salvou sua vida, já havia falecido, e quem comandava os negócios da família era o genro, que adotara o sobrenome da esposa ao se casar com a filha de Takagui. Toku tentou persuadi-lo a se mudar para Tóquio, insistindo para que ele ingressasse num cargo de oficial do governo, mas este recusou. Esse genro de Takagui tinha um casal de filhos. O filho se mudou para Kyoto e ingressou na Universidade Doshisha. Ao se formar, ficou um longo período nos Estados Unidos; depois, passou a residir e trabalhar em Kobe no ramo empresarial e se transformou numa pessoa de posses, muito abastada. A filha se casou com um grande contribuinte de impostos da região. A pretendente de Daisuke era a filha desse grande contribuinte.

— Nossa, que história complicada! — exclamou a cunhada de Daisuke.

— Meu pai já deve ter lhe contado isso inúmeras vezes, não é?

— Sim. Mas, como ele nunca disse que essa era a família da pretendente, eu só escutava por escutar.

— Mas que esse Sagawa tinha uma filha, nem eu mesmo sabia.

— Aceite, vamos.

— Você acha que devo?

— É claro que sim. Isso não está parecendo coisa do destino?

— Prefiro me casar com alguém pelo destino que eu mesmo tracei do que pelo destino traçado pelos meus antepassados.

— E isso é possível?

Daisuke deu um sorriso sem graça e não respondeu a pergunta.

4

Após finalizar a leitura de um livro ocidental de poucas páginas, que ainda mantinha aberto diante de si, Daisuke apoiou os cotovelos na mesa e ficou absorto em pensamentos. Esses pensamentos se concentravam na última cena.

Lá longe, atrás das árvores que se erguem nuas e gélidas, duas pequenas lamparinas quadrangulares balançam silenciosas. Nesse local, há forcas. Os condenados estão em pé na escuridão. Alguém diz que perdeu uma galocha e que sente frio; um outro pergunta "O quê?", e esse alguém repete que perdeu uma galocha e que sente frio. Um terceiro pergunta onde está M, e um outro responde que está ali. Por entre as árvores há alguma coisa grande, branca e plana. De lá sopra um vento úmido. "É o mar", diz G. Um tempo depois, as lamparinas iluminam o papel da sentença, que mãos pálidas, sem luvas, seguram. Alguém sugere ser desnecessário ler a sentença. Essa voz treme. As luzes das lamparinas se apagam... "Agora, estou sozinha...", diz K e suspira. "S está morto. W está morto e M também. Fiquei sozinha..."

O sol se ergue do mar. Os corpos são colocados numa carroça e levados embora. Pescoços esticados, olhos saltados, línguas que brotam como flores horripilantes dentre lábios cobertos de espumas sanguinolentas, retornam pela mesma estrada por onde vieram.

Ao recapitular mentalmente a última cena de *Os sete enforcados*, de Andreiev.[21] Daisuke encolheu os ombros, todo arrepiado, pois sentiu uma intensa angústia de não saber o que faria nessa situação. E, apesar de concluir que seria impossível ele morrer desse jeito, nem por isso

21. Leonid Nikoláievitch Andreiev (1871-1919) foi um dos autores mais populares da Rússia no começo do século XX. A novela *Os sete enforcados* (*Rasskaz o semi povechenmikh*) é de 1908 e é considerada uma das obras-primas da literatura russa. [N.C.: Bruno Gomide]

deixou de considerar menos cruel alguém ser morto assim. Ao imaginar, ainda sentado em sua poltrona, os extremos do desejo de viver e da sensação de opressão causada pela morte, uma intensa agonia se espalhou num insuportável formigamento, sentido em todos os poros de suas costas.

Seu pai sempre falava aos quatro ventos que, aos dezessete anos, iria cometer *seppuku* por ter matado um vassalo do feudo e que, no último ato ritual, ele próprio cortaria a cabeça do irmão mais velho; e o pai dele, a sua. Daisuke não se conformava com tamanha atrocidade e, sempre que ouvia essas histórias, em vez de reconhecer esse ato de bravura, considerava-o abominável. E se não sentia repúdio pelo pai, era por julgá-lo mentiroso, sendo que esta última opção era a mais convincente para Daisuke.

As histórias não se resumiam apenas na do pai. Havia também a de seu avô. Quando esse avô ainda era jovem, um amigo de esgrima — que se destacava pela habilidade e era alvo de inveja — foi morto no meio do arrozal quando voltava para o castelo durante a noite. Quem primeiro saiu em busca do rapaz foi o avô de Daisuke, com uma lamparina na mão esquerda e uma espada desembainhada na direita. E dizem que, ao encontrar o amigo, começou a lhe bater com a espada para encorajá-lo: "Gunpei! Aguente, aguente firme... O corte não é tão profundo..."

Outra história era a do tio de Daisuke, que foi morto em Kyoto. Dizem que, certo dia, um homem encapuzado invadiu a hospedaria fazendo a maior algazarra. Seu tio, então, pulou do toldo do primeiro andar, e o invasor tropeçou numa pedra do jardim, estatelando-se no chão. Sem vacilar, o tio partiu para cima dele e, impiedosamente, cortou-lhe a face em mil pedaços. Uns dez dias antes de o tio morrer, ele caminhava pela avenida Sanjo, vindo da avenida Shijo, com um tamanco de madeira bem alto, próprio para se andar na neve, vestindo uma capa comprida e segurando um guarda-chuva para se proteger da neve. Quando estava a uns duzentos metros do portão da hospedaria, alguém o chamou pelas costas: "Senhor Naoki Nagai!" Sem se voltar para trás, o tio continuou andando normalmente com seu guarda-chuva até chegar em frente à hospedaria; aí abriu o portão, adentrou e o fechou abruptamente. E lá de dentro disse: "Eu sou Naoki Nagai. O que deseja?"

Toda vez que Daisuke escutava essas histórias, mais do que se sentir encorajado, assomava-lhe o medo. Mais do que se encher de bravura, um intenso cheiro de sangue impregnava suas narinas.

A expectativa de Daisuke para sua morte era de que fosse rápida, no ápice de uma convulsão repentina. No entanto, ele não era um homem propenso a um ataque fulminante. Suas mãos e pernas tremiam. Era comum sua voz tremer e o coração palpitar. Isso tudo sem nenhum motivo para se enervar. Daisuke sabia que essa história de ficar nervoso era um reflexo de seu estado psicológico, uma reação natural de quem sente a morte se aproximar; por isso, uma vez ou outra, a curiosidade o instigava a avançar até bem pertinho dela, intento que, logicamente, nunca alcançou êxito. Em suas autoanálises, surpreendia-se com as mudanças que lhe ocorreram nesses últimos cinco, seis anos.

Daisuke colocou o livro aberto virado sobre a mesa e se levantou. Da pequena fresta da janela aberta para a varanda, um vento fresco e agradável adentrou, balançando suavemente as pétalas vermelhas das flores de amaranto plantadas num vaso. Os raios de sol incidiam sobre a enorme flor. Daisuke se curvou aproximando-se dela. Retirou o pólen da extremidade larga do estame e o ajeitou delicadamente na ponta do pistilo.

— É formiga? — peguntou Kadono ao entrar pela porta da frente. Ele vestia um *hakama*. Daisuke levantou o rosto e olhou para ele, ainda curvado.

— Já voltou?

— Já. Ah! Eles disseram que amanhã vão se mudar e que estavam pensando em dar uma passada por aqui hoje.

— Quem? Hiraoka?

— É. E pelo que pude notar ele estava muito ocupado. O que não é o seu caso, não é, sensei?... Se for formiga, acho melhor colocar óleo vegetal. Quando elas ficarem sufocadas e começarem a sair do buraco, é só ir matando uma a uma. Se quiser, eu mato.

— Não é formiga. É que, num dia bonito como hoje, se você retirar o pólen e colocá-lo no pistilo, a planta logo dará frutos. Já que tenho tempo, estou fazendo o que o jardineiro me ensinou.

— Ah! Entendi... O mundo se tornou prático, não acha? Não é que o bonsai é realmente uma coisa boa? Além de bonito, serve pra entreter.

Daisuke não se deu ao trabalho de responder. E depois de um tempo disse:

— Chega de travessuras por hoje... — e se levantou para ir à varanda se sentar na cadeira de junco.

E, sentado, sem nada para fazer, ficou absorto em pensamentos. Entediado em vê-lo assim, Kadono foi para o seu quarto de três tatames, que ficava contíguo à entrada da casa. Quando ele abriu a porta corrediça para entrar no quarto, Daisuke o chamou de volta para a varanda.

— Hiraoka disse que viria aqui hoje?

— Ele disse que viria.

— Então, vou esperá-lo.

Daisuke desistiu de sair. Na verdade, havia algum tempo que ele estava intrigado com a situação de Hiraoka.

Naquele dia que Hiraoka veio à sua casa, a situação em que ele se encontrava não era das melhores, mas durante a conversa deixou escapar que pretendia entrar em contato com dois ou três conhecidos; mas, depois dessa conversa, Daisuke não soube de mais nada. Por duas vezes, Daisuke foi visitá-lo na hospedaria, em Jinbocho, mas na primeira ele não estava; na segunda, Hiraoka até estava, mas quando Daisuke se dirigiu ao quarto, atravessando o corredor, e apareceu de repente, sem se anunciar, a impressão que teve ao ver Hiraoka — de pé, em frente à soleira do quarto, com roupas ocidentais — era de que ele repreendia a esposa com severidade. Ao perceber que alguém se aproximava, Hiraoka virou-se e disse: “Ah! É você?” A expressão do rosto e o modo como ele se dirigiu a Daisuke demonstravam uma total falta de consideração e hospitalidade. Quando a esposa colocou a cabeça para fora da porta para ver quem era, seu rosto pálido ficou levemente ruborizado. Na ocasião, Daisuke não se sentiu à vontade e fingiu não ouvir o convite dela para entrar e se acomodar. Deu a desculpa de que passou por lá só para ver como estavam. Em seguida, ao saber que Hiraoka estava de saída, Daisuke resolveu deixar a hospedaria com o pretexto de que o acompanharia.

Nessa época, Hiraoka disse que queria encontrar logo uma casa para que pudessem se acomodar, mas, por estar muito ocupado, não lhe sobrava tempo para procurá-la. Alguém da hospedaria indicou-lhe uma, mas quando foi vê-la ainda estava ocupada; uma outra estava sendo pintada. De um assunto a outro, queixou-se o tempo todo até chegar o trem e se despedir. Daisuke ficou com pena dele e lhe adiantou que pediria para Kadono procurar uma casa; em seguida, tentou tranquilizá-lo dizendo que, por conta da crise econômica, com certeza haveria muitas casas disponíveis.

Depois dessa conversa, conforme o prometido, Daisuke pediu para Kadono procurar uma casa. E nisso de ele ir de um canto a outro encontrou logo uma que parecia adequada. Daisuke pediu para Kadono mostrar a casa ao casal; porém, segundo Kadono, os dois, após comentarem entre eles que a casa não era tão ruim, foram embora. Entretanto, como precisava dar uma satisfação para o dono da casa — se eles iam ou não ficar com ela —, e se caso resolvessem não ficar era preciso procurar outro lugar, Daisuke pediu para que Kadono fosse até eles averiguar o que tinham decidido.

— Você já avisou o dono que eles vão alugar a casa?

— Já. Passei por lá na volta e avisei que se mudariam amanhã.

Daisuke continuava sentado na cadeira e tentava imaginar como seria o futuro do casal em seu segundo recomeço em Tóquio. Hiraoka não era mais o mesmo daquele dia em que se despediram na estação de Shimbashi, havia três anos. Ele galgara um ou dois degraus na vida, mas acabou pisando em falso e pôs tudo a perder. O fato de ele não ter conquistado os altos escalões em parte foi bom, pois só assim seu fracasso passou incólume aos olhos da sociedade. Emocionalmente, no entanto, Daisuke via nele indícios de insanidade, e percebeu esse indício no dia em que se reencontraram. Porém, ao admitir não ser ele próprio mais o mesmo de três anos atrás, Daisuke cogitou se não teria sido seu estado de espírito e seu modo de agir que desencadearam essa reação em Hiraoka. No entanto, após presenciar o modo como Hiraoka falava na hospedaria, naquele dia que, ao visitá-lo, foi embora sem sequer entrar no quarto, Daisuke readmitiu sua primeira impressão. Naquele dia, uma espécie de tensão concentrava-se no centro de seu rosto, uma tensão escancarada entre suas sobrancelhas, que se contorciam como se seus olhos estivessem expostos ao vento e a grãos de areia. E tudo que Hiraoka lhe dizia, fosse o que fosse, lhe soava em tom impaciente e aflitivo. A imagem que Daisuke fazia de Hiraoka era a de um homem de pulmão fraco que, com imensa dificuldade, tentava nadar a todo custo num denso mingau de araruta.

"Mas que cara apressado!", murmurou Daisuke, ao vê-lo correr em direção ao trem. Depois, pensou na esposa de Hiraoka, que estava na hospedaria.

Daisuke nunca chamou a esposa de Hiraoka de "esposa de Hiraoka". Desde quando ela era solteira ele a chamava de Michiyo-san. Depois que se despediu de Hiraoka, Daisuke pensou em voltar à hospedaria para conversar com ela. No entanto, algo o impedia. Interrompeu os passos e, após pensar a respeito, concluiu que, pelo seu novo modo de ser, não achava errado fazer-lhe uma visita, mas mesmo assim o receio de que isso viesse a pesar na consciência não o deixava à vontade para ir até lá. Ele sabia que só lhe faltava coragem, mas o problema era que criar coragem lhe era muito penoso. Diante disso, voltou para casa, onde, em compensação, sentiu um misto de desassossego, insatisfação e um sentimento estranho que não sabia identificar. Incomodado, saiu de novo. Só que, dessa vez, saiu para beber. Daisuke era forte para a bebida e, especialmente nessa noite, bebeu além da conta.

— Ontem, eu não estava bem — ponderou Daisuke, recostado na cadeira, numa atitude de autocrítica.

— Está precisando de algo? — perguntou Kadono, vindo à varanda.

Kadono já trocara de roupa, não vestia mais o *hakama* nem o *tabi*[22], e estava descalço, deixando à mostra seus pés rechonchudos. Daisuke olhou para o rapaz sem dizer nada. Kadono ficou plantado em frente a Daisuke por alguns instantes, olhando também para ele.

---

22. Meia tradicional japonesa, moldada no formato do pé e que separa o dedão dos demais dedos. Possui uma abertura na lateral interna, na altura do calcanhar, com três fechos para facilitar seu uso. [N.T.]

— Ué! Sensei não tinha me chamado? Ué!? Pensei que tinha... — disse Kadono e se retirou. Daisuke não achou engraçado.

— Obasan! Ele disse que não me chamou. Bem que achei estranho... Eu não disse que não o tinha escutado bater palmas nem nada? — essas palavras vinham da sala de refeições, seguidas de risadas de Kadono e da obasan.

Nesse meio-tempo, a visita chegou. Kadono foi recepcioná-la, mas logo voltou com uma cara esquisita. Aproximou-se de Daisuke e, com essa mesma cara, cochichou:

— Sensei, é a esposa dele.

Sem dizer nada, Daisuke levantou-se da cadeira e dirigiu-se à sala de visitas de piso de tatames.

A esposa de Hiraoka tinha a tez branca, cabelos num tom quase preto, rosto oval e sobrancelhas bem definidas. Vendo-a de relance, tinha um ar melancólico que lembrava as antigas pinturas *ukiyo-e*. Desde que retornou para Tóquio, ela não parecia estar bem, a cor de seu rosto denotava isso. Tanto que Daisuke até ficou surpreso ao reencontrá-la na hospedaria. Quando Daisuke perguntou se ela ainda não se recuperara da longa e extenuante viagem de trem, e ela respondeu que não era isso e lhe contou que ultimamente andava sempre assim, ele sentiu pena dela.

Um ano após deixar Tóquio, Michiyo deu à luz uma criança, que logo faleceu. Desde então, ela passou a ter problemas cardíacos, que passaram a afetar sua saúde. No início, eram apenas vertigens. Porém, como essas vertigens eram recorrentes, resolveram procurar um médico. Este lhe disse que não tinha certeza, mas que poderia ser uma doença cardíaca de nome complicado. Se o diagnóstico estivesse certo, tratava-se de uma doença crônica incurável, sem perspectivas de tratamento. Essa doença fazia com que o sangue bombeado do coração para as artérias retornasse gradativamente ao coração. Ao saber disso, Hiraoka ficou tão preocupado que se empenhou nos cuidados para com ela. Tal dedicação talvez tenha contribuído para que, em um ano, ela tivesse uma considerável melhora no seu estado de saúde. Ela própria estava muito animada ao ver que sua aparência praticamente voltara ao normal, mas quando faltava cerca de um mês para vir para Tóquio voltou a empalidecer. No entanto, segundo o médico, dessa vez a palidez não era decorrente do problema cardíaco. Apesar de o coração não estar tão saudável, também seu estado não piorara, e a hipótese de que estivesse ocorrendo um mau funcionamento da válvula cardíaca foi descartada. Ao escutar essa história, Daisuke olhou para Michiyo imaginando que esse problema era decorrente de algum tipo de preocupação.

As pregas das pálpebras de Michiyo eram lindas, formadas de duas linhas. Os olhos eram amendoados, mas ficavam incrivelmente grandes quando ela fixava o olhar em algo. Daisuke atribuía esse efeito aos movimentos da íris. Antes de ela se casar, Daisuke costumava observar os movimentos de seus olhos. E mesmo hoje se lembrava muito bem deles. Quando tentava desenhar o rosto dela em sua mente, antes mesmo de terminar o contorno do rosto, eram esses olhos negros, de olhar vago, que lhe vinham primeiro à mente.

Michiyo foi conduzida pelo corredor até a sala de visitas e se sentou em frente a Daisuke. Ela apoiou suas lindas mãos, uma sobre a outra, em suas coxas. Usava um anel na mão de baixo e um outro na de cima. O anel de cima tinha um design moderno e era de ouro com uma pérola relativamente grande, presente que Daisuke lhe dera havia três anos para festejar o enlace.

Michiyo levantou o rosto. Ao reconhecer de imediato aqueles olhos, Daisuke, instintivamente, deu uma piscadela.

A moça contou que, no dia seguinte em que chegaram de trem, ela e Hiraoka pretendiam visitá-lo, mas começou a passar mal e não pôde vir; depois, explicou que acabou não vindo porque estava aguardando uma oportunidade de vir sozinha, mas hoje... e interrompeu a frase. E, de repente, como se lembrasse do dia em que Daisuke foi visitá-los, pediu desculpas por Hiraoka estar de saída naquele dia.

— Você podia ter esperado Hiraoka voltar — disse num tom amável e delicadamente feminino. Mas esse tom mesclava tristeza. Esse era o seu jeito de falar, e, ao ouvi-la, Daisuke lembrou-se do passado.

— Ele parecia estar muito ocupado.

— Ocupado ele estava, mas não teria nenhum problema se você ficasse. Do jeito que você agiu, até parecia um estranho.

Daisuke pensou em perguntar o que acontecera com o casal naquele dia, mas achou melhor não tocar no assunto. Antigamente, Daisuke se sentiria à vontade para lhe perguntar, em tom de brincadeira, o que ela fizera de errado para levar bronca e ficar vermelha, mas dessa vez não teve coragem de fazer esse tipo de gozação ao perceber um quê de tristeza em suas meigas palavras.

Daisuke acendeu um cigarro e, com o filtro entre os lábios, encostou a cabeça na poltrona; em seguida, demonstrando estar bem à vontade, sugeriu:

— Há tempos que não nos vemos. Vamos sair para comer alguma coisa?

Daisuke achou que essa sua atitude faria com que ela se sentisse um pouco melhor.

— Hoje não. Não posso demorar — respondeu Michiyo, mostrando ligeiramente seu velho dente de ouro.

— Vamos! Você pode, não?

Daisuke posicionou as mãos entrelaçadas na nuca e olhou para Michiyo. Ela se curvou ligeiramente e tirou um relógio pequeno de dentro da faixa do quimono. Daisuke lembrou-se do dia em que, numa mesma loja, ele comprou o anel de pérola para presenteá-la e Hiraoka adquiriu esse relógio, e quando iam saindo juntos pela porta os dois se entreolharam e começaram a rir.

— Ih! Já passam das três horas. Pensei que ainda eram umas duas. É que, antes, tive que dar uma passadinha num outro lugar... — disse como se estivesse dando uma satisfação para si mesma.

— Está com tanta pressa assim?

— É que preciso voltar logo.

Daisuke soltou as mãos da nuca e bateu as cinzas do cigarro.

— Três anos foram suficientes para torná-la uma verdadeira dona de casa. O que há de se fazer... — Daisuke riu, após fazer esse comentário. No entanto, em sua voz notava-se um tom de amargura.

— Você esqueceu que me mudo amanhã?

Ao dizer isso, a voz de Michiyo soou animada. Daisuke esquecera da mudança, mas, contagiado pela alegria dela, inocentemente sugeriu:

— Então, depois de se mudar, volte aqui com mais tempo.

— Mas é que... — Michiyo não sabia o que responder e, meio confusa, abaixou um pouquinho a cabeça para, logo em seguida, levantá-la de novo. Seu rosto estava um pouquinho ruborizado.

— Na verdade, eu vim aqui para lhe pedir um favor.

A aguda intuição de Daisuke já sabia de antemão que tipo de favor seria. E, de fato, desde o dia em que Hiraoka voltou para Tóquio, em seu subconsciente ele sabia que, mais dia, menos dia, estaria diante desse problema.

— Peça. Não precisa fazer cerimônia.

— É que estamos tendo dificuldades de administrar o dinheiro.

Seu jeito de falar parecia o de uma criança inocente, as maçãs do rosto estavam ruborizadas. Daisuke lamentou que a situação de Hiraoka houvesse chegado a esse ponto de fazer com que sua mulher tivesse que se humilhar desse jeito.

Conforme ela ia contando a história, Daisuke descobriu que o dinheiro não era para cobrir as despesas da mudança nem tampouco para as despesas com a casa nova. O dinheiro era para saldar uma dívida que Hiraoka prometeu pagar em uma semana, assim que chegasse a Tóquio. Essa dívida era uma das três que ele assumira quando deixou o emprego na filial, e era uma que não podia ser protelada e que teria de ser quitada a qualquer custo. Segundo Michiyo, no dia seguinte ao que chegou a Tóquio, Hiraoka estava tão preocupado com essa dívida que tentou arranjar o dinheiro em vários lugares; porém, como estava difícil consegui-lo, em último caso ele pediria para Daisuke. E foi então que ele pediu para que Michiyo viesse lhe solicitar esse favor.

— É aquele dinheiro que ele pegou emprestado do gerente da filial?

— Não. Essa dívida pode esperar, mas esta aqui não. Se não for paga, acabará com certeza prejudicando os planos que ele tem aqui em Tóquio.

Bem que Daisuke desconfiava que havia algo assim. Ao perguntar de quanto precisava, viu que era pouco: quinhentos ienes. Achou a quantia irrisória, mas ele não tinha nenhum tostão. Daisuke parecia viver sem nenhuma dificuldade, mas na verdade era um homem de grandes limitações financeiras.

— O que o levou a se endividar tanto?

— Quando penso nisso, fico desnorteada. Como adoeci, também tenho minha parcela de culpa, mas é que...

— Essa despesa é da época em que você esteve doente?

— Não. As despesas com remédios não foram grande coisa.

Michiyo não disse mais nada. Daisuke também não teve coragem de ficar especulando. E, ao observar o rosto pálido de Michiyo, percebeu que se esboçava nele o medo do futuro.

5

Na manhã seguinte, logo cedo, Kadono contratou três carroças e foi até a estação de Shinbashi buscar a mudança de Hiraoka. Na verdade, a mudança já chegara havia algum tempo, mas, como o casal ainda não tinha onde morar, as coisas estavam guardadas na estação. Se calculássemos o tempo de transporte e mais o de carga e descarga, a mudança levaria, no mínimo, metade do dia.

— Vá logo, senão... não vai dar tempo — advertiu Daisuke, assim que saiu do quarto.

Kadono, com seu jeito de sempre, respondeu:

— Não se preocupe!

Um homem como Kadono, sem noção de tempo, não dava a mínima para esse tipo de recomendação, mas, após a explicação de Daisuke, ele finalmente esboçou uma cara de quem entendeu a advertência. Em seguida, Daisuke orientou-o a ficar depois da mu-dança na casa de Hiraoka ajudando o casal até que tudo estivesse arrumado.

— Entendi. Pode deixar — disse Kadono ao sair, sem demonstrar descontentamento ou qualquer contrariedade.

Após Kadono sair, Daisuke ficou lendo até as onze e pouco. Nisso, lembrou-se de que um tal D'Annunzio[23] estava pintando os cômodos de sua casa nas cores azul e vermelho. Ele partia do princípio de que apenas essas duas cores eram capazes de trazer à tona as duas emoções essenciais para a vida: uma sala em que se deseja incitar os ânimos — sala de música ou gabinete — deveria ser pintada de vermelho;

23. Gabriele D'Annunzio (1863-1938). Representante do Decadentismo na Itália, propõe um modelo de vida intelectual integralmente dedicado ao culto da beleza (Esteticismo), e desvinculado de preocupações materiais. Suas obras exaltam os sentimentos e a superioridade da imaginação sobre o intelecto, e o elo com a visão de mundo de Soseki fica evidente nas páginas a seguir. [N. C.: Cecília Casini]

porém, se o intuito fosse relaxar a mente, espaços como o dormitório ou a sala de repouso deveriam receber cores em tons de azuis. O poeta estaria colocando em prática uma teoria, defendida por um psicólogo, no intuito de satisfazer sua curiosidade.

Daisuke estranhou que um homem como D'Annunzio, de apurada sensibilidade, necessitasse de estímulos de uma cor tão intensa como o vermelho. Daisuke, por exemplo, nunca tivera uma boa impressão ao olhar para o portal, de vermelho intenso, do Santuário Inari. Ele preferia imaginar estar flutuando em meio ao verde, dormindo serenamente. Certa vez, ele viu numa exposição um quadro de um artista chamado Aoki[24] que retratava uma mulher alta, em pé, no fundo do mar. Dentre as inúmeras obras ali expostas, este foi o único quadro que realmente o agradou. Talvez por ele próprio desejar estar num ambiente submerso e sereno como o do quadro.

Daisuke foi à varanda para observar o verde que se estendia à sua frente. Em algum momento, as flores caíram, dando lugar aos brotos e às folhas novas. Sentiu a brisa soprar em seu rosto como a lhe trazer esse verde esplendoroso. Ao perceber que esse estímulo, no fundo, despertava certa tranquilidade, sentiu-se bem. Foi então que colocou seu boné de caça e, sem trocar a roupa leve de algodão que vestia, saiu.

Ao chegar à nova residência de Hiraoka, encontrou o portão aberto e parecia não haver ninguém: nem sinal de mudança nem do casal. Por fim, encontrou, sentado na varanda e fumando um cigarro, um homem que parecia ser um dos carregadores. Quando Daisuke lhe perguntou o que estava acontecendo, ele informou que um pouco antes o casal havia estado ali e que, ao presumir que a mudança só chegaria depois do almoço, resolvera ir embora.

— O marido e a esposa vieram juntos?

— Sim. Vieram juntos.

---

24. Shigueru Aoki (1882-1911), natural da província de Shizuoka, formou-se na Escola de Belas Artes de Tóquio. Pintor de estilo romântico ocidental, suas paisagens marinhas aproximam-se do impressionismo. O quadro a que se refere o texto é o *Palácio de escamas da divindade do mar* (*Wadatsumi no iroko no miya*). [N.T.]

— E os dois foram embora juntos?

— Sim. Os dois foram embora juntos.

— A mudança deve estar chegando. Obrigado e desculpe o transtorno — disse Daisuke e voltou para a rua.

Em seguida, Daisuke foi até o bairro de Kanda, mas não quis passar na hospedaria. No entanto, algo o fazia se preocupar com o casal, principalmente com a esposa de Hiraoka. E isso o fez mudar de ideia e dar uma passada por lá. O casal almoçava lado a lado, com a refeição disposta sobre a mesa. A criada da pousada segurava a bandeja de costas para a soleira. Daisuke cumprimentou-os do corredor, por detrás da criada.

Hiraoka ficou surpreso em ver Daisuke. Seus olhos estavam vermelhos e inchados. Disse que estavam assim porque ele não dormia direito havia uns dois ou três dias. Michiyo pôs-se a rir dizendo que era exagero de Hiraoka. Daisuke sentiu um misto de pena e alívio. O casal convidou-o a ficar, mas Daisuke recusou e saiu para almoçar e cortar o cabelo. Depois, foi para Kudan e, na volta, passou outra vez na nova casa do casal. Michiyo supervisionava a mudança com um lenço envolto na cabeça, vestindo uma calça larga de seda estampada por debaixo do quimono e com as mangas presas por uma tira de pano. A criada da pousada também se encontrava lá para ajudá-la. Hiraoka estava na varanda desatando os nós que fechavam a canastra, mas, assim que viu Daisuke, perguntou-lhe, rindo, se ele não queria dar uma mãozinha. Kadono havia tirado o *hakama* e prendera as pontas do quimono na faixa desta vestimenta. E, ao passar por Daisuke, carregando a cômoda dupla da sala com a ajuda do carregador, disse:

— E então, sensei... Que tal a minha roupa? Não é para rir, hein!

No dia seguinte, Daisuke estava, como sempre, sentado à mesa de refeições tomando seu chá preto. Nisso, Kadono apareceu na sala de refeições com a cara recém-lavada e a pele viçosa.

— Que horas o Sensei voltou ontem? Fiquei tão cansado que acabei dormindo... Por um acaso, Sensei deu uma espiada no meu quarto? Que malvado! E então... Que horas voltou para casa? Por onde andou, hein?

Kadono, como sempre, falava pelos cotovelos. Daisuke limitou-se a perguntar em tom sério:

— E você? Ficou lá até terminar toda a arrumação?

— Claro que fiquei! Arrumamos tudo. Em compensação, estou todo quebrado. Afinal, diferente de nossa mobília, eles têm muitas coisas grandes. O jeito como a mulher dele ficava plantada no centro da sala, meio distraída, era muito engraçado.

— Pois saiba que a saúde dela não anda muito boa.

— Realmente, ela não parecia estar bem. Bem que achei que ela estava muito pálida! Totalmente ao contrário do senhor Hiraoka. Ele sim tem um físico muito bom, não acha? Fiquei surpreso ao vê-lo ontem à noite, no banho público.

Passado um tempo, Daisuke voltou para o gabinete e escreveu umas duas ou três cartas. Uma delas era endereçada ao amigo que trabalhava num órgão governamental japonês[25] na Coreia, agradecendo a porcelana *Koraiyaki*[26] que este lhe enviou de presente. A outra era endereçada à sua irmã, que morava na França, pedindo-lhe que procurasse uma boneca tanagra[27], não muito cara.

Após o meio-dia, ao sair para sua caminhada, Daisuke passou no quarto de Kadono e o viu deitado, dormindo profundamente. Sentiu inveja dele ao ver os inofensivos orifícios de suas narinas, pois se lembrou de que na noite anterior custara a pegar no sono. O barulho do relógio de bolso, que costumava deixar ao lado do travesseiro, começou a incomodá-lo. Esticou o braço, pegou o relógio e o colocou embaixo do travesseiro, mas o barulho continuava a ecoar dentro de sua cabeça. E, enquanto uma parte de seu consciente continuava a escutar esse barulho, a outra parte começou a dormitar, como que a mergulhar em direção

25. Em japonês, *tokanfu*. Refere-se ao órgão governamental japonês instaurado em Seul, na Coreia, em 1905, logo após a guerra entre o Japão e a Rússia. [N.T.]

26. Porcelana tipicamente coreana, chamada Goryeo Cheongja, de esmaltamento verde-acinzentado característico da dinastia Goryeo (918-1392). [N.C.: Yun Jung Im Park]. No Japão, essa técnica foi utilizada para a fabricação de louças artísticas utilizadas na cerimônia do chá, principalmente, a partir do período Azuchi-Momoyama (1568-1598). [N.T.]

27. Estatuetas de terracota, mergulhadas em banho de argila, de 20 a 30 cm de altura e pintadas em cores vivas, que datam de VIII a I a.C., originalmente encontradas na cidade tebana de Tânagra, antiga Grécia. [N.T.]

às profundezas das trevas. Isso sem perder a consciência de que, dentro de sua mente, uma agulha, como a de uma máquina de costura, continuava a costurar a noite. Com o tempo, esse barulho foi substituído pelo som de um inseto, como o do grilo-toupeira, que parecia vir do meio de um lindo arbusto plantado no vaso, no canto da varanda. Ao lembrar que, na noite anterior, sonhara até esse momento, Daisuke acreditou ter descoberto uma espécie de fio condutor entre o sono e o despertar.

Daisuke era o tipo de homem que, quando cismava com alguma coisa, fosse o que fosse, não conseguia desviar o pensamento. E não foram poucas as vezes que se sentiu um idiota por ficar cismado com a própria cisma. Uns três ou quatro anos atrás, ele quis descobrir a todo custo como ele caía no sono. De noite, sob o cobertor, esperava o momento de começar a dormir e pensava "É aqui. É assim que eu durmo", e de imediato despertava. Depois de um tempo, recomeçava a dormir e de novo pensava "É isso. É aqui". Quase todas as noites, agoniado pela expectativa, Daisuke repetia isso umas duas ou três vezes. Por fim, ele mesmo se aborreceu com essa história e quis se livrar a todo custo desse sofrimento. Chegou a pensar que era um tolo. Apelou para que seu consciente convencesse o inconsciente de que ficar tentando se lembrar de duas coisas ao mesmo tempo era, segundo James[28], como examinar a escuridão com uma vela acesa ou verificar o movimento de um pião parado, e que se continuasse com isso jamais conseguiria dormir. No entanto, era só chegar a noite que lá estava ele outra vez insistindo em fazer a mesma coisa.

Essa mania, que persistiu por cerca de um ano, de repente passou; mas, ao relacionar o sonho da noite anterior com essa antiga mania, Daisuke se sentiu esquisito. E, ao mesmo tempo em que pensou o quão maravilhoso seria se sua consciência, isolada do resto da mente, pudesse acompanhar o sonho, cogitou que esse estado seria idêntico ao da loucura. Apesar dessa suspeita, no entanto, o Daisuke de até então acreditava que o fato de ele não ser uma pessoa suscetível a paixões o redimia de se tornar louco.

---

28. William James (1842-1910), psicólogo e filósofo americano fundador do pragmatismo, método pelo qual o significado dos conceitos é verificado pelos fatos, experiência e efeitos práticos que provoca na crença do indivíduo. [N.T.]

Durante dois ou três dias após a mudança, Daisuke e Kadono nada comentaram sobre Hiraoka. Na tarde do quarto dia, Daisuke foi convidado para ir a uma festa ao ar livre numa residência de Azabu. Dentre os muitos convivas, homens e mulheres, destacavam-se, como convidados de honra, um homem muito alto — que parecia ser membro do Parlamento inglês ou algum empresário — e sua esposa, que usava pincenê. A esposa era uma mulher muito bonita; bonita demais para um país como o Japão. Ela ostentava com orgulho uma sombrinha de Gifu[29], que possivelmente comprara em alguma loja.

O dia estava bem ensolarado. Daisuke se encontrava em pé no amplo gramado, de fraque, sob o límpido céu azul, a sentir o intenso sol de verão a se propagar dos ombros às costas. O cavalheiro inglês franziu as sobrancelhas e, contemplando o céu, comentou que o tempo estava "Realmente, maravilhoso!". Nisso, sua esposa exclamou: "*Lovely*!" O jeito enfático, em alto e bom tom, de os ingleses expressarem os elogios chamou a atenção de Daisuke.

Daisuke tentou conversar um pouco com a esposa do inglês, mas, como ele mal conseguia sustentar a conversa por mais de três minutos, logo deu uma desculpa e se esquivou. Depois, conversou com uma jovem de quimono com os cabelos penteados no estilo *shimada*[30] e, em seguida, trocou algumas palavras com um sujeito que trabalhou durante um tempo em Nova York, na área comercial. Esse sujeito se considerava um exímio falante de inglês e adorava conversar nessa língua. Tanto que não perdia nenhuma oportunidade de participar de reuniões em inglês, de conversar em inglês com os japoneses e ficar batendo papo em inglês à mesa de refeições. Tinha também a mania de falar e rir do que acabava de dizer. Algumas vezes, essa sua mania parecia incomodar os

---

29. A província de Gifu é famosa pelos leques e lanternas fabricados com papéis artesanais. A sombrinha (*ehigasa*) de Gifu é um guarda-chuva de bambu e papel oleado estampado com figuras. [N.T.]

30. Estilo de penteado muito em voga no período Meiji entre as moças em idade de casar. Os cabelos eram presos com pentes e grampos (*kanzashi*), formando um coque no alto da cabeça ou na altura da nuca, que podia ser simples ou elaborado. Neste contexto, enfatiza-se que a jovem escolheu um coque elaborado para agradar os estrangeiros que, supostamente, apreciavam as coisas exóticas. [N.T.]

ingleses. Daisuke era da opinião de que ele devia parar com essas risadas. A jovem, por sua vez, também falava inglês muito bem. Ela tinha aulas particulares de conversação com um casal americano e era filha de um homem muito abastado. Daisuke ficou admirado com a fluência dela e, enquanto a escutava, concluiu que seu inglês era muito melhor do que seu rosto.

Daisuke não foi à festa por ter sido convidado pelo anfitrião ou por ser amigo do casal de ingleses. O convite lhe chegou às mãos graças à posição social de seu pai e de seu irmão. E era por isso que, durante a festa, ele andava de um lado para outro cumprimentando as pessoas e circulando por entre as rodas. E, no que estava a perambular pela festa, encontrou o irmão.

— Ah! Você está aí — disse o irmão, sem menção de tirar o chapéu.

— O tempo está bom, não acha?

— É. Perfeito!

A estatura de Daisuke não era das mais baixas, mas o irmão era um pouco maior do que ele e sua aparência estava ótima, pois engordara um pouco nesses últimos cinco ou seis anos.

— E então, não quer ir lá conversar um pouco com os estrangeiros?

— De jeito nenhum — disse o irmão, esboçando um sorriso forçado. Em seguida, começou a mexer com as pontas dos dedos a corrente de ouro que pendia sobre sua barriga saliente.

— Você não acha que esses estrangeiros são muito exagerados? Você precisa ver o jeito como eles elogiam... Do jeito que falam, até o tempo se sente obrigado a dar o melhor de si.

— Estavam elogiando o tempo, é? Mas você não acha que está quente demais?

— Acho.

Como se tivessem combinado, Seigo e Daisuke pegaram ao mesmo tempo seus respectivos lenços brancos e enxugaram a testa. Os dois estavam com chapéus encorpados de seda.

Ambos caminharam até a sombra de uma árvore, num dos cantos do jardim. Não havia ninguém por perto. Do outro lado, começava uma apresentação, um tipo de entretenimento ou algo parecido. Seigo observava a cena com a mesma expressão no rosto de quando estava em casa. Ao observar o irmão, Daisuke pensou: “Pelo visto, para meu irmão não faz a mínima diferença estar em casa ou numa festa. Do jeito que ele está acostumado com esse tipo de vida, isso tudo deve ser muito chato e entediante.”

— E o pai? Para onde ele foi hoje?

— Foi ao encontro de poesia.

Seigo respondeu com a mesma cara de sempre, mas Daisuke achou engraçado.

— E a minha cunhada?

— Está ciceroneando um convidado.

Daisuke logo pensou nas queixas que ela com certeza faria e, novamente, achou graça.

Daisuke sabia que Seigo estava sempre muito ocupado. Encontros como esse ocupavam boa parte de seu tempo. Seigo, no entanto, nunca fazia cara feia, nunca se queixava e, mesmo comendo e bebendo de modo desregrado e paparicando as mulheres, nunca aparentava estar cansado ou irrequieto. Daisuke admirava essa habilidade quase sobrenatural do irmão de se manter sempre uma pessoa inabalável.

O jeito como seu irmão se portava o dia todo — sempre indo a lugares cheios de gente, sem parecer presunçoso nem desiludido — era uma prova de que estava acostumado com esse tipo de vida: frequentar casas de gueixas, ir a restaurantes, comparecer a banquetes, participar de almoços, ir ao clube, levar alguém para Shinbashi, ir buscar alguém em Yokohama, fazer visitas de cortesia em Oiso... Para Daisuke, o irmão era como uma água-viva que vive no mar e não sente a água salgada.

Daisuke era grato por seu irmão ser assim. É que Seigo, diferentemente do pai, nunca ficou dando sermões. Muito pelo contrário, como ele nunca falava de princípios ou discutia seus pontos de vista discursando sobre filosofias de vida, Daisuke não tinha nenhuma ideia de em que o irmão acreditava ou deixava de acreditar. Em compensação, também nunca o viu criticar qualquer coisa, seja por princípio, ponto de vista ou filosofia de vida. Ele ser assim era ótimo.

Entretanto, por outro lado, isso o tornava uma pessoa sem graça. Por isso, Daisuke preferia mil vezes conversar com a cunhada. Quando Daisuke se encontrava com o irmão, este sempre lhe perguntava "Como vai?". Depois, comentava vários assuntos: "Você soube do terremoto que ocorreu na Itália?"; "E não é que o imperador da Turquia foi deposto?"; "Meu Deus, a florada das cerejeiras de Mukojima já terminou!"; "Sabia que encontraram uma cobra gigante no fundo de um navio estrangeiro aportado em Yokohama?"; "Fulano foi atropelado nos trilhos..." — tudo notícias de jornais, um arsenal de assuntos de ordem geral para todos os tipos e gostos. Um arsenal que poderia se dizer inesgotável, munição para estender a conversa por horas a fio.

A propósito de ele ser assim, às vezes fazia perguntas inusitadas, do tipo "Será que aquele tal de Tolstói[31] já morreu?", ou "Quem é hoje o melhor escritor do Japão?". E, apesar de sua patente ignorância e desinteresse por literatura, suas indagações eram, por assim dizer, despretensiosas — sobrepujava a relação respeito-desprezo —, o que deixava Daisuke mais à vontade para respondê-las.

Digamos que as conversas com o irmão eram pouco estimulantes, mas em compensação era tranquilo para Daisuke estar frente a frente com ele, pois a conversa não continha nenhuma intenção adstringente e corrosiva. Porém, como o irmão sempre estava ocupado, andando o dia inteiro de um lado para outro, era difícil Daisuke conseguir encontrá-lo. Mesmo sua cunhada e os sobrinhos Seitaro e Nui estranhavam quando viam o pai em casa, sentado à mesa, nas três refeições. Por isso Daisuke sabia que o fato de ele estar com o irmão à sombra de uma árvore era o momento mais do que oportuno para conversarem:

— Tenho um assunto que gostaria de falar com você... Algum dia desses, você teria um tempo?

— Tempo? — disse Seigo, rindo, sem dar qualquer tipo de satisfação.

31. Liev Nikolaiévitch Tolstói (1828-1910), como romancista foi um dos ícones do realismo literário do século XIX na Europa e, como pensador, era muito popular entre intelectuais socialistas e anarquistas no começo do século XX, inclusive na América Latina. Soseki tinha uma vasta bibliografia das obras de Tolstoi (em tradução inglesa) em sua biblioteca particular. [N.C.: Bruno Gomide; N.T.]

— Poderia ser amanhã de manhã?

— Amanhã de manhã preciso ir ao porto de Yokohama.

— E à tarde?

— À tarde estarei na empresa, mas tenho algumas reuniões agendadas; mesmo que você venha, não terei tempo para conversar com calma.

— Então, que tal à noite?

— À noite, vou ao Hotel Imperial. Convidei o casal de estrangeiros para jantarmos lá.

Daisuke olhou, amuado, para o irmão. E caíram na risada.

— Se é tão urgente assim, que tal hoje? Se for hoje, tudo bem. Faz tempo que não comemos juntos, não é?

Daisuke concordou. Achou que Seigo iria propor que fossem ao clube, mas, para sua surpresa, o irmão sugeriu que comessem enguias.

— É a primeira vez que vou comer enguias com chapéu de seda. — Daisuke hesitou.

— E o que é que tem?

Os dois deixaram a recepção, chamaram um riquixá e foram para um restaurante especializado em enguias, ao lado da ponte Kanasuguibashi. Era um estabelecimento antigo à beira do rio, cercado de salgueiros. Após colocar os dois chapéus de seda, virados do avesso, na prateleira que ficava ao lado da coluna de madeira enegrecida, Daisuke comentou que achava estranho vê-los juntos. Ele se sentia bem mais à vontade agora que se encontravam a sós, no andar superior do restaurante, sentados no chão com as pernas cruzadas, do que quando estavam na festa.

Ambos bebiam com prazer. O irmão bebia, comia e conversava como se não tivesse nenhum outro compromisso. Eles ficaram tão à vontade que, se Daisuke não se policiasse, acabaria esquecendo de tratar do assunto principal que o levou a estar ali. Então, assim que a atendente trouxe a terceira rodada de saquê, Daisuke tocou no assunto. É claro que o assunto era aquele dinheiro que Michiyo lhe pedira emprestado.

Daisuke, até então, nunca pedira ao irmão que lhe desse alguma coisa ou lhe emprestasse algum dinheiro. A única vez que precisou da ajuda dele foi na época em que se formou, quando exagerou com gueixas e o irmão é que acabou pagando a dívida. Naquela ocasião, em vez de ralhar, ele se limitou a dizer "Ah, é? Que bela encrenca!", e acrescentou: "Não diga nada para o pai, entendeu?" Dito isso, pediu para a esposa intermediar e quitar a conta. Não houve nenhuma repreensão, e desde então Daisuke passou a sentir gratidão pelo irmão. Depois disso, muitas vezes precisou de alguns trocados, mas, quando a coisa apertava, ele recorria à cunhada, que prontamente o socorria. E é por isso que se podia dizer que esta era a primeira vez que ele teria esse tipo de conversa com o irmão.

Daisuke não sabia ao certo por onde começar, pois Seigo era como uma chaleira sem alça: difícil saber por onde pegar. E era esse o ponto que o instigava.

Com ares de uma conversa trivial, Daisuke começou a falar sobre a história do casal Hiraoka. Seigo escutava a história sem demonstrar qualquer reação de impaciência e, entre um gole e outro, fazia interjeições do tipo "Ah, é?", "Hum!". Quando a história chegou na parte em que Michiyo veio lhe pedir dinheiro, Seigo continuou impassível, reagindo e interagindo com interjeições: "Ah, é?", "Hum!" Não vendo outra saída, Daisuke disse:

— Então... Senti pena deles e prometi que tentaria ajudá-los.

— Ah, é? Que bom!

— O que você acha?

— Você consegue levantar esse dinheiro?

— Eu não tenho nenhum tostão. Vou pedir emprestado.

— A quem?

Desde o início, Daisuke previa essa situação e, por isso, disse sem titubear:

— Pensei em pedir emprestado para você — e olhou de novo para Seigo com o intuito de verificar sua reação. O irmão continuava com a mesma cara de sempre e respondeu com a maior tranquilidade:

— Não conte comigo.

O motivo, segundo o irmão, não tinha nada a ver com obrigações ou sentimentos de benevolência para com o casal nem com a questão de receber ou não o dinheiro de volta. Ele não emprestaria o dinheiro por uma simples razão: era só deixar as coisas como estavam que elas se resolviam por si só.

Seigo deu vários exemplos para provar sua afirmação. Primeiro contou a história de um homem chamado Fujino, que alugava uma de suas casas. Havia pouco tempo, Fujino acolheu o filho de um parente distante, que passou a morar com ele. Um dia, esse jovem foi convocado para o alistamento militar e precisou voltar para a terra natal; porém, como Fujino gastara todo o dinheiro que o garoto trouxera para as despesas com os estudos e as passagens, pediu a Seigo que lhe emprestasse esse dinheiro por algum tempo. É claro que Seigo não falou pessoalmente com ele, mas instruiu a esposa para que recusasse o pedido. E mesmo assim o jovem conseguiu viajar e chegar a tempo para o alistamento, sem nenhum transtorno.

Um outro caso foi o de um outro parente desse mesmo Fujino. Esse parente também gastara todo o dinheiro da caução do aluguel e, na véspera da mudança, ainda não tinha conseguido juntar o dinheiro; como não podia deixar de ser, esse parente veio chorar as mágoas para Fujino com o intuito de que ele pedisse emprestado o dinheiro para Seigo. E, como da outra vez, Seigo se recusou a emprestar. Mas mesmo assim ele conseguiu devolver o dinheiro da caução, sem nenhum transtorno... Seigo deu vários outros exemplos desse tipo.

— Ah! Com certeza, a Umeko deve tê-los ajudado pelas suas costas — disse Daisuke, rindo. — Não sabia que você era tão ingênuo! — e soltou uma gargalhada.

— O quê? Isso nunca!

Seigo continuava com o rosto inalterado. Pegou o *sakazuki* que estava na sua frente e o levou à boca.

6

Nesse encontro, Seigo não quis se comprometer a emprestar o dinheiro. Daisuke, ainda que condoído, evitou lamentações do tipo "Sinto pena da Michiyo" ou "Coitada!". E, ciente da impossibilidade de conseguir em uma única conversa que o irmão também lamentasse a situação desse casal que ele sequer conhecia, achou por bem evitar quaisquer manifestações de sentimentalismos, pois previa que, com essa atitude, incitaria o irmão a fazê-lo de bobo e partir para a zombaria. Diante disso, resolveu manter as aparências e tocar sua vida ociosa, saindo por aí para beber. E, ao sair para beber, percebeu que a falta de honestidade e dedicação — que seu pai costumava tanto lhe dizer — aplicava-se a essa sua conduta. No entanto, Daisuke jamais usaria das lágrimas para manipular as pessoas. Estava ciente e consciente de quão pedante seria persuadir alguém com lágrimas, expressões de apatia e insinuações de integridade e honestidade. E seu irmão também era dessa opinião. Por isso, Daisuke sabia muito bem que, se utilizasse desse tipo de subterfúgio, com certeza sua reputação ficaria manchada para sempre perante o irmão.

Conforme bebiam, o assunto sobre o dinheiro foi ficando em segundo plano, dando lugar a temas de interesse mútuo, já que os dois bebiam prazerosamente na companhia um do outro. Porém, no momento em que foi servido o *chazuke*[32], Daisuke retomou o assunto, como se de súbito se lembrasse dele; começou dizendo que entendera as razões de o irmão não emprestar o dinheiro e prosseguiu perguntando se ele não poderia, então, contratar Hiraoka para fazer algum serviço.

---

32. Prato típico da culinária japonesa. Trata-se de arroz regado a chá verde ou caldo leve preparado com algas secas e lascas de peixe bonito (*dashijiru*); algumas vezes acrescenta-se salmão desfiado ou outro peixe cortado em finas lâminas. Geralmente, é servido no final da refeição. [N.T.]

— Não. Esse tipo de gente eu não quero. Sinto muito, não posso ajudar. Ainda mais nessa crise econômica... — após dizer isso, Seigo sorveu o *chazuke* ruidosamente e com avidez.

Na manhã seguinte, no quarto, a primeira coisa que Daisuke pensou logo que acordou foi que somente alguém do meio empresarial seria capaz de convencer o irmão. E que, se dependesse apenas da relação afetiva e de parentesco, nada conseguiria.

O fato de pensar assim não significava que Daisuke considerava o irmão desumano. Muito pelo contrário, ele até entendia e concordava com as razões de Seigo agir assim. O estranho era que esse mesmo irmão, que hoje lhe negava ajuda, um dia pagou, sem reclamar, a dívida das libertinagens de Daisuke. Se o irmão já fizera isso antes, o que ele faria caso Daisuke resolvesse assumir a dívida de Hiraoka? Será que pagaria a dívida como da outra vez? Será que, quando se recusou a ajudar Daisuke, estava ciente dessa hipótese? Ou será que se recusou sabendo, desde o início, que Daisuke jamais seria capaz de forçar a situação a esse ponto?

O Daisuke de hoje sabia muito bem que jamais seria capaz de assumir dívidas em nome de terceiros. Mas, e se porventura o irmão se recusou a ajudá-lo sem cogitar essa hipótese? Seria o caso de Daisuke pô-lo à prova? Qual seria a reação do irmão diante de uma inesperada solidariedade de Daisuke? Ao cogitar o resultado dessa manobra que ele próprio reconhecia ser de má índole, um riso de escárnio esboçou-se em sua mente.

Uma coisa, porém, era certa: cedo ou tarde Hiraoka o procuraria com notas promissórias para pedir sua assinatura.

Daisuke saiu do quarto pensando nisso. Kadono lia o jornal na sala de estar, sentado de pernas cruzadas; porém, assim que viu Daisuke se aproximar com os cabelos ainda úmidos do banho, descruzou as pernas, dobrou e colocou o jornal ao lado da almofada e logo foi dizendo em voz alta:

— Meu Deus! A coisa está feia no capítulo de hoje do *Baien*.[33]

33. Romance autobiográfico do escritor e tradutor Sohei Morita (1881-1949), publicado no jornal *Asahi-shinbun* de janeiro a maio de 1909. *Baien* (literalmente: fumaça) é uma de suas obras mais representativas, na qual conta a história da malsucedida tentativa de se suicidar, em 1908, com Raicho Hiratsuka (1886-1971), uma moça bem-nascida da alta sociedade, de 22 anos, militante feminista, ensaísta, contista e poetisa, precursora do movimento feminista. Morita foi discípulo de Natsume Soseki. [N.T.]

— Você está lendo esse romance?

— Toda manhã.

— Está gostando?

— Sim. É muito bom.

— De que parte você gosta?

— Que parte? Isso de que parte é uma pergunta difícil de responder. Mas, vejamos. Talvez seja porque... Bem... Ah! Talvez porque fala das ansiedades do homem moderno; acho que é isso.

— Você não acha que há também muitas cenas sensuais?

— É mesmo. Tem sim. E como tem...

Daisuke se calou.

E, levando consigo a xícara de chá, foi para o gabinete, sentou-se na poltrona e, absorto em pensamentos, pôs-se a observar o jardim. Nisso, reparou que, entre os galhos secos e cheios de calosidades e a base acinzentada do tronco da romã, brotavam folhas mescladas em tons de verde e vermelho escuros. Porém, logo que elas foram capturadas pelos seus olhos, deixaram de atraí-lo.

Naquele momento, os pensamentos de Daisuke apenas divagavam sem concretude. Sua mente estava tranquila e serena como o dia que se estendia lá fora. No entanto, no âmago de sua mente, inúmeras partículas de essência desconhecida agitavam-se sem cessar. E, tal qual larvas saçaricando dentro de um queijo — imperceptíveis enquanto não é cortado —, essa agitação em sua mente mal era percebida por Daisuke; a não ser quando isso se manifestava fisiologicamente, incitando-o a mudar sua posição na poltrona.

Daisuke não costumava usar certos termos em voga, como "moderno" ou "ansiedade". Para Daisuke, ele ser um homem moderno era mais do que óbvio e achava desnecessário ter de dizê-lo; além disso, o fato de ser moderno não significava necessariamente ter de ser um homem ansioso.

Daisuke entendia que as ansiedades descritas na literatura russa estavam relacionadas ao clima e à política opressiva. Na literatura francesa, eram decorrentes do excesso de adultério das mulheres. E a ansiedade existente na literatura italiana, representada por D'Annunzio, era produto da insatisfação gerada pela ausência de limites, que culminava na decadência moral. E era por isso que, para Daisuke, os escritores japoneses que apreciavam descrever a sociedade apenas por esse ponto de vista não passavam de meros reprodutores de uma literatura importada.

Nos tempos de escola, ele já vivenciara esse tipo de ansiedade que acompanha as dúvidas intelectuais; depois que se tornou adulto, porém, essa ansiedade de repente estancou e começou a diminuir — efeito semelhante ao de lançar uma pedra para o alto. Hoje, Daisuke é da opinião de que não deveria ter jogado levianamente a pedra. O mundo ilusório dos fenômenos, apregoado pelos monges zen-budistas, era uma terra em que ele ainda não pisara. Daisuke era por demais inteligente para questionar todas as coisas com tão sincera impetuosidade.

Daisuke também acompanhava o *Baien*, que Kadono dizia gostar; hoje, contudo, apesar de o jornal estar ao lado de sua xícara de chá preto, não quis lê-lo. Os protagonistas de D'Annunzio são homens que não têm dificuldades financeiras, e é presumível que o fato de poderem esbanjar os levasse a fazer coisas insensatas e maldosas, mas os protagonistas de *Baien*, de tão pobres, não têm o que esbanjar. E, para conduzir os acontecimentos até onde chegaram, só mesmo o poder do amor seria capaz de justificar. No entanto, nem o personagem Yokichi nem a mulher chamada Tomoko são postos à margem da sociedade por assumirem o verdadeiro amor. Daisuke suspeitava dessa força interior que motiva a ação dessas personagens. Um protagonista que consegue viver naquelas condições e agir daquele modo não poderia ser uma pessoa ansiosa. E foi então que Daisuke percebeu que dentro dele é que havia uma semente de ansiedade que o tolhia de tomar esse tipo de atitude.

Toda vez que Daisuke fazia uma autorreflexão concluía ser uma pessoa original. No entanto, admitia que a originalidade de Yokichi era superior a dele. Até pouco tempo atrás, motivado pela curiosidade, Daisuke lia o *Baien*; de uns dias para cá, porém, parou de lê-lo ao constatar o abismo existente entre ele e Yokichi.

De vez em quando, Daisuke se mexia na poltrona, mas achava estar tranquilo. Tomou o chá e, como de costume, começou a ler um livro.

A leitura transcorreu normalmente por cerca de duas horas; de repente, interrompeu a leitura no meio de uma página e apoiou o queixo entre as mãos. Em seguida, pegou o jornal que estava ao seu lado e começou a ler o *Baien*. E continuou achando que entre ele e o protagonista não havia nada em comum. Depois, leu outras notícias. O conde Okuma[34] tomara partido dos estudantes dissidentes que encabeçavam inúmeras rebeliões envolvendo a criação de uma Escola Técnica de Comércio. As palavras do conde eram bem contundentes. Ao ler esse artigo, Daisuke cogitou que isso era apenas um subterfúgio empregado pelo conde para atrair e reunir estudantes para a Waseda[35], e lançou longe o jornal.

Somente após o meio-dia é que Daisuke finalmente se deu conta de que não estava tranquilo. Era como se as inúmeras e pequeninas rugosidades do seu estômago estivessem em constante movimento, num incessante trocar de posições e formatos. De vez em quando, essa sensação costumava se apoderar dele, mas até então a considerava apenas um fenômeno fisiológico. Daisuke estava um pouco arrependido de ter ido comer enguias com o irmão no dia anterior. Resolveu esticar sua caminhada até a casa de Hiraoka, sem saber ao certo se o objetivo era caminhar ou visitar Hiraoka. Pediu para a velha senhora que separasse um quimono e, quando estava pensando em se trocar, seu sobrinho Seitaro chegou. De chapéu na mão, apareceu com sua cabeça redonda e de belo formato e se sentou.

— Já terminou as aulas? Não está cedo demais?

— Não está cedo não — respondeu e, rindo, olhou para a cara do tio. Daisuke bateu palmas para chamar a empregada.

— Quer tomar chocolate? — perguntou Daisuke.

— Quero.

---

34. Shiguenobu Okuma (1838-1922). Foi ministro das Relações Exteriores (1896-1897) e duas vezes primeiro-ministro do Japão (1898 e 1914-1916). Em 1899 foi ferido num atentado pelo estudante Tsuneki Kurushima, do Kokuryukai (Pan-Asianismo), movimento que objetivava a união dos povos asiáticos contra a dominação europeia e americana. [N.T.]

35. Fundada em 1882 por Shiguenobu Okuma como Escola Profissionalizante de Tóquio. Em 1902, passou a ser denominada Universidade Waseda. [N.T.]

Daisuke pediu para preparar dois chocolates e começou a caçoar de Seitaro.

— Meu Deus! De uns tempos para cá suas mãos ficaram enormes. Acho que é de tanto jogar beisebol! Olhe só... Sua mão está maior do que a cabeça!

Seitaro sorriu e passou a mão direita na cabeça redonda. Realmente, sua mão era enorme.

— Tio, é verdade que ontem meu pai lhe pagou uma refeição?

— É sim. Estava muito boa. E, por conta disso, hoje meu estômago não está nada bem.

— Deve ser o nervosismo.

— Não são os nervos. É sério, é tudo culpa do seu pai.

— Mas foi meu pai que disse isso.

— Disse o quê?

— Disse para eu passar aqui depois da escola para você me pagar alguma coisa gostosa.

— Ah, é? Um agradecimento pelo dia de ontem?

— É. Ele disse que ontem foi ele quem pagou e que, por isso, hoje era a sua vez.

— E é por isso que você veio aqui hoje?

— Sim.

— Filho de peixe, peixinho é. Acho que não adianta tentar despistá-lo, não é? E é por isso que estou lhe oferecendo chocolate, não está bom?

— Só chocolate?

— Por quê? Você não gosta?

— Gostar eu gosto, mas...

Ao escutar com atenção o pedido de Seitaro, Daisuke descobriu que o que o sobrinho realmente queria é que ele se comprometesse a levá-lo ao Ekoin[36] para assistir, sentados no melhor lugar da ala central

36. Nome popular do templo budista Kokuhozan Muenji, da corrente Jyodoshu, construído em 1657 no bairro de Kuroda, em Tóquio, para cultuar as almas das mais de 107 mil pessoas que foram mortas no Grande Incêndio de Edo, ocorrido naquele ano. O Estádio Esportivo Nacional (Kokugikan) estava sendo construído naquela época dentro da área do templo e, posteriormente, foi reconstruído no bairro de Kuramae (1954) com o nome de Novo Estádio Esportivo Nacional (Shin-Kokugikan). [N.T]

do estádio, ao início do torneio de sumô[37]. Daisuke prometeu levá-lo de bom grado. E foi então que Seitaro disse todo sorridente:

— Tio, sabia que, apesar de viver assim folgado, você é um grande homem?

Daisuke ficou surpreso com esse tipo de comentário e, sentindo-se acuado, respondeu:

— Sem dúvida! Sou um grande homem!

— Eu só fiquei sabendo disso ontem à noite, pelo meu pai — Seitaro tentou se justificar.

Seitaro contou que, quando o pai voltou para casa ontem à noite, este começou a conversar sobre Daisuke com a mãe e o avô. Apesar de o jeito de contar de uma criança ser um pouco confuso, seu sobrinho era um garoto relativamente inteligente e memorizou alguns trechos da conversa. O pai de Daisuke comentou que seu filho não tinha mais jeito. O irmão retrucou dizendo que, apesar de Daisuke ser assim, no fundo era um homem bem esclarecido, e sugeriu que o pai o deixasse em paz por um tempo e que não precisava se preocupar. Por fim, Seigo tranquilizou o pai dizendo que, cedo ou tarde, Daisuke encontraria algo para fazer. Sua cunhada, Umeko, concordou de pronto e reforçou essa ideia, alegando que não havia com o que se preocupar, já que na semana passada ela tinha consultado um vidente, e este previra que Daisuke se tornaria um homem de destaque.

Daisuke escutava tudo atentamente, intercalando no meio da conversa interjeições do tipo "Hum...", "E depois?"; mas, quando o sobrinho lhe contou sobre o vidente, não conseguiu conter o riso. Depois dessa conversa, Daisuke foi se trocar e, após acompanhar o sobrinho até o portão, seguiu para a casa de Hiraoka.

A casa de Hiraoka era uma construção de péssima qualidade, muito feia, que representava bem o sufoco e as agruras cada vez maiores da classe média, decorrentes do aumento do custo de vida dos últimos dez anos. Era dessa maneira que Daisuke enxergava a casa de Hiraoka.

---

37. Os torneios nacionais de sumô ocorriam duas vezes ao ano em Tóquio: em janeiro e maio. Cada torneio durava cerca de dez dias. Além dos torneiros nacionais, havia os torneios itinerantes realizados em outras cidades. [N.T.]

A distância entre o portão e o terraço era de cerca de um metro e oitenta centímetros, a mesma existente entre o muro e a entrada da cozinha. Todas as casas em volta eram também pequenas e apertadas. Com o crescente aumento da pobreza na cidade de Tóquio, pequenos investidores construíam essas casinhas medíocres com o intuito vil de injetar pouco capital e lucrar o dobro ou o triplo: essas casas eram um tributo para os que ainda teimavam em lutar pela sobrevivência.

Na atual Tóquio, principalmente em seus subúrbios, havia muitas casas desse tipo espalhadas por todos os lados, as quais aumentavam dia a dia sem controle, como infestações de pulgas, comuns no final do verão, na época de chuva. Daisuke chamou isso de "o progresso dos perdedores" e elegeu esse cenário como símbolo do Japão moderno.

Eles moravam numa espécie de barril quadrado de petróleo, todo remendado e coberto com telhas que lembravam escamas de peixe. Entre seus moradores, não havia ninguém que não tivesse acordado no meio da noite com o barulho de um pilar rachando. Havia buracos na madeira das portas, e as divisórias corrediças de papel — como era de se presumir — estavam sempre empenadas. Todos aqueles que investiam seu capital no próprio cérebro e dependiam dele para tirarem seu sustento mensal viviam em casas alugadas desse tipo e nelas se enclausuravam. E Hiraoka era um deles.

Ao passar em frente à cerca da casa, a primeira coisa que Daisuke reparou foi o telhado. As telhas enegrecidas lhe causaram uma estranha comoção. As tábuas opacas, cor de barro, pareciam aceitar sem nenhuma resistência as infiltrações de água. Pedaços de cordões de palha das canastras, desamarrados no dia da mudança, ainda jaziam espalhados em frente ao terraço. Ao entrar na sala, Hiraoka estava sentado na mesa escrevendo uma carta que parecia ser extensa. Do quarto ao lado, ouvia-se o barulho dos puxadores da cômoda batendo na madeira da gaveta quando Michiyo as abria ou fechava. Ao seu lado, a canastra grande estava aberta e a ponta da manga de um quimono[38] muito bonito pendia para fora.

38. Em japonês, *nagajuban*. Quimono de tecido leve que se veste sob o quimono. [N.T.]

Hiraoka se desculpou pela indelicadeza, mas pediu que Daisuke o aguardasse. Enquanto esperava, Daisuke ficou olhando a canastra, o quimono e, de vez em quando, as mãos que remexiam a mala. A porta corrediça permanecia aberta, mas Daisuke não conseguia ver o rosto de Michiyo, pois ela estava bem atrás de uma das folhas da divisória.

Finalmente, Hiraoka largou o pincel sobre a mesa e se levantou. A carta devia tratar de algum assunto sério, já que suas orelhas estavam vermelhas. Também os olhos estavam vermelhos.

— Como vai? Obrigado por ter nos ajudado. Estava pensando em ir até sua casa lhe agradecer, mas ainda não tive tempo... — essas palavras, em vez de soarem como um pedido de desculpas, tinham um tom agressivo, como de quem se defende de uma acusação.

Hiraoka se sentou com as pernas cruzadas, sem vestir camiseta e nem ceroulas por debaixo do quimono, cuja gola desalinhada deixava à mostra parte dos pelos do peito.

— Ainda não deu tempo de se acomodar, não é?

— Que acomodar que nada! Do jeito que estão as coisas, nunca vou conseguir me acomodar — e, agitado, pôs-se a fumar desesperadamente.

Daisuke sabia muito bem por que Hiraoka o recepcionou desse jeito. O intuito não era atingi-lo, mas a sociedade. Não. Na verdade, Hiraoka estava se punindo e, ao perceber isso, Daisuke sentiu pena dele. Entretanto, mesmo ciente desse fato, Daisuke, por ser um homem sensível, não gostou do tom e das palavras de Hiraoka. O único porém era que Daisuke não se zangava com isso.

— O que você achou da casa? Até que os cômodos são bem distribuídos, não é?

— É. Até que são... Mas, mesmo que não fossem, não teria outro jeito. Se eu fosse morar numa casa do jeito que eu gosto, teria que aplicar na Bolsa ou coisa que o valha. Dizem que, hoje em dia, só mesmo sendo corretor da Bolsa para poder construir uma casa bonita.

— Tem razão. Em compensação, imagine quantas casas precisariam ser demolidas para se construir uma casa bonita.

— E isso não é bom? Seria uma casa muito confortável!

Hiraoka riu. Nisso, Michiyo apareceu e, assim que viu Daisuke, foi logo agradecendo, de modo informal, por tê-los ajudado noutro dia; em seguida, sentou e colocou na sua frente uma flanela vermelha toda enrolada.

— O que é isso?

— É um quimono de bebê. Eu mesma costurei e esqueci que o tinha guardado. Encontrei-o agora quando tirava as coisas do fundo da mala — e, desamarrando o laço que o envolvia, mostrou o quimono segurando as manguinhas. — Olhe só!

— Ainda estava guardando isso? Descosture logo e use como pano de chão...

Michiyo colocou o quimono no colo e, sem dizer nada, ficou por um bom tempo cabisbaixa, olhando a roupinha. Depois, olhou para o marido e disse:

— É igual ao seu.

— Isso aqui? — Hiraoka vestia um quimono estampado de bolinhas com forro de flanela. — Não está nada bom. Estou com muito calor.

Pela primeira vez, Daisuke se viu diante do velho Hiraoka.

— Quimono forrado com flanela deve ser mesmo muito quente. Por que você não troca por outro mais leve?

— Hum. É que dá trabalho trocar.

— Eu já pedi para Hiraoka trocar de roupa para lavá-la, mas ele não me ouve.

— Está bem! Já vou me trocar. Não aguento mais esse calor...

A conversa sobre a criança morta foi deixada de lado, e o ambiente começou a ficar um pouco mais agradável do que no início. Hiraoka convidou Daisuke para ficar e beber com ele, já que não se encontravam havia um tempo. Michiyo também insistiu para que ele ficasse à vontade e que não tivesse pressa de ir embora, e foi para o cômodo ao lado preparar alguma coisa. Ao vê-la de costas, Daisuke sentiu um forte desejo de lhe arrumar o dinheiro.

— Você já conseguiu algum trabalho? — perguntou Daisuke.

— Bem, digamos que sim e não. Mas, se eu não encontrar um, o jeito é ficar um tempo sem fazer nada. Procurando com calma, devo encontrar alguma coisa.

Apesar da aparente tranquilidade de Hiraoka, aos ouvidos de Daisuke suas palavras soaram como as de alguém que estava desesperado para arranjar um emprego. Daisuke pensou em lhe contar sobre a conversa que tivera com o irmão no dia anterior, mas, ouvindo-o falar desse jeito, achou melhor deixar esse assunto para outra ocasião, atendo-se apenas a observá-lo. O intuito era evitar que Hiraoka pensasse que Daisuke estaria tentando difamar sua reputação. Ainda mais que, até então, Hiraoka não lhe dissera uma única palavra sobre a questão do dinheiro. Daí o motivo de ele não achar conveniente tocar nesse assunto, mesmo correndo o risco de que, agindo assim, Hiraoka pudesse julgá-lo um sujeito frio. No entanto, o Daisuke de hoje não dava a mínima para a opinião alheia, mesmo porque ele próprio não se considerava um homem impetuoso. Se o Daisuke de três ou quatro anos atrás avaliasse o Daisuke de hoje, diria que ele sofreu um processo de degeneração como ser humano; mas se, ao contrário, o Daisuke de hoje avaliasse o de três, quatro anos atrás, verificaria que o Daisuke anterior dava muita ênfase na conduta moral para, habilmente, tirar proveito próprio. Hoje, no entanto, Daisuke era da opinião de que é bem mais simples e fácil se contentar com o desdém de ser talhado em latão de material inferior, do que tentar o triste empenho de se convencer de que um banho de ouro seja suficiente para torná-lo de ouro maciço.

Mas o fato de Daisuke ter se contentado em ser de simples latão não possuía, como era de se esperar, um enredo típico de um romance em que uma pessoa se depara com uma gigantesca e turbulenta onda, que o faz, no auge do desespero, dar uma guinada no modo de pensar a própria vida. No caso de Daisuke, o processo — de retirar todo o revestimento do banho de ouro — se deu gradativamente e por esforço próprio: fruto de seu modo peculiar de conduzir seus pensamentos e de sua capacidade ímpar de observação. Para Daisuke, o grande responsável por ele ter se banhado em ouro era seu pai. Naquela época, ele achava que seu pai era ouro. Muitos dos veteranos da escola lhe pareciam ouro. Todas as pessoas com instrução elevada eram ouro. E o fato de apenas ele ser banhado em ouro o deixava muito triste. Desejou, a todo custo, se tornar ouro. No entanto, quando a sua perspicácia começou a bater de frente com os metais de que eram feitas as outras pessoas, passou a achar que esse empenho era uma tremenda bobagem.

Daisuke pensou da seguinte maneira: se ele próprio mudou radicalmente nesses últimos três, quatro anos, com certeza Hiraoka também deve ter mudado devido às experiências pelas quais passou. Diante dessa situação, o Daisuke de antigamente — que sempre procurava agradar Hiraoka — faria planos para tentar ajudar o amigo, a despeito de brigar com o irmão ou discutir com o pai, e ainda o procuraria para contar, eufórico, todos os detalhes do que acontecera; mas isso só mesmo o velho Hiraoka de antigamente é que podia esperar dele, uma vez que o Daisuke de hoje já não lhe tinha mais tanta consideração.

Por conta disso, eles passaram a maior parte do tempo conversando trivialidades e pouco se tocou no assunto do dinheiro. Nesse momento, chegou o saquê, e Michiyo os serviu, segurando a garrafa pela parte bojuda.

À medida que se embebedava, Hiraoka se mostrava mais loquaz, embora fosse um tipo de homem que, por mais que bebesse, dificilmente se alterava. No entanto, nesse dia ele estava tão eufórico que até parecia estar contente. Nesse estado, não só tagarelava mais do que um bêbado, como também discutia assuntos relativamente sérios, que o faziam vibrar de emoção toda vez que a discussão ficava acalorada. Daisuke se lembrava muito bem de como ele e Hiraoka costumavam discutir à mesa repleta de garrafas de cerveja. E o estranho era que ele achava bem mais fácil conversarem justamente quando Hiraoka estava nesse estado. Ainda mais que era Hiraoka que sempre o convidava a beber para que pudessem tirar suas máscaras. No entanto, as circunstâncias em que os dois se encontravam naquele dia eram muito diferentes das de outrora. E, no íntimo, ambos estavam cientes de quão difícil seria encontrar o caminho da reaproximação. No dia seguinte ao que Hiraoka voltou para Tóquio, quando se reencontravam após três anos, ambos se deram conta em algum momento do distanciamento que havia entre eles.

Hoje, no entanto, estava acontecendo algo estranho. Quanto mais Hiraoka se afinava com a bebida, mais ele parecia voltar a ser o Hiraoka de antigamente. Uma nova rodada de saquê, vindo em boa hora, funcionou como um anestésico para a situação econômica, os sofrimentos, as queixas e as agruras de Hiraoka. Mas de repente a conversa de Hiraoka mudou de sintonia.

— Sei que fracassei. Mas mesmo tendo fracassado, continuo trabalhando. E pretendo continuar trabalhando. Enquanto isso, você fica aí rindo do meu fracasso... Por mais que você diga que não está rindo de mim, entendo que é como se estivesse. Sei que você ri. Você ri, mas não faz nada. Você é daqueles que aceitam o mundo do jeito que ele é. Dito de outro modo, você é um homem incapaz de ter seus próprios desejos, não é? E não me diga que não tem nenhum, pois sei que é mentira. Afinal, você é um ser humano. A prova disso é que você está sempre insatisfeito. Eu tento conquistar o que desejo persuadindo a sociedade para que ela me atenda, mesmo que minimamente. Sem isso não conseguiria viver. E é assim que reconheço o valor da minha existência. Enquanto isso, você fica só pensando. E nisso de ficar só pensando você acaba vivendo em dois mundos diferentes: naquele que você construiu dentro de sua cabeça e no que está fora. Pois saiba que você ficar aí aguentando essa tremenda desarmonia o torna também um tremendo fracassado no mundo do intangível. Vamos! Diga o que está pensando. Pois eu digo que, no meu caso, exteriorizei essa desarmonia, enquanto que você simplesmente a guardou dentro de si, e nesse quesito posso dizer que o tamanho do meu fracasso é menor do que o seu. Mas, apesar disso, quem ri de mim é você. E eu sequer posso rir de você. Não. Na verdade, eu quero rir de você, mas a sociedade diz que não devo, não é?

— Pode rir o quanto quiser, pois antes mesmo de você rir eu já ria de mim há muito tempo.

— Isso é mentira! Não é, Michiyo?

Michiyo estava sentada havia algum tempo sem dizer nada, mas ao ser inquirida pelo marido esboçou um sorriso e olhou para Daisuke.

— Não é, Michiyo-san? — perguntou Daisuke, pegando o *sakazuki* para que ela lhe servisse mais saquê.

— Isso é mentira. Por mais que Michiyo tente defendê-lo, é mentira. Por mais que você fique rindo dos outros ou de si mesmo, nunca saberemos se está mentindo ou dizendo a verdade, pois é dentro da sua mente que você ri.

— Pare de brincar!

— Quem disse que estou brincando? Estou falando sério. Logicamente, antes você não era assim. Não era mesmo, mas hoje você mudou. Não acha, Michiyo? Hoje qualquer um nota o quanto Daisuke Nagai se tornou orgulhoso, não é?

— Pelo que pude ouvir até agora, você parece muito mais orgulhoso do que ele...

Hiraoka deu uma sonora gargalhada. Michiyo pegou a garrafa e foi para o cômodo ao lado aquecer mais saquê. Hiraoka pegou com o *hashi* uns dois, três pedaços de peixe servidos de aperitivo e os comeu, ruidosamente, com os olhos voltados para a mesa. Logo depois, levantou os olhos turvos e pesados e disse:

— Há tempos que eu não me embebedava assim com tanto prazer como hoje. E você... Você parece que não está gostando de beber, não é? Isso é inadmissível! Essa história de eu voltar a ser o velho Tsunejiro Hiraoka enquanto você se recusa a voltar a ser o velho Daisuke Nagai é muito chata! Vamos lá, tente! Beba mais... Eu também vou beber mais. Você também; vamos, beba mais, vamos!

Daisuke acatou a sugestão e num esforço singular, sincero e ao mesmo tempo inocente, tentou fazer com que seu eu atual voltasse a ser o eu antigo; porém, quando tentava fazer isso, começou a sentir uma irritação, como se alguém estivesse pedindo com insistência para que ele devolvesse o pão comido anteontem.

— Pois fique sabendo que, quando você bebe, suas palavras até podem se embriagar, mas sua cabeça está sempre lúcida.

— É isso mesmo. Esse é o meu velho Nagai.

Ao escutar isso, Daisuke perdeu a vontade de falar.

— E você? Por acaso, está lúcido? — perguntou Daisuke.

— É claro que estou. Se você está lúcido, eu nunca deixo de estar — respondeu Hiraoka, olhando para o rosto de Daisuke. Hiraoka era o tipo de homem que dizia o que pensava. E foi então que Daisuke resolveu interpelar:

— Há pouco, você me criticou e ficou batendo na mesma tecla dizendo que eu não trabalhava, e eu não disse nada. Fiquei quieto porque achei que você tinha razão em me criticar; afinal, não tenho mesmo intenção de trabalhar.

— Por que você não trabalha?

— Quer saber por que não quero trabalhar? Ora, não tenho culpa de eu não ter um trabalho. A culpa é do mundo. E, se me permite um exagero, acho inútil trabalhar, pois sou da opinião de que não vale a pena o Japão ter relações com o Ocidente. Para começar, não existe nenhum outro país que, embora tenha assumido tantas dívidas, continue em situação de miséria. Quando é que você acha que vamos conseguir pagar toda essa dívida? Bem, os títulos do exterior com certeza serão pagos, mas a dívida não se resume a isso. Se o Japão não pedir dinheiro emprestado ao Ocidente, não terá condições de se manter e se desenvolver. E mesmo assim o Japão pretende fazer parte dos principais países do mundo. É por isso que o Japão só se preocupa com sua imagem de fachada, escondendo suas mazelas. O mais triste é constatar que, com tão pouco, é possível enganar a todos. É como um sapo tentando vencer uma vaca — basta aguardar e ver... —, a barriga do sapo ficará escancarada. As consequências disso estão pesando sobre cada um de nós, não vê? Os povos que sofrem a opressão do Ocidente não têm tempo para pensar e, por isso, não conseguem um trabalho decente. A combinação de uma parca educação, exploração e excesso de trabalho resulta em depressão nervosa. Tente conversar com as pessoas e logo verá que a maioria é bem idiota. Elas só pensam em si, no que fazer hoje e nas coisas imediatas, fora isso não pensam em mais nada. Isso não tem jeito, pois, afinal, o cansaço é tanto que não conseguem usar a cabeça. Infelizmente, a exaustão mental e o corpo debilitado caminham juntos. Além do que, a falta de moralidade também se soma a isso. Em todo o Japão, você não encontra nenhum metro quadrado com luz. Tudo está em trevas. Para que vou ficar sozinho no meio disso tudo, se o que digo ou faço não vão adiantar nada? Sempre fui um preguiçoso. Minto. Sou assim desde o tempo em que andávamos juntos. Naquela época, eu estava animado e por isso eu parecia ser uma pessoa promissora e de futuro. É claro que se a sociedade japonesa fosse espiritual, moral e fisicamente sadia, mesmo que minimamente, eu seria como sempre fui: promissor e de futuro. Nesse caso, sei que teria muitas coisas para fazer. Teria motivação de sobra para vencer a preguiça. Mas do jeito que as coisas estão, não dá. Se as coisas são como são, prefiro continuar a ser o que sou. Ficarei satisfeito em garantir apenas o que for mais adequado para mim, aceitando as coisas como elas são ou, como você mesmo diz, aceitando o mundo como ele é. Convenhamos, tentar convencer os outros a pensarem como eu é uma tarefa inútil.

Daisuke se calou por alguns instantes. Em seguida, lançou um olhar rápido para Michiyo, que permanecia sentada, ligeiramente acanhada. E, no intuito de agradá-la, perguntou:

— Michiyo-san! O que você está achando das minhas ideias? São bastante convenientes e muito boas, não acha? Você não concorda comigo?

— São ideias bem diferentes... Para mim, elas parecem meio pessimistas, mas você tem razão, não deixam de ser convenientes. Não sei explicar direito, mas acho que você está tentando nos enganar...

— É mesmo? Como?

— Como? Querido, você também não acha? — Michiyo olhou para o marido.

Hiraoka estava quieto, com os cotovelos apoiados nas coxas e o queixo sobre suas mãos, e, sem dizer nada, empurrou o *sakazuki* para que ficasse em frente a Daisuke. Também calado, Daisuke pegou o *sakazuki* e o tomou. Michiyo serviu-lhes mais bebida.

No momento em que seus lábios tocaram o *sakazuki*, Daisuke achou que não precisava falar mais nada. Para início de conversa, ele não estava tentando convencer Hiraoka a pensar como ele e tampouco estava lá para ouvir a opinião do amigo. Desde o início, Daisuke sabia que os dois estariam sempre fadados a viver distantes um do outro, e por isso interrompeu a discussão e passou a conversar sobre assuntos mais corriqueiros, de temas gerais, para que Michiyo também pudesse participar.

No entanto, uma vez bêbado, Hiraoka se tornava um homem inoportuno. E com o peito à mostra, todo vermelho sob os pelos, disse:

— Isso é interessante. Muito interessante. Uma pessoa como eu, que enfrenta a realidade e precisa lidar com ela, jamais teria tempo de pensar nisso... Você sabia que, quando estou trabalhando, esqueço que o Japão é um país pobre e debilitado? Ainda que a sociedade esteja se degradando, mesmo que eu não queira, é nessa sociedade que se tem de trabalhar, não é? Isso de ficar preocupado com a pobreza do Japão ou com a nossa degradação moral é assunto para pessoas desocupadas como você. Somente um espectador sem nenhuma função na sociedade pode ficar aí dizendo esse tipo de coisa. Ou melhor, isso é típico de quem tem tempo de ficar se olhando no espelho. Os que vivem ocupados nem se lembram mais da própria cara.

Assim que essa metáfora brotou espontaneamente, Hiraoka se sentiu como que amparado por um grande aliado e, dono de si, resolveu dar uma trégua. Daisuke se viu forçado a esboçar um sorriso, mesmo a contragosto. E, nisso, Hiraoka continuou:

— O problema é que você não precisa se preocupar com dinheiro. E, como não precisa se preocupar com o próprio sustento, não sente vontade de trabalhar. O que estou tentando dizer é que você não passa de um garoto mimado que fica aí falando bonito...

Daisuke começou a ficar com raiva de Hiraoka e revidou:

— É bom trabalhar, mas, se é para trabalhar, que seja então em algo realmente meritório, superior às expectativas de subsistência. Todos os trabalhos considerados dignos transcendem a esfera do ganha-pão.

Hiraoka olhou atentamente para Daisuke e, com um olhar de contrariedade, perguntou:

— Por quê?

— Por quê? Ora, porque, quando se trabalha para o sustento, o trabalho deixa de ser um trabalho.

— Não estou entendendo a lógica desse seu raciocínio. Tente explicar de modo que um homem prático compreenda.

— O que estou tentando dizer é que, quando se trabalha para se ter o que comer, é difícil se empenhar de verdade.

— Pois eu acho que é exatamente o contrário. Trabalha-se com afinco para justamente se ter o que comer.

— Pode até ser que se trabalhe com afinco, mas não creio que esse empenho seja sincero. Qual o objetivo de quem trabalha para comer: comer ou trabalhar?

— É claro que é comer.

— Não disse? Se o objetivo de trabalhar é ter o que comer, não seria mais prático encontrar um trabalho que tornasse isso mais fácil? Se for assim, não importa o que você faça ou como faça, já que, no final das contas, o que importa é apenas conseguir o ganha-pão. E uma vez que esse trabalho é controlado por outrem, seja quanto ao conteúdo, direcionamento ou procedimentos, esse esforço não passa de um esforço desvirtuado.

— Você continua dando uma de teórico... Mas, e daí? Qual o problema de se trabalhar assim?

— Está bem. Vou lhe dar um belo exemplo. É uma história muito antiga que li num livro[39]. Oda Nobunaga[40] trouxe um cozinheiro muito famoso para sua residência; quando provou pela primeira vez a refeição por ele preparada, achou-a tão ruim que o repreendeu com severidade. Ao ser repreendido por servir pratos requintados, esse cozinheiro passou a preparar pratos de segunda e, até mesmo, de terceira categoria, os quais foram muito elogiados por Oda. Veja o caso desse cozinheiro. Um homem que trabalha para o sustento pode até ser uma pessoa perspicaz, mas você não acha que esse cozinheiro foi muito desonesto para com seu próprio trabalho, que é justamente a arte de cozinhar? Não teria ele desvirtuado seu próprio trabalho?

---

39. Trata-se da coletânea de histórias que abrange o período Kamakura (XIV-XV) até o período Edo (XVII-XIX), intitulada *Okinagusa* (1791); o título é a denominação de uma flor medicinal (*Anêmona pulsatila*). Composta de 200 volumes, foi compilada por Kanzawa Toko (Teikan; 1710-1795): os primeiros cem, em 1772, e o restante em 1791. A obra foi reeditada em 1905. [N.T.]

40. Oda Nobunaga (1534-1582). Influente general que dominou a região de Kinki (área de Kyoto a Osaka) e cujo poderio econômico e militar o levou a conquistar o governo central. Para combater os grandes templos budistas, proprietários de extensas terras, Nobunaga aliou-se aos jesuítas portugueses construindo igrejas para a catequese e, em contrapartida, promoveu intenso intercâmbio comercial com os mercadores portugueses. Ao ser traído por seu general Mitsuhide Akechi e cair numa emboscada, Nobunaga suicida-se no templo Honno, em Kyoto. [N.T.]

— Mas ele não tinha saída, pois se não fizesse isso seria mandado embora.

— Esse é o ponto. Os que não precisam se preocupar com o sustento, se é que podemos dizer assim, só trabalham com sinceridade naquilo que realmente gostam de fazer.

— Bem. Então quer dizer que somente uma pessoa com a sua posição é que seria capaz de realizar um trabalho digno... Se for assim, você tem mais que obrigação de trabalhar. Você não acha, Michiyo?

— É. Acho que sim.

— Estou vendo que a conversa voltou à estaca zero. Pelo visto, nossa discussão não valeu nada — disse Daisuke, coçando a cabeça.

E isso pôs fim à conversa.

7

Daisuke tomava seu banho de ofurô.

— Sensei, que tal a temperatura? Quer que eu esquente mais um pouco? — de repente, Kadono veio dar uma espiada pela porta. Para esse tipo de serviço, Kadono era muito prestativo. Daisuke, com o corpo mergulhado na água, respondeu:

— Está ótima.

— Mesmo? — respondeu mecanicamente Kadono e se retirou para a sala de estar.

Daisuke achou muito engraçado esse jeito de Kadono responder e começou a rir sozinho. Daisuke possuía uma sensibilidade capaz de captar sentimentos que as pessoas normalmente não conseguiam perceber. E essa capacidade muitas vezes o fazia sofrer. Certa vez, Daisuke acompanhou o enterro do pai de um amigo e se viu em grandes apuros quando achou muito engraçada a cena em que o amigo seguia o caixão — com vestes cerimoniais fúnebres e portando um cajado de bambu verde. Um outro dia, em pleno sermão do pai, ao olhar do nada para o rosto dele, teve ímpetos de dar uma tremenda gargalhada, o que o deixou numa situação bem constrangedora. Na época em que ainda não tinha ofurô em sua casa, Daisuke costumava frequentar um banho público da redondeza, onde havia um empregado com um porte físico bem robusto. Toda vez que Daisuke ia tomar banho, esse rapaz vinha correndo lá do fundo e se oferecia para lhe lavar as costas. Enquanto o rapaz o esfregava com vigor, Daisuke tinha a impressão de que estava sendo lavado por um egípcio. E, por mais que tentasse se convencer do contrário, não conseguia aceitar que o rapaz era japonês.

Há um outro episódio inusitado. Um dia desses, lendo um livro do fisiologista Weber[41], Daisuke descobriu que este conseguia ter o

41. Ernst Heinrich Weber (1795-1878). Fisiologista e anatomista alemão. Desenvolveu

autocontrole da aceleração e desaceleração dos batimentos cardíacos. Ele, que já tinha a mania de verificar os batimentos, logo quis testar a experiência e, ainda que temeroso, começou a praticá-la duas, três vezes por dia. Quando percebeu que estava conseguindo o mesmo feito de Weber, ficou tão apavorado que achou melhor parar com a experiência.

Daisuke, que até então estava tranquilo, submerso na água quente, colocou mecanicamente sua mão direita no lado esquerdo do peito. Ao sentir dois, três "tum-tum" das batidas de seu coração — o som da vida —, Weber lhe veio à mente e tal lembrança fez com que saísse de imediato da água. Ao sair do ofurô, sentou-se com as pernas cruzadas e, atônito, observou atentamente seus pés. Nisso, começou a estranhar as pernas. Era como se não fossem extensões de seu corpo, mas coisas desconectadas, estendidas de forma grosseira no chão. Notou pela primeira vez como elas eram horrorosas: seres vivos esquisitos, com pelos de comprimentos irregulares e veias azuis espalhadas por todos os lados.

Daisuke entrou outra vez no ofurô e, ao se lembrar do que lhe dissera Hiraoka, cogitou que se ele ficava pensando nessas coisas era porque tinha tempo de sobra. Após sair do banho, mirou-se no espelho e se lembrou de novo das palavras de Hiraoka. Enquanto barbeava o queixo e as bochechas com uma navalha ocidental, sentiu uma espécie de comichão na mão ao ver refletido no espelho o brilho reluzente da lâmina larga e afiada. E terminou de se barbear imaginando que essa sensação, quando potencializada, deveria ser semelhante a de se estar numa torre alta olhando para baixo.

No momento em que passava pela sala de estar, Daisuke escutou a conversa de Kadono com a velha senhora:

— Ah! O sensei é esperto mesmo...

— No que é que sou esperto? — perguntou Daisuke, olhando para Kadono.

---

pesquisas para mapear a sensibilidade tátil da pele e a percepção das variações de temperatura, assim como desenvolveu estudos sobre a relação entre a magnitude dos estímulos físicos e os seus efeitos percebidos (percepção sensorial), conhecidos como a Lei de Weber. [N.T.]

— Ué, já saiu do banho? Que rápido! — disse Kadono.

Com esse comentário, Daisuke achou que seria perda de tempo refazer a pergunta e foi para o gabinete, descansar na poltrona.

Enquanto descansava, ocorreu-lhe que o fato de sua mente se ocupar com ideias esquisitas era um veneno para o corpo e que talvez fosse bom viajar um pouco. Ainda mais que fazer uma viagem seria conveniente para se esquivar daquele assunto de casamento que lhe fora proposto outro dia. Nisso, ao perceber que a situação de Hiraoka ainda o deixava estranhamente perturbado, desistiu da ideia de mudar de ares. Após uma análise meticulosa do porquê de se sentir assim, constatou que sua preocupação não era com Hiraoka, mas sim com Michiyo. E, apesar dessa constatação, em momento algum ele se sentiu faltando com o decoro. Muito pelo contrário, ficou contente.

Daisuke conhecia Michiyo havia uns quatro ou cinco anos, do tempo em que ele ainda era estudante. Naquela época, por influência da posição social da família Nagai, Daisuke conhecia, de rosto e de nome, muitas garotas da alta sociedade. No entanto, Michiyo não pertencia a esse grupo, ela era uma garota muito discreta e um tanto quanto melancólica. Daisuke tinha um amigo na faculdade chamado Suganuma, que também era amigo de Hiraoka. Michiyo era a irmã mais nova de Suganuma.

Esse amigo era de uma província vizinha de Tóquio. No verão do segundo ano da faculdade, ele trouxe de sua cidade natal sua irmã mais nova para que ela pudesse estudar. Acertou as contas da pensão em que morava e alugou uma casa para os dois. Nessa época, a irmã acabara de se formar no colégio feminino e, pelo que Daisuke ficou sabendo, ela tinha uns dezoito anos. Logo que chegou, ela costumava usar golas postiças[42] de cores vistosas e seus quimonos tinham pregas[43] nos ombros. E não demorou muito para que começasse a frequentar uma escola feminina.

42. Em japonês, *han'eri*. Um tipo de faixa postiça sobreposta à gola do quimono, muito em voga no periogo Meiji. [N.T.]

43. Em japonês, *kataague*. Costura que se faz na altura do ombro num quimono para diminuir o comprimento da manga. Normalmente, essas pregas são costuradas em quimonos de crianças e jovens em fase de crescimento e vão sendo descosturadas na medida em que elas vão crescendo. [N.T.]

A casa de Suganuma ficava no distrito de Shimizu, no bairro de Yanaka. Essa residência não tinha jardim, mas em compensação se podia avistar da varanda os velhos cedros da floresta de Ueno, os quais tinham uma coloração ferrugem, o que proporcionava uma atmosfera misteriosa. Ao entardecer, em um dos cedros praticamente seco, um bando de corvos pousava na copa de galhos ressequidos e começava a grasnar. Na casa ao lado morava um jovem pintor. A rua era secundária, estreita e com pouquíssimo tráfego de riquixás; um local muito tranquilo para se morar.

Daisuke costumava frequentar a casa deles. Na primeira vez que encontrou Michiyo, ela apenas o cumprimentou com reverência e logo se retirou. Nesse dia, Daisuke apreciou a vista da floresta de Ueno e voltou para casa. Na segunda e na terceira vez, Michiyo apenas apareceu para servir o chá. Porém, como a casa era pequena, Daisuke sabia que Michiyo ficava no cômodo ao lado e que ela ouvia a conversa dele com Suganuma.

Daisuke não conseguia se lembrar de quando foi que ele e Michiyo começaram a conversar. De tão casual, sua memória nem se deu ao trabalho de registrar esse encontro, e, para quem, como Daisuke, andava entediado de poesia e romance, esse esquecimento tornava o fato ainda mais interessante. No entanto, logo que começaram a se conhecer, se afeiçoaram um com o outro, como normalmente costuma ocorrer em poemas e romances.

Assim como Daisuke, Hiraoka também costumava frequentar a casa de Suganuma. Algumas vezes, os dois apareciam juntos. E então Hiraoka e Michiyo também se tornaram amigos. De vez em quando, Michiyo passeava em volta do lago com o irmão e os dois amigos.

Essa relação amistosa entre os quatro durou cerca de dois anos. Na primavera do ano em que Suganuma ia se formar, sua mãe veio de sua cidade natal passar uns dias em Shimizu. Ela costumava ficar uns cinco ou seis dias com os filhos pelo menos duas vezes ao ano, mas dessa vez, um dia antes de ir embora, foi acometida de uma febre alta que a impossibilitou de partir. Uma semana depois, descobriu-se que contraíra tifo e ela foi imediatamente internada no hospital universitário. Michiyo também se mudou para o hospital para cuidar da mãe. No começo, seu estado de saúde melhorou muito, mas no decorrer do tratamento sofreu uma recaída, vindo a falecer. E não foi só isso. O irmão, que costumava visitar a mãe, acabou contraindo a mesma doença e, pouco tempo depois, também faleceu. Apenas o pai continuou na cidade natal.

Quando o pai veio para a capital providenciar os enterros da mãe e de Suganuma, conheceu Daisuke e Hiraoka, pois eram amigos de seus filhos. Antes de voltar com Michiyo para sua cidade natal, ele fez questão de passar com ela no alojamento de cada um deles para lhes agradecer e se despedir.

Hiraoka se casou com Michiyo no outono desse mesmo ano. E quem os ajudou a se unirem foi Daisuke. Um aluno veterano da terra natal de Michiyo foi incumbido da parte oficial do cerimonial, mas foi Daisuke quem, de fato, ajudou Michiyo.

Logo após se casar, o casal deixou Tóquio. O pai de Michiyo, por sua vez, também teve de se mudar para Hokkaido devido a uma circunstância inesperada. Atualmente, a situação de Michiyo era de completo desamparo. Daisuke queria lhe proporcionar condições para que ela pudesse se estabelecer em Tóquio. Pensou em conversar com a cunhada no intuito de tentar de novo conseguir aquele montante, e em se encontrar com Michiyo para lhe perguntar detalhes do que realmente estava acontecendo.

No entanto, mesmo que ele fosse procurar Hiraoka, Michiyo não era o tipo de mulher que dizia as coisas de forma leviana; além do mais, se Daisuke descobrisse detalhes do porquê precisavam do dinheiro, isso não significaria que conseguiria saber o que se passava no íntimo do casal, pois essa não era uma tarefa fácil. Porém, uma análise apurada revelaria a Daisuke que, em seu âmago, o que ele ansiava mesmo saber era sobre a intimidade do casal. Por isso, honestamente falando, a necessidade de descobrir o motivo de eles necessitarem do dinheiro não tinha nenhuma importância para Daisuke. Independentemente de estar ciente ou não das circunstâncias externas, a única coisa que Daisuke queria mesmo era conseguir o dinheiro para deixá-la feliz. E, de início, ele não tinha nenhuma intenção de usar o dinheiro para comprar o afeto da jovem: ainda lhe faltava astúcia para traçar esse tipo de plano.

Ainda que Daisuke fosse à casa deles na ausência de Hiraoka, seria difícil obter informações sobre a situação em que se encontravam, mesmo que estas fossem restritas à parte financeira. E era óbvio que obter informações pessoais na presença de Hiraoka seria impossível; e, mesmo que isso pudesse acontecer, nada do que fosse dito poderia ser levado à risca, uma vez que Hiraoka, guiado por inúmeros motivos mundanos, sempre assumia uma atitude presunçosa diante de Daisuke. E sobre o que não podia ser exposto costumava guardar silêncio, motivado por pensamentos estritamente pessoais.

Em todo caso, Daisuke decidiu consultar a cunhada, apesar da incerteza de um resultado satisfatório. Ele já pedia dinheiro emprestado para ela de modo esporádico e a conta-gotas, mas um pedido abrupto e incômodo dessa monta seria a primeira vez. Contudo, nem tudo estava perdido, pois Umeko possuía certa quantia que podia usar do jeito que quisesse. Se não desse certo com a cunhada, havia a possibilidade de fazer um empréstimo a juros altos, mas essa alternativa ainda não lhe passava pela cabeça. Como mais cedo ou mais tarde Hiraoka o procuraria para forçá-lo a lhe ser solidário, de modo que não pudesse recusar-lhe ajuda, melhor seria se antecipar e proporcionar a alegria diretamente a Michiyo. E, quanto a isso, Daisuke não tinha mais nenhuma dúvida, e essa certeza já se ocultava em algum canto de sua mente.

Era um dia de ventos quentes e úmidos. O tempo nublado, a protelar o anoitecer, pairava preguiçosamente no céu das quatro e pouco da tarde, quando Daisuke saiu de casa para pegar o bonde e ir até a casa do irmão. Um pouco antes de chegar ao Palácio Aoyama, viu o pai e o irmão passando pelo lado esquerdo do bonde num riquixá adaptado para correr, mas a passagem foi rápida e não houve tempo de ele lhes acenar nem de os dois perceberem que Daisuke estava no bonde. Daisuke desceu no ponto seguinte.

Ao adentrar o portão, escutou o som do piano vindo da sala de visitas. Daisuke ficou parado por algum tempo sobre o chão cascalhado e, em seguida, deu a volta pelo lado esquerdo da casa em direção à cozinha.

Um cachorro inglês de porte grande chamado Hector dormia com sua boca enorme amarrada com uma tira de couro. Assim que escutou os passos de Daisuke, o animal balançou suas orelhas de pelos compridos, levantou a cara mosqueada e abanou o rabo.

Daisuke deu uma espiada no quarto dos empregados e, da soleira, cumprimentou-os, dizendo gentilmente algumas palavras. Depois, foi para a sala em estilo ocidental e, ao abrir a porta, viu a cunhada sentada ao piano dedilhando o teclado. Ao lado, Nuiko[44] estava de pé com um quimono de mangas compridas e os cabelos presos à altura dos ombros. Toda vez que Daisuke olhava os cabelos de Nuiko, lembrava-se dela brincando no balanço: cabelos pretos, laços cor-de-rosa claros e a faixa de quimono em crepe amarelo ao sabor dos ventos — uma imagem esculpida com nitidez em sua memória.

Mãe e filha olharam para Daisuke ao mesmo tempo.

— Que surpresa!

Nuiko correu para ele sem dizer nada e puxou-o com insistência pela mão. Daisuke aproximou-se do piano.

— Vim ver quem era o mestre que tocava...

Umeko franziu a testa e, rindo, balançou as mãos num gesto para interromper o comentário de Daisuke. E, sentada ao teclado, disse:

— Dai-san, será que você pode tocar esse trecho para nós?

Daisuke deu a volta em silêncio, sentou-se no lugar da cunhada e, lendo a partitura, tocou o trecho com destreza. Ao terminar, disse:

— Acho que é assim — e levantou-se da cadeira.

Durante cerca de meia hora, mãe e filha se intercalaram à frente do piano para treinar esse trecho da música; súbito, Umeko disse:

— Por hoje está bom. Vamos jantar? Venha conosco, tio Daisuke! — e se levantou.

A sala já estava um pouco escura. Entretido com a música, observando ora as mãos brancas da cunhada e da sobrinha dedilharem o

44. A partir deste capítulo, Nui passa a ser referida como Nuiko. O "ko" é um sufixo muito comum em nomes femininos e denota uma relação afetiva. Do final do século XII até o início do período Meiji, este sufixo era comumente utilizado em nomes de mulheres que pertenciam à classe alta. [N.T.]

piano, ora a pintura do painel decorativo, Daisuke se esqueceu por um momento de Michiyo e do dinheiro que viera pedir emprestado. Quando ia deixar a sala e olhou para trás, notou que se via em meio à escuridão apenas a parte do painel onde as ondas azul-marinho se quebravam formando espumas brancas. Havia sido Daisuke que pedira para que fossem desenhadas, acima dessa onda gigante, nuvens com a parte superior dourada. Ao observá-las com atenção, Daisuke percebeu através de seus contornos bem delineados a imagem de uma mulher gigante nua, de cabelos desalinhados, num bailado frenético a movimentar o corpo em meio a um grupo de mulheres. Daisuke encomendou essa pintura com a intenção de fazer das nuvens uma alusão à Valquíria. No íntimo, deleitava-se em imaginar que essa enorme massa disforme podia tanto representar uma nuvem quanto uma mulher gigante. Entretanto, quando essa pintura foi desenhada na parede, o resultado não saiu como o esperado. Ao deixar a sala em companhia de Umeko, ele não conseguiu enxergar nenhuma Valquíria e não viu também as ondas azul-marinho. A única coisa que Daisuke conseguiu ver foi uma enorme mancha esbranquiçada em forma de espumas brancas.

As lâmpadas da sala de estar já estavam acesas. Daisuke se sentou à mesa para jantar com Umeko e as crianças. Depois do jantar, Daisuke pediu para Seitaro buscar um charuto de Manila[45] no quarto do irmão e, enquanto fumava, conversou amenidades. Nisso, a mãe lembrou que estava na hora de os filhos fazerem os deveres de casa e os fez se retirarem para seus respectivos quartos. Daisuke e Umeko ficaram a sós.

Daisuke achou que não seria conveniente entrar logo no assunto e começou a falar de coisas que nada tinham a ver com a questão. De início, perguntou aonde o pai e o irmão tinham ido com tanta pressa de riquixá. Em seguida, contou que outro dia o irmão lhe pagou um almoço; quis saber por que a cunhada não foi à festa em Azabu; comentou que a maioria dos poemas chineses de seu pai eram medíocres. E de conversa vai, conversa vem, Daisuke descobriu uma novidade que,

45. Charuto de luxo produzido em Manila (Filipinas). No diário de 5 de abril de 1909, Soseki relata que ganhou uma caixa com 25 charutos (15 ienes) de um amigo que retornou da Coreia. [N.T.]

na verdade, não era assim tão novidade. Descobriu que nesses últimos quatro, cinco dias, o pai e o irmão estavam tão ocupados correndo de um lado para outro que mal tinham tempo de dormir direito. Daisuke perguntou o que estava acontecendo, sem demonstrar real interesse. A cunhada, por sua vez, também respondeu sem se alterar:

— Boa pergunta. O que está acontecendo? Eu não sei... Seu pai e seu irmão não me contam nada.

E, no que ela ia mudar de assunto e dizer "E você, Dai-san, como é que ficou aquele assunto do noivado...", um dos empregados entrou na sala para transmitir o recado que acabara de receber por telefone.

O recado era para avisar Umeko que essa noite o pai e o marido voltariam tarde outra vez e que, caso fulano e beltrano os procurassem, era para informá-los de que eles os aguardavam na casa de chá de nome tal. Assim que passou a mensagem, o garoto se retirou. Receoso de que a cunhada retomasse o assunto sobre o casamento — assunto que lhe era inconveniente —, Daisuke rapidamente disse, resoluto:

— Nee-san[46]! Eu queria lhe pedir um favor...

Com ar casual e sem demonstrar nenhuma resistência, Umeko escutou o que Daisuke tinha a dizer. Ele levou cerca de dez minutos para contar tudo e finalizou dizendo:

— E por isso peço que você tome essa atitude ousada de me emprestar essa quantia.

Umeko, com uma expressão séria no rosto, perguntou:

— Bem. E quando é que você pretende me devolver essa soma? — Era uma pergunta inesperada. Tanto que Daisuke ficou segurando a ponta do queixo com os dedos tentando entender a reação da cunhada. Umeko foi ficando com uma expressão cada vez mais séria e acrescentou: — Não quero que pense que estou sendo irônica. Não me leve a mal, está bem?

Daisuke não estava zangado com ela. Apenas se chocara com essa pergunta vinda de alguém que ele considerava uma irmã. Se naquele momento ele fizesse a burrice de se comprometer a devolver o dinheiro

46. Linguagem afetiva para se referir à irmã mais velha ou para se dirigir à cunhada de modo respeitoso. Também pode ser usado informalmente para chamar uma jovem da qual não se sabe o nome. [N.T.]

em tal dia, ou pior, desse a entender que sua intenção era a de ganhar o dinheiro, ficaria de fato em maus lençóis; por isso, achou melhor receber o golpe e aceitá-lo com resignação. Quando Umeko percebeu que, finalmente, encurralara o irmão caçula — o caçulinha que nunca tomava jeito —, sentiu-se mais à vontade de prosseguir a conversa:

— Dai-san! Não é de hoje que você me faz de boba. Veja bem, não estou me queixando, apenas admitindo o que é verdade e sei que não ia adiantar nada me indispor com você, não é?

— Essa sua acusação tão contundente está me deixando sem graça!

— É bom mesmo. Assim você não precisa ficar fingindo. Então, que tal ser honesto e admitir? Se você não fizer isso, a conversa vai parar por aqui.

Daisuke apenas esboçou um sorriso.

— Não é mesmo? Eu não disse? — continuou ela. — Já estou tão acostumada a vê-lo me tratar de boba que já nem me importo mais. Por mais que eu tente me enaltecer, sei muito bem que jamais conseguiria ganhar de você. Não tenho nenhuma queixa quanto a esse fato, já que, apesar disso, até hoje convivemos muito bem. Quanto a essa questão, tudo certo. Mas pelo visto você também anda menosprezando seu pai, não é?

O modo sincero e direto da cunhada agradou Daisuke.

— Você tem razão. Eu o menosprezo um pouco.

Umeko soltou uma risada bem descontraída.

— E também menospreza seu irmão.

— Meu irmão? Eu o respeito muito.

— Mentiroso! Que tal aproveitar essa chance para dizer a verdade?

— Se é assim... Digamos que, de certo modo, às vezes não deixo de menosprezá-lo.

— Eu não disse? Você menospreza todos da família, sem exceção.

— Sinto muito!

— Não precisa se desculpar. Afinal de contas, para você, nós merecemos ser tratados dessa maneira.

— Que tal pararmos por aqui? Hoje você está muito ríspida.

— Não vejo nenhum inconveniente em dizer a verdade. Não vamos entrar no mérito de brigar ou discutir isso, não é? Mas me diga uma coisa:

por que uma pessoa tão importante como você precisa pedir dinheiro emprestado para alguém como eu? Não é estranho? Você não ficaria irritado se soubesse que, depois, a pessoa que você vai ajudar irá debochar de você? Isso não está certo. Por mais que você se considere uma pessoa importante, se não tiver dinheiro terá de se rebaixar para pessoas como eu.

— É por isso que estou aqui, humildemente, me curvando a você.

— Pelo jeito, você continua não me levando a sério, não é?

— Este é meu jeito de levá-la a sério.

— Ah! Então isso também deve ser mais uma característica de sua superioridade. Mas o que você pretende fazer se não conseguir alguém para lhe emprestar o dinheiro? Será que, nessas horas, adianta ser uma pessoa tão superior? O fato de você ser incapaz de ajudar seu amigo o deixa na mesma situação de um condutor de riquixá sem o carro para conduzir o passageiro, não acha?

Daisuke nunca imaginou que sua cunhada fosse capaz de lhe fazer uma crítica tão sensata. De fato, desde que começou a pensar em como conseguir o dinheiro, ele mesmo passou a perceber que esse era seu ponto fraco.

— Realmente, você tem razão. Admito ser um condutor de riquixá e, por isso, estou aqui lhe pedindo esse favor.

— Você não tem jeito mesmo! Pelo visto, você se acha muito importante, não é? Mas, já que é assim, tente então conseguir o dinheiro sozinho. Se você fosse realmente um condutor de riquixá, eu até o ajudaria, mas, como não é, eu me recuso. É um absurdo! Se já não bastasse o fato de você incomodar seu pai e seu irmão todo mês, ainda pede dinheiro emprestado para pagar dívidas de terceiros? Você acha que alguém teria vontade de lhe emprestar?

Umeko estava coberta de razão. No entanto, as razões de Daisuke eram bem outras, ainda que ele próprio não tivesse se dado conta disso. Ao fazer uma retrospectiva, viu que a irmã mais velha, o irmão e o pai estavam todos do mesmo lado. E achou que talvez fosse o caso de voltar atrás e passar a ter uma vida considerada normal. Quando Daisuke resolveu sair de casa, de início ficou receoso de que a cunhada lhe dissesse que não ia mais bancar o dinheiro. No entanto, nem por isso decidiu trabalhar com afinco para conquistar seu próprio sustento. Nessa ocasião, Daisuke não deu muita importância ao fato.

Umeko, por sua vez, quis aproveitar essa oportunidade para incentivá-lo a mudar. Daisuke, no entanto, sabia muito bem o que se passava no íntimo da cunhada. E, quanto mais ele se apercebia disso, menos incentivado se sentia a mudar de conduta.

Súbito, deixaram de falar de dinheiro e voltaram a conversar sobre casamento. De uns tempos para cá, o pai de Daisuke o importunara duas vezes para falar sobre a pretendente. Os argumentos de seu pai eram, como sempre, baseados em antigos valores e deveres sociais, mas das últimas vezes ele não usou do subterfúgio de oprimi-lo. Seu argumento era que seria muito bom se Daisuke se casasse com uma pessoa de uma linhagem que lhe salvara a vida, o que retribuiria parte do favor recebido. No entanto, para Daisuke, o fato de o pai achar bom, ou de ter de pagar uma dívida de gratidão, eram alegações sem nenhum fundamento. Daisuke não tinha nenhuma queixa contra a pretendente e nem nenhuma objeção de se casar com ela, a despeito de seu pai lhe ditar o que era ou não apropriado fazer. Nesses últimos dois, três anos, Daisuke não se importava com mais nada, muito menos com essa questão de casamento. Daisuke conhecia a filha de Sagawa por foto, e isso era mais do que suficiente, mesmo porque ela estava muito bonita na fotografia. Portanto, caso decidisse se casar com ela, não tinha nenhuma intenção de criar empecilhos. O único problema era que ele não queria se casar.

O pai de Daisuke achava que a hesitação do filho em assumir o casamento era pura estupidez, típica de alguém que não entende as circunstâncias. Enquanto isso, a cunhada considerava a atitude de Daisuke enigmática, pois ela entendia que o casamento era imprescindível na vida de uma pessoa. Para ela, o casamento era uma questão muito importante e essencial na trajetória de uma vida, uma vez que todo o resto se subordinava ao matrimônio.

— Mas... Você não pretende ficar sozinho a vida toda, não é? Por que não se casa logo em vez de ficar aí dando uma de difícil? — perguntou Umeko, ligeiramente irritada.

Nem Daisuke sabia ao certo se passaria a vida sozinho, teria uma amante ou um caso com uma gueixa. A única certeza era de que não queria se casar, como pensa também qualquer outro homem solteiro. E eram três os motivos para essa certeza: o primeiro era seu temperamento, que não o deixava se decidir por algo; o segundo era que sua sensibilidade, acima do normal, foi sofrendo gradativamente interferências da sociedade japonesa moderna, tornando-o uma pessoa desiludida; o terceiro e último motivo era pelo fato de ter acesso a certos tipos de mulheres, por não ter dificuldades financeiras.

No entanto, Daisuke ainda não dissecara seus pensamentos a ponto de elucidar essas minúcias. Sua intenção imediata era protelar ao máximo o casamento, imbuído da certeza de que não via por que se casar. Para ele, o fato de aceitar o preceito de que o casamento é importante, e deve ser concretizado a todo custo, era antinatural, ilógico e de muito mau gosto.

Explicar essa sua filosofia pessoal para a cunhada jamais lhe passou pela cabeça. No entanto, ao se sentir cada vez mais encurralado, ousou perguntar:

— Nee-san, acha mesmo necessário eu ter de arranjar uma esposa?

A pergunta era séria, mas isso a deixou transtornada, levando a cunhada a achar que ele estivesse fazendo-a de boba. Nessa noite, após repetir a mesma ladainha de sempre, Umeko comentou:

— Acho muito estranho você não querer se casar. Você diz que não está recusando, mas, se você não aceita, é a mesma coisa que recusar, não é? Então... Você deve estar gostando de alguém, não é isso? Vamos, diga o nome dela.

Até então, Daisuke nunca pensara no nome de uma mulher que gostasse e que pretendesse desposar. No entanto, ao ser inquirido pela cunhada, do nada lhe veio à mente o nome de Michiyo. Em seguida, pensou: "Então, vê se me empresta logo o dinheiro que lhe pedi!" Daisuke, porém, ainda sentado em frente à cunhada, apenas conseguiu esboçar um sorriso meio que forçado.

8

Era tarde da noite quando Daisuke resolveu ir embora sem conseguir o empréstimo da cunhada. Tanto que pegou o último bonde na avenida Aoyama. Apesar do avançado da hora, o pai e o irmão ainda não tinham voltado. Umeko atendeu duas ligações enquanto conversavam, mas, como ela continuou a agir normalmente após os telefonemas, Daisuke não quis sondar o que se tratava.

Nessa noite, o céu chuvoso assemelhava-se à coloração do chão. Daisuke estava sozinho, em pé, aguardando o bonde ao lado de um poste vermelho, quando surgiu ao longe, em meio à escuridão, uma pequena bola de fogo que se mexia para cima e para baixo e se aproximava dele aos poucos e em linha reta. Essa imagem o fez se sentir melancólico. O bonde estava vazio. Sentou entre o motorista e o cobrador vestido de preto e, enquanto tudo lá fora era escuridão, seguiu embalado pelo chacoalhar e pelo som do veículo. Sozinho, sentado sob a iluminação, ele tinha a sensação de estar à mercê do bonde e que seu corpo, chacoalhando de um lado para outro, era conduzido a uma viagem de destino incerto.

Ao chegar à ladeira de Kagurazaka, a rua estreita e deserta seguia em linha reta, ladeada por casas de dois pavimentos. De repente, no meio da subida, Daisuke ouviu algo. Achou inicialmente que fosse o vento batendo nas cumeeiras das casas; mas, no que olhou para os telhados e para o céu escuro, sentiu o medo se apossar dele. O bater de portas, janelas corrediças de papel e vidraças se tornava cada vez mais intenso; ao se dar conta de que era um terremoto, levantou-se, sentindo suas pernas paralisadas. Nesse instante, Daisuke teve a impressão de que os sobrados de ambos os lados desmoronavam e seus destroços cobriam a ladeira. Súbito, o portão de uma das casas do lado direito se abriu e um homem, carregando uma criança no colo, saiu gritando: "Terremoto! Terremoto! E é bem grande!" Ao ouvir o grito desse homem, Daisuke se acalmou.

Assim que chegou em casa, encontrou a velha senhora e Kadono alvoroçados, falando pelos cotovelos sobre o terremoto. Daisuke, porém, sabia que eles não sentiram o terremoto tanto quanto ele.

Ao se deitar, ficou pensando em como atender ao pedido de Michiyo. No entanto, como ele tinha dificuldades de se concentrar no problema, começou a desviar o pensamento, imaginando o motivo de seu pai e seu irmão estarem tão ocupados. Depois, concluiu que ia deixar o assunto do casamento em suspenso e, pensando em outras coisas, acabou pegando no sono.

A manchete do jornal do dia seguinte falava sobre um escândalo envolvendo a Companhia Japonesa do Açúcar, escândalo que ficou conhecido como o "Caso do Açúcar". O artigo informava que os executivos do alto escalão da fábrica de açúcar usavam o dinheiro da empresa para subornar alguns membros do Parlamento. Kadono, como de costume, vibrou com a notícia de que empresários e políticos seriam presos, mas Daisuke não se excitou tanto assim. O caso, que continuou sendo manchete durante dois, três dias, teve vários envolvidos denunciados e provocou um escândalo de grande repercussão na sociedade. Um jornal usou o termo "prisioneiros da Inglaterra" para se referir aos envolvidos no caso. A explicação era que o embaixador desse país comprara ações da Companhia Japonesa do Açúcar e que, ao sofrer prejuízos e se manifestar indignado, o governo japonês tomou medidas para lhe apaziguar os ânimos. Um pouco antes de esse caso vir à tona, a Toyokisen, uma empresa que fabricava navios a vapor, anunciou que sofrera um prejuízo calculado em oitocentos mil ienes, num período de seis meses, após ter negociado 12% de suas cotas. Daisuke não só se lembrava disso, como também de que, na época, a credibilidade desse jornal fora questionada.

Daisuke não tinha a mínima ideia de quais empresas seu pai e seu irmão eram sócios. Mas sempre soube que elas não eram de todo invulneráveis. E sabia também que, por inúmeras razões, o pai e o irmão não eram "santos". Ele desconfiava que, se as empresas passassem por uma rigorosa auditoria, os dois possivelmente seriam enquadrados em alguma irregularidade e acabariam presos. E não precisava ir tão longe, bastava verificar a fortuna do pai e do irmão para qualquer um perceber que ela não se acumulou apenas pela competência e destreza deles. No início do período Meiji, para incentivar a imigração para a região de Yokohama, o governo ofereceu terras aos migrantes. E, graças a isso, muitos ficaram multimilionários. Isso, sim, pode-se dizer que foi obra do destino. Todavia, no caso de homens como o pai e o irmão, era patente que eles é que foram construindo artificial e estrategicamente seus próprios esquemas para acumular riquezas e se beneficiar da fortuna.

Essa era a opinião de Daisuke, e por isso o artigo do jornal não o deixou surpreso. E, como de costume, ele não estava nem um pouco preocupado com as empresas do pai e do irmão. A única coisa que o preocupava era a situação de Michiyo. Sua intenção era procurá-la o mais breve possível; no entanto, ao constatar que não ficaria bem chegar com as mãos vazias, achou melhor se dedicar às suas leituras diárias, e assim quatro, cinco dias se passaram. O estranho era que, nesse ínterim, nem Hiraoka nem Michiyo o procurou para saber como andava a questão do dinheiro. Lá no íntimo, Daisuke nutria a esperança de que Michiyo viesse procurá-lo sozinha, mas isso não aconteceu.

Com o decorrer dos dias, Daisuke começou a sentir tédio.[47] Procurou algumas sugestões de passeios no guia de entretenimento do jornal e resolveu ir ao teatro assistir a uma peça kabuki. No entanto, quando ia de Kagurazaka, via Sotoborisen, em direção a Ochanomizu, mudou de ideia e decidiu visitar um amigo de escola chamado Terao, no bairro Morikawacho. Esse amigo, ao se formar, não quis seguir a carreira de professor, optando fazer da literatura sua profissão e, a despeito de as pessoas tentarem persuadi-lo a desistir dessa ideia, decidiu se empenhar nessa arriscada atividade. Terao trabalhava nessa área havia três anos e até então não alcançara a fama; mesmo assim continuava escrevendo,

47. Em japonês, *an'nyui* (do francês *ennui*). Termo que pode ter diversas acepções, como tristeza profunda, melancolia, sentimento de vazio. A tradução mais comum é "tédio". A produção literária do pós-romantismo (como de Gustave Flaubert e Charles Baudelaire) será determinante para o sentido que o termo terá na modernidade literária. Como dado da vida moderna, o *ennui* esteve frequentemente associado à experiência da cidade moderna, na forma de personagens e figuras que podem entediar-se em meio à multidão. [N.C.: Marta Kawano]

mas sempre reclamando. Daisuke chegou a publicar um artigo interessante numa revista por intermédio desse amigo que, na ocasião, insistiu para que ele escrevesse alguma coisa. A revista ficou exposta na frente da banca durante um mês e, passado um tempo, foi levada pelo destino, desaparecendo para todo o sempre do mundo dos homens. Depois disso, Daisuke nunca mais quis saber de escrever. Toda vez que se encontrava com Terao, este insistia para que Daisuke continuasse a escrever e tinha mania de aconselhá-lo a seguir seu exemplo. No entanto, quando Daisuke perguntou a terceiros sobre a carreira do amigo, estes lhe disseram que ele desistir era apenas uma questão de tempo. Terao tinha grande apreço pela literatura russa e gostava especialmente de autores desconhecidos. Um de seus passatempos preferidos era comprar livros recém-editados com o pouco de dinheiro que conseguia juntar. Na época em que o amigo ainda estava muito empolgado com essa carreira, Daisuke chegou a comentar que, enquanto os críticos literários estivessem acometidos pela síndrome do medo russiano[48], seria difícil ele vingar como escritor. E gracejou do amigo, dizendo que somente uma pessoa que lutou na Guerra Russo-Japonesa é que estaria apta a escrever sobre aquele país. Terao respondeu, com uma expressão séria no rosto, que até participaria de uma guerra, mas logo questionou se isso não seria uma tremenda idiotice diante dos desdobramentos que assolaram o Japão após o término desse conflito. Disse ainda que os acometidos pela síndrome do medo russiano eram covardes, mas em compensação estavam numa posição cômoda. Depois de dizer isso, Terao continuou a defender a literatura russa.

Assim que Daisuke passou pela varanda e entrou na sala forrada de tatames, encontrou Terao, no centro da sala, sentado em frente a uma mesa laqueada, com uma faixa amarrada na testa — que, segundo ele, usava por estar com dor de cabeça — e as mangas do quimono arregaçadas; o

48. Em japonês, *Kyorobyo* (literalmente: *kyo* = temer; *ro* = Rússia; *byo* = doença, enfermidade). Termo originalmente criado por Soseki, que, posteriormente, passou a ser amplamente utilizado para se referir a uma corrente literária que temia a influência russa. Soseki também empregava este termo para ironizar e ridicularizar os seguidores da corrente literária Naturalista no Japão, que, ao contrário, idealizavam, sem questionar, tudo o que vinha da Rússia, numa atitude muitas vezes de extrema obsessão. [N.T.]

amigo escrevia um artigo para a *Revista Literária* da Faculdade Imperial de Tóquio[49].

— Não quero incomodá-lo. Posso voltar mais tarde, se estiver ocupado — disse Daisuke, no que o amigo cumprimentou-o, dizendo:

— Não se preocupe, pode ficar. No período da manhã, já consegui ganhar dois ienes e cinquenta sen.

Terao interrompeu o trabalho e, assim que tirou a faixa da cabeça, pôs-se a conversar. Logo de início, o amigo desatou a insultar com extrema satisfação os escritores e críticos japoneses da atualidade. Daisuke escutou as críticas, achando-as interessantes, mas no íntimo sabia que Terao os denegria e se posicionava contra eles porque, na verdade, estes nunca o elogiavam. Quando Daisuke sugeriu que ele deveria escrever sobre esse tema, Terao riu e disse que jamais poderia fazer isso. Ao questionar o motivo de o amigo não querer realizar essa tarefa, este se calou. Um tempo depois, Terao comentou que, se tivesse uma vida boa como a de Daisuke, ele certamente o faria, mas o detalhe era que ele precisava ter o que comer, e que, no final das contas, não era um trabalho sério. Daisuke tentou amenizar a situação, encorajando-o a não desistir, pois ele estava se saindo bem. Terao contestou, dizendo que as coisas não estavam nada bem e que precisava encontrar um jeito de tornar seu trabalho sério; e, aproveitando a ocasião, sondou se Daisuke, por um acaso, não queria investir nele e lhe dar alguns conselhos para torná-lo um profissional de respeito. Daisuke desconversou, dizendo, meio na brincadeira, que poderia lhe emprestar dinheiro apenas quando o amigo achasse que sua atividade se tornou séria. E se despediu.

Daisuke caminhou até a avenida Hongo, mas continuava com a mesma sensação de tédio. Para onde quer que fosse, nada conseguiria satisfazê-lo. Resolveu que não faria mais nenhuma visita. Após uma autoanálise, descobriu que sentia seu corpo como uma imensa enfermidade

49. Em japonês, *Teikoku Bungaku*. Refere-se à *Revista Literária* lançada em janeiro de 1895 pela Faculdade de Ciências Humanas da Universidade Imperial de Tóquio para divulgar pesquisas de professores, monografias de final de curso de alunos, ensaios e traduções. A revista foi publicada até janeiro de 1920. [N.T.]

estomacal. Ao caminhar pelo quarto quarteirão da avenida Hongo, resolveu tomar o bonde e seguir até o ponto final, em frente ao templo Dentsuin. O chacoalhar do bonde parecia remexer algo putrefato dentro do estômago, fazendo seu conteúdo circular, em rebuliço, por entre os cerca de um metro e meio de vísceras onduladas de seu intestino.

Eram três e pouco da tarde quando, absorto em pensamentos, voltou para casa. Da varanda, Kadono foi dizendo:

— Veio um mensageiro da outra casa. Deixei a carta sobre a mesa. Eu mesmo assinei o recibo de entrega.

A carta estava dentro de uma caixa vermelha de correspondência, dessas usadas antigamente. A caixa não tinha o nome do remetente e, dentro dela, havia uma carta toda enrolada e amarrada com um fio de papel, presa a um anel de metal com um laço lacrado em tinta preta. Assim que Daisuke viu a caixa sobre a mesa, logo intuiu que seria de sua cunhada. Ela tinha gosto por coisas antigas, que vez por outra se manifestava em situações muitas vezes inusitadas. Enquanto cutucava com a ponta da tesoura o nó do cordão de papel para desatá-lo, pensava no estorvo que eram esses detalhes.

Em compensação, ao contrário da caixa, o conteúdo da carta era simples, em linguagem coloquial e sem rodeios:

> Lamento não tê-lo ajudado naquele dia que você esteve aqui. Depois, parei para pensar e fiquei constrangida por ter sido tão rude com você. Por favor, não me julgue mal. Pensei melhor e resolvi lhe dar o dinheiro. É claro que não posso lhe dar o valor integral, mas posso lhe arranjar duzentos ienes. Leve já esse dinheiro para seu amigo. Esteja ciente de que seu irmão não deve saber disso. Eu não esqueci que você me prometeu que pensaria, com carinho, sobre o casamento e por isso saiba que estou aguardando sua resposta.

Junto à carta havia um cheque de duzentos ienes. Por um tempo, Daisuke ficou olhando para o cheque e começou a sentir remorso por ter envolvido Umeko. Naquela noite, bem na hora de ir embora, ela questionou se ele não queria mesmo mais o dinheiro. A mesma pessoa que recusara de maneira rude seu pedido de empréstimo estava preocupada em obter a sanção do cunhado, justamente quando ele já estava conformado e até pensava em ir embora. Daisuke reconheceu nesse comportamento a beleza e a fragilidade da mulher, mas se viu incapaz de se aproveitar dessa fraqueza, de brincar com tão bela fragilidade. Ao se despedir, respondeu que não precisava do dinheiro e que, de algum jeito, as coisas se arranjariam. Umeko sentiu essa resposta como se ele a estivesse tratando com frieza. E foi então que essas gélidas palavras, aprisionadas por trás de sua costumeira determinação, vieram a se manifestar nessa atitude de lhe enviar a carta.

Daisuke lhe escreveu uma carta na mesma hora. E, na medida do possível, usou palavras cordiais para expressar sua imensa gratidão. Esse tipo de gratidão, Daisuke não tinha para com o irmão, nem tampouco para com o pai; e nunca para com a sociedade. E nos últimos tempos não era grato nem à cunhada.

Daisuke pensou em ir naquele mesmo instante até Michiyo. Na verdade, para ele, duzentos ienes não passavam de quantia paliativa. Uma indignação o fazia pensar que, em vez de lhe dar somente isso, a cunhada bem que poderia lhe oferecer logo todo o montante, sem rodeios, para que ele pudesse pôr um ponto final nessa questão. No entanto, esse pensamento só lhe veio à mente quando deixou de pensar em Umeko e passou a pensar somente em Michiyo. Daisuke sabia muito bem que as mulheres, inclusive as mais determinadas, eram vulneráveis e suscetíveis às emoções, e por isso não recriminava a atitude da cunhada. Muito pelo contrário. Daisuke apreciava esse traço feminino — revelador de uma compaixão condescendente — em relação à implacável intransigência dos homens. Por isso, se os duzentos ienes lhe fossem entregues pelo pai e não por Umeko, com certeza Daisuke se sentiria desconfortável em recebê-los, por achar que a atitude do pai insinuaria uma concessão econômica.

Mais tarde, Daisuke saiu de novo e o fez sem jantar. Caminhou pela Gokencho, às margens do rio Edogawa e, no que atravessou a ponte, percebeu que já não sentia mais aquela sensação de prostração de até então, quando voltava para casa depois de visitar o amigo. Ao subir a ladeira e sair ao lado do Dentsuin, viu entre dois templos uma chaminé estreita e alta expelindo uma fumaça imunda em direção ao céu repleto de nuvens. Aos olhos de Daisuke, era horrorosa a imagem dessa fábrica insignificante, respirando a todo custo, num esforço descomunal de sobreviver. E, em seu íntimo, foi inevitável deixar de associar a imagem dessa chaminé com a de Hiraoka, que morava naquela redondeza. Nesse tipo de situação, Daisuke sempre optava pelo senso do belo ou do feio em vez de se deixar levar pela compaixão. E a visão dessa lastimável fumaça de carvão a se espalhar no céu deixou-o bem indignado, a ponto de ele, naquele momento, se esquecer completamente de Michiyo.

Bem na entrada da casa de Hiraoka, num dos cantos da área de tirar os calçados, havia um par de chinelos feminino. Assim que Daisuke abriu a porta de treliça, Michiyo veio lá do fundo, emitindo ao andar o som da suave fricção dos tecidos de seu quimono. A área de dois tatames, logo na entrada da casa, estava meio escura. Michiyo sentou-se e o cumprimentou em meio a essa quase escuridão. De início, ela parecia não ter reconhecido a visita, mas assim que ouviu a voz de Daisuke balbuciou estar surpresa em vê-lo. Daisuke olhou para os contornos quase indefinidos de sua silhueta, achando-a mais linda do que o normal.

Hiraoka não estava em casa. Quando Daisuke soube disso, apossou-se dele um incômodo sentimento de não saber se isso facilitaria ou dificultaria a conversa. Porém, Michiyo estava calma, como de costume. Os dois se sentaram na sala escura, de portas fechadas, sem acender a luz. Michiyo disse que a empregada também não estava. Depois comentou que ela saíra para resolver um assunto e que havia voltado e acabara de preparar o jantar. Logo em seguida, começou finalmente a falar sobre Hiraoka.

E, como Daisuke já imaginava, Hiraoka estava, como sempre, muito ocupado, correndo de um lado para outro. Mas, segundo Michiyo, nessa última semana ele praticamente não saiu de casa. Dizia estar cansado e dormia o dia todo; se não dormia, bebia. Se alguém vinha lhe fazer uma visita, bebia ainda mais. E ralhava muito, ofendia demais as pessoas.

— Ele não é mais o mesmo de antes. Não está sendo fácil aguentar a agressividade dele — queixou-se Michiyo, buscando despertar a compaixão de Daisuke. Este, porém, manteve-se em silêncio.

Nesse momento, ouviu-se o abrir da porta corrediça da cozinha e a empregada voltou, trazendo uma luminária de mesa num suporte de bambu; ao deixar a sala, antes de fechar a porta corrediça, ela olhou de soslaio o rosto de Daisuke.

Daisuke tirou o cheque de dentro do quimono, que ele guardara na altura do peito. O cheque estava dobrado em dois; sem desdobrá-lo, colocou-o em frente a Michiyo e disse:

— Okusan[50]... — era a primeira vez que Daisuke a chamava de "senhora" —, aqui está o dinheiro que me pediu outro dia.

Michiyo ergueu o rosto e, sem dizer nada, olhou para Daisuke.

— Na verdade — continuou ele —, eu queria ter vindo antes, mas tive uns contratempos e... então, já conseguiram resolver aquele problema?

No mesmo instante, Michiyo lamentou, num tom desanimado e baixinho:

— Ainda não. Você sabe muito bem que não temos condições para isso, não é? — e continuou a fitá-lo.

Daisuke desdobrou o cheque e perguntou:

— É pouco, mas será que ajuda?

Michiyo estendeu o braço e pegou o cheque.

— Obrigada. Hiraoka vai ficar contente — e colocou delicadamente o cheque sobre o tatame.

Daisuke contou-lhe de forma sucinta como conseguira o dinheiro e, para que ela não o interpretasse mal, explicou que, apesar de ele ter uma vida confortável, era incapaz de obter coisas além do estritamente pessoal.

— Eu sei. Mas é que eu estava tão desesperada que já não sabia mais o que fazer e, por isso, fui procurá-lo para pedir ajuda — disse Michiyo, tentando se desculpar pelos transtornos que causou a Daisuke.

— Será que essa quantia vai servir para alguma coisa? Se não, posso tentar conseguir o dinheiro de outro jeito.

---

50. Linguagem de tratamento honorífico para se referir à mulher de outrem ou para se dirigir a uma mulher casada ou dona de casa. [N.T.]

— De outro jeito?

— Faço um empréstimo a juros altos.

— Não. Não faça isso! — Michiyo logo o desencorajou. — Se você fizer isso, estará perdido!

Daisuke soube que parte do sofrimento de Hiraoka era justamente por ter assumido uma dívida iniciada com o empréstimo de um dinheiro ilícito. Antes, quando moravam na outra cidade, Hiraoka era muito dedicado ao trabalho e aos estudos, mas após o parto de Michiyo e a constatação de seu problema cardíaco, ele passou a ocupar o tempo ocioso com diversão. No início, Michiyo não se importou porque entendia que isso fazia parte do social; com o tempo, porém, as saídas foram ficando cada vez mais constantes, e Michiyo começou a ficar preocupada, pois Hiraoka estava passando dos limites. E, se Michiyo ficava preocupada, sua saúde piorava; e se sua saúde piorava, a libertinagem de Hiraoka aumentava. Ela fez questão de inocentar o marido e assumir a culpa. No entanto, a tristeza se estampou no seu rosto, e Michiyo, em tom de confissão, revelou que muitas vezes achava que a vida deles teria sido melhor se a criança tivesse sobrevivido.

Daisuke evitou fazer perguntas. Isso porque, em linhas gerais, ele já podia deduzir como andava a relação do casal por trás dessa questão financeira. E, na hora de ir embora, tentou encorajá-la:

— Não fique assim tão desanimada. Volte a ser alegre como antes. E venha me visitar de vez em quando.

— Tem razão — disse Michiyo, sorrindo, e, no que se olharam, reconheceram um no outro o passado em comum. Hiraoka ainda não havia voltado.

Após três dias, Hiraoka apareceu sem avisar na casa de Daisuke. O dia estava mais quente do que o normal, com ventos secos sob o céu límpido de um azul que ofuscava a vista. No jornal matutino, havia uma notícia sobre a florada das flores de íris. As flores de clívia plantadas num vaso grande comprado por Daisuke estavam despetaladas e caídas no canto da varanda. Em compensação, as folhas verdes, da espessura de um sabre, empurravam o caule, forçando-o a lhes ceder espaço. A luz do sol incidia sobre as folhas velhas, já escurecidas. Daisuke não gostou de ver uma folha quebrada e vergada perto do caule. Pegou uma tesoura e se dirigiu à varanda. Cortou a folha um pouco antes do ponto em que ela se vergava e a jogou fora. Assim que a cortou, reparou que bem no local do corte algo começava a se espalhar. Enquanto observava, ouviu algo líquido caindo no chão, um líquido denso, pastoso e esverdeado. Daisuke quis sentir o cheiro desse líquido e meteu o nariz por entre as folhas envelhecidas, sem se importar com as gotas que caíam na varanda. Levantou-se e, ao tirar o lenço da manga do quimono e começar a limpar as pontas da tesoura, Kadono veio lhe avisar que Hiraoka acabara de chegar. Nessa hora, ele não pensava nem em Hiraoka nem em Michiyo. Ao observar esse estranho líquido esverdeado, ele se deixou envolver por essa atmosfera especial, que o transportou a um mundo à parte. No entanto, assim que escutou o nome de Hiraoka, essa atmosfera se esvaeceu. E, estranhamente, sentiu que não queria se encontrar com ele.

Quando Kadono o pressionou com a pergunta "Posso trazê-lo para cá?", Daisuke apenas se limitou a emitir uma interjeição afirmativa, "Hum", e se dirigiu para a sala de tatames. Hiraoka foi conduzido para esta sala e se sentou. Daisuke então notou que ele já vestia roupas de verão ocidentais. Hiraoka estava muito elegante, com uma camisa branca nova e uma gravata de tricô da moda; apresentava-se tão bem vestido que nem parecia estar desempregado.

Pela conversa que tiveram, a situação de Hiraoka continuava na mesma. Ele disse que, por enquanto, não adiantava procurar emprego e que, por isso, saía todo dia para passear; e era justamente o que fazia naquela hora. E soltou uma tremenda gargalhada ao dizer que, se não saísse de casa, ficaria o dia todo dormindo. Daisuke apenas se limitou a apoiá-lo, dizendo que talvez fosse melhor assim, e depois passaram o tempo conversando assuntos triviais. No entanto, como evitavam tocar num certo assunto, a conversa estava longe de ser espontânea, de modo que ambos sentiam uma tensão no fundo do estômago.

Hiraoka não comentou nada sobre Michiyo nem sobre o dinheiro, e tampouco comentou sobre a ida de Daisuke à sua casa, três dias antes, em sua ausência. No início, Daisuke também achou melhor não tocar nesse assunto, mas, vendo que Hiraoka o tratava com indiferença, começou a se sentir incomodado.

— Há uns dois ou três dias atrás estive na sua casa, mas você não estava — disse Daisuke.

— Hum. Eu soube. Obrigado por ter ido lá. Deu tudo certo. Na verdade, não queria incomodá-lo, pois eu já estava dando um jeito, mas Michiyo é muito apavorada. Peço desculpas pelo incômodo que ela lhe causou — e, após agradecê-lo com frieza, Hiraoka prosseguiu: — Você deve estar achando que vim aqui para lhe agradecer, mas é ela quem fará isso — justificou-se, como se ele e Michiyo não tivessem nenhuma relação.

Daisuke apenas se limitou a responder:

— Não precisa se preocupar com essa questão.

Depois, não se tocou mais no assunto, e a conversa passou a girar em torno de temas desinteressantes. De repente, Hiraoka disse num tom sério e confessional:

— Conforme a situação, pretendo largar de vez o mundo dos negócios. Quanto mais você conhece os bastidores, mais passa a detestá-lo. Além do que, voltando para cá, fui perdendo cada vez mais a coragem de tentar fazer alguma coisa...

— Isso já era de se esperar! — limitou-se a dizer Daisuke, e essa resposta fria deixou Hiraoka visivelmente desconcertado, mas mesmo assim o amigo continuou:

— Outro dia comentei com você sobre isso, mas estou pensando em trabalhar num jornal.

— Você tem algum em vista? — perguntou Daisuke.

— Há um que pode dar certo.

Apesar de Daisuke perceber a contradição de Hiraoka, que chegou dizendo que passeava todo dia porque não adiantava ficar procurando emprego, mas agora insinuava existir um emprego à vista, achou melhor ignorá-la, já que seria muito trabalhoso desvendar o que se passava na cabeça do amigo. Daisuke, então, limitou-se a responder:

— Que bom!

Daisuke acompanhou Hiraoka até a porta e, em pé, com o corpo encostado na porta corrediça, observou-o ir embora. Kadono também os acompanhou até a porta e, vendo-o se distanciar, comentou:

— O senhor Hiraoka é muito mais elegante do que eu pensava. Com toda essa pose, acho que a casa dele é humilde demais para ele, não acha?

— Acho que não. Hoje em dia todos se vestem assim, não é? — disse Daisuke, ainda em pé na soleira.

— Tem razão. Hoje em dia as aparências enganam. Muitas vezes, à primeira vista, uma pessoa aparenta ser um nobre cavalheiro, mas, quando se vai ver, mora num casebre — comentou Kadono.

Daisuke se dirigiu para o gabinete sem fazer nenhum comentário. O líquido verde da clívia no canto da varanda virara uma gosma e começava a secar. Daisuke entrou no gabinete e fechou a porta que ligava este aposento à sala de visitas. Depois que uma visita ia embora, ele tinha a mania de ficar sozinho, sentado na poltrona, pensando. Especialmente num dia como esse em que se sentia perturbado, isso lhe era imprescindível.

Hiraoka realmente se distanciara de Daisuke. Nos últimos tempos, toda vez que se encontraram, sentiu-o bem distante. Na verdade, isso não era apenas com Hiraoka. Tinha essa impressão com qualquer um. A sociedade moderna era um aglomerado de pessoas isoladas. A Terra segue naturalmente seu percurso, mas, uma vez construída uma casa, desencadeia-se o processo de fragmentação. E, por conseguinte, as pessoas que moram nessas casas também começam a se fragmentar. A interpretação de Daisuke sobre essa questão era que a civilização constrói o "nós" para nos forçar ao isolamento.

O Hiraoka dos tempos em que ainda era próximo de Daisuke gostava de fazer os outros chorarem por ele. E ainda hoje devia ser assim. No entanto, como ultimamente não demonstrava isso, era difícil saber. Não. Na verdade, seu esforço consistia em não despertar a compaixão alheia. E, das duas, uma: ou ele estava resignado a enfrentar o mundo, mesmo que sozinho; ou elucidara que a solidão era a verdadeira cara da sociedade moderna.

O Daisuke dos tempos em que ainda era próximo de Hiraoka gostava de chorar pelos outros. Mas, com o decorrer dos anos, não conseguia mais chorar. E não era por considerar essa atitude uma característica do homem moderno que ele não chorava. Muito pelo contrário. Na verdade, Daisuke queria poder dizer que o fato de não chorar era uma característisca do homem moderno. Daisuke não conhecia ninguém que, a despeito de sofrer o fardo da opressão imposta pela civilização ocidental, conseguisse enfrentar as lutas violentas na arena da sobrevivência e ainda fosse capaz de chorar por alguém.

Mais do que sentir distanciamento, Daisuke tinha aversão ao Hiraoka de hoje. E sabia que este também sentia o mesmo em relação a ele. O Daisuke de outrora, vez ou outra, se surpreendia ao perceber que nele havia uma sombra de solidão, constatação que o deixava bastante triste. Hoje, essa tristeza praticamente deixou de existir. Por isso, ele observava com atenção essa sombra negra, admitindo-a como sendo seu único sentimento verdadeiro. Algo inevitável; apenas isso.

Daisuke era lúcido demais para ficar se lamentando nas profundezas dessa solidão. Isso porque ele sabia que o destino inevitável do homem moderno era viver nessa circunstância. E, nesse sentido, o distanciamento ocorrido entre ele e Hiraoka era apenas parte de um processo natural. No entanto, ele não podia ignorar o fato de que o distanciamento entre eles ocorreu bem mais rápido do que se esperava devido a um particular acontecimento que os envolvera: o casamento de Michiyo. Foi o próprio Daisuke que a aconselhou a se casar com Hiraoka. O que não significava que ele estaria tão vulnerável a ponto de se arrepender, pois, mesmo hoje, via nesse seu gesto algo digno de honradez a alumiar seu passado. No entanto, decorridos três anos, a natureza se incumbiu de lhes apresentar as consequências desse ato. E tanto Daisuke quanto Hiraoka teriam de jogar fora seus contentamentos e suas glórias de outrora para se sujeitarem a essas consequências. E, nisso, Hiraoka começou a questionar de tempos em tempos o porquê de ele ter se casado com Michiyo, enquanto que Daisuke ouvia uma voz, vinda não se sabe de onde, perguntar por que ele aconselhara Michiyo a se casar com Hiraoka.

Daisuke ficou o dia todo enfurnado no gabinete, absorto em pensamentos. Na hora do jantar, Kadono tagarelou sozinho:

— Puxa! Hoje, sensei ficou o dia todo estudando, não é? E então... Que tal dar um passeio? Hoje é o dia do tigre[51] e está tendo uma festividade da divindade Bishamonten[52]. Os estudantes chineses estão se apresentando lá no auditório. Não quer ir dar uma olhada? Esses chineses não têm vergonha... São ousados e fazem qualquer coisa; nada temem.

---

51. O tigre é um dos doze animais do horóscopo chinês, e o dia do tigre (*tora no hi*) é considerado auspicioso para viagens e extremamente desfavorável para os enlaces matrimoniais. [N.T.]

52. Do sânscrito *Vaiśravaṇa,* é o patronímico de Kubera, que no hinduísmo é o deus da riqueza e o senhor dos *yakṣa*, seres sobrenaturais ctônicos de índole mormente boa, mas as vezes tidos como espíritos malignos. É também um dos protetores das direções (*lokapāla* em sânscrito e *pāli*, *shitennō* em japonês), regendo o Norte. Kubera foi adotado pelo budismo como seu protetor. [N.C.: Edgard Santana Bikelis]

9

Daisuke foi novamente chamado pelo pai. De certo modo, ele já desconfiava do que se tratava. E, se não era de hoje que Daisuke procurava se esquivar do pai, de uns tempos para cá evitava até mesmo passar pelos cômodos que ficavam nos fundos da casa. Isso porque, a despeito de cumprimentá-lo com educação, ele no íntimo sabia o quanto desprezava o pai.

Daisuke achava que a sociedade contemporânea — na qual cada indivíduo era incapaz de se relacionar com o outro sem, no íntimo, o desprezar — representava a "decadência do século XX". Ele entendia que a descomedida ganância típica dos últimos tempos impulsionava sobremaneira a degradação dos valores morais. E que essa degradação era motivada não só pelo conflito entre os anseios antigos e os novos, como também era induzida pela avalanche europeia.

Era necessário encontrar um ponto de equilíbrio entre esses dois fatores. Todavia, Daisuke sabia que, enquanto esse Japão miserável não conquistasse o poder econômico para estar no mesmo nível da poderosa Europa, esse equilíbrio jamais seria alcançado. E, nesse sentido, conformava-se com o fato de que, no Japão, os raios de sol jamais incidiriam sobre tal dia. Por isso, muitos cavalheiros japoneses que se viam encurralados em situações adversas — tomadas as devidas precauções — infringiam as leis ou praticavam delitos. E, coniventes aos delitos do outro, todos se relacionavam amigavelmente, como que a ignorar o fato. Daisuke, ser humano que era, achava insuportável ter de desprezar o outro ou ser alvo do desprezo alheio.

O caso de seu pai, comparado aos demais, tinha certa especificidade que o tornava complexo. Sua educação fora moldada pela conduta moral que regia a classe guerreira anterior à Restauração Meiji. Esse tipo de educação não só forçava as pessoas a engessar e a ignorar seus próprios sentimentos, como também não as permitia enxergar que a realidade se transformava. Apesar disso, seu pai continuava prisioneiro dessa conduta e, ainda hoje, se agarrava com unhas e dentes a esse tipo de educação. Isso sem contar que trabalhava em um tipo de negócio que o tornava propenso a uma vida de excessiva ambição. E, de fato, ano após ano, seu pai foi se deixando corroer por essa ganância. Por isso, era de se presumir que havia uma grande diferença entre o seu pai de antes e o de hoje. Aliás, diferença que o próprio pai sequer percebia. E, por isso, costumava declarar que o seu eu de outrora, o eu mantenedor das condutas de antigamente, é que o levara ao êxito nos negócios. No entanto, Daisuke achava impossível satisfazer a incessante ambição da vida moderna sem restringir a influência dessa educação, cuja validade era restrita ao período feudal. Se um indivíduo ousasse colocar em prática essas duas condutas, a contradição entre elas o faria viver em profundo sofrimento. E, nesse sentido, somente uma pessoa inferior e hipócrita conseguiria a proeza de conviver com isso sem ao menos buscar entender os motivos que a levavam a tal sofrimento. Daisuke achava que seu pai era ou fingia ser inteligente, ocultando sua própria ignorância, ou era um idiota, carente de discernimento. Daisuke detestava ter essa impressão do pai.

No entanto, sua destreza era inútil perante esse pai, e Daisuke sabia muito bem disso. Por isso, nunca se atreveu a encurralá-lo nos extremos de sua própria contradição.

Daisuke acreditava que a moral era decorrente da realidade social. Estava convicto de que incutir uma moral rígida, idealizada, para depois tentar incuti-la na sociedade, traçando um caminho inverso, seria um princípio fadado ao insucesso. Além do mais, não via nenhum sentido em se ensinar lições de educação moral e ética nas escolas japonesas, já que ensinavam a moral antiga; ou então faziam os alunos engolir a moral que, grosso modo, só era válida para os europeus. Para um povo infeliz, que, de uma hora para outra, se viu assolado por ambições cada vez mais impetuosas, isso tudo não passava de circunlóquios. Quando essas pessoas fossem enfrentar a sociedade, certamente não conteriam o riso ao se lembrarem dessas explanações, e se porventura não achassem graça iriam, no mínimo, se sentir enganadas, que as fizeram de idiotas. No caso de Daisuke, não só a escola, mas também seu próprio pai é que se incumbiu de lhe dar uma educação moral extremamente rígida e excepcionalmente inadequada. Foi por isso que, durante um período de sua vida, ele sofreu muito, vítima dessa tremenda contradição. E Daisuke sentia muita raiva disso.

Quando Daisuke foi agradecer Umeko por ela lhe ter ajudado outro dia, esta lhe chamou a atenção, recomendando-lhe que fosse até os fundos da casa cumprimentar o pai. Daisuke sorriu e, dissimulado, disse estar surpreso de o pai estar em casa. E, apesar de a cunhada confirmar que sim, tratou de ir embora sem falar com ele, alegando estar com um pouco de pressa.

Hoje, Daisuke foi com a intenção de falar com o pai; portanto, independentemente de querer ou não, precisava encontrá-lo. Como sempre costumava fazer, entrou pela sala de tatames dando a volta pelo terraço interno e, para sua surpresa, encontrou Seigo sentado no chão com as pernas cruzadas, tomando uma bebida. Umeko estava a seu lado. Assim que viu Daisuke, o irmão, pegando e balançando a garrafa de vinho, que estava praticamente cheia, ofereceu:

— Que tal um gole?

Umeko bateu palmas e mandou trazer mais uma taça.

— Tente adivinhar a idade desse vinho! — disse Umeko enquanto o servia.

— Até parece que ele vai saber... — comentou Seigo, olhando para os lábios do irmão. Daisuke tomou um gole e pôs a taça no chão. No lugar do tradicional petisco, havia um prato com wafers bem fininhos.

— Muito bom! — elogiou Daisuke.

— Então... Tente adivinhar de que ano é esse vinho!

— Qual a idade do vinho? Andou comprando coisa boa, hein? Será que posso levar um pra casa?

— Sinto muito. Só temos este. Ganhei de presente — disse Umeko, indo para a varanda bater os farelos de wafer que lhe caíram nas pernas.

— Aconteceu alguma coisa? Você parece tão tranquilo — perguntou Daisuke ao irmão.

— Hoje resolvi descansar. Tenho andando muitíssimo ocupado e resolvi dar uma trégua — disse Seigo, levando à boca um charuto apagado. Daisuke pegou uma caixa de fósforos que estava próxima e acendeu um palito.

— Quem está tranquilo é você, não é Dai-san? — comentou Umeko ao retornar da varanda.

— Nee-san, você já foi ao teatro kabuki? Se ainda não foi, recomendo que vá. Estão apresentando uma peça muito boa!

— Você já assistiu? Puxa! Você é mesmo uma pessoa desocupada!

— Não acho que seja uma questão de ser desocupado. Afinal de contas, estou apenas direcionando meus estudos numa outra direção.

— Você sempre tenta impor suas ideias sem se importar com o que os outros pensam... — disse Umeko, olhando para Seigo, que fumava charuto e estava com as pálpebras vermelhas. — Não é mesmo, querido?

Umeko pressionou o marido a tomar partido. Um pouco aborrecido, Seigo pôs o charuto entre os dedos e disse:

— Deixe-o estudar bastante. Não seria bom Daisuke saber que, se um dia ficarmos pobres, ele irá nos acolher?

— Dai-san — continuou Umeko —, por um acaso você pretende ser ator?

Daisuke não respondeu, apenas levantou a taça e a posicionou em frente a Umeko. Ela então pegou a garrafa de vinho e serviu o cunhado.

— Então, Seigo, quer dizer que você anda muito ocupado? — Daisuke retomou a conversa.

— Nem me fale! — disse Seigo, deitando-se no chão.

— Por um acaso, isso tem algo a ver com o "Caso do Açúcar"? — perguntou Daisuke.

— Não tem nada a ver com esse caso, mas estive muito ocupado.

As respostas do irmão eram sempre pouco esclarecedoras. Na verdade, devia ser de próposito que o irmão não o colocava a par dos assuntos, mas, aos ouvidos de Daisuke, soava tanto como um habitual desinteresse quanto como preguiça de lhe contar os fatos. Apesar disso,

Daisuke sempre conseguia perceber facilmente as entrelinhas das respostas de seu irmão.

— O "Caso do Açúcar" deu no que deu, mas será que não havia outro jeito de se evitar aquilo?

— Não sei, não, mas quem sabe? A verdade é que, no fundo, ninguém sabe o que vai acontecer... Ume! Peça ao Naoki para levar o Hector para fazer um pouco de ginástica. É um veneno comer daquele jeito e ficar só dormindo — disse Seigo, esfregando as pálpebras como quem está com sono.

— Acho melhor ir lá dentro levar minha bronca — disse Daisuke, posicionando de novo a taça na frente de Umeko. Rindo, ela lhe serviu mais vinho.

— É sobre a noiva? — perguntou Seigo.

— Bem, acho que é.

— Você devia aceitar. Onde já se viu deixar um idoso preocupado desse jeito? — disse Seigo, advertindo-o seriamente: — É melhor você tomar cuidado. Ele anda meio de mau humor!

Ao se levantar, Daisuke comentou:

— Esse mau humor deve ser por causa da correria desses últimos dias, não é?

— Não sei, não — disse, ainda deitado, o irmão. — Hoje estamos bem, mas nunca se sabe se um dia seremos presos como os altos executivos da Companhia do Açúcar.

— Deixe de bobagem — repreendeu Umeko.

— Então, pelo visto, esse mau humor é por eu estar ocioso — disse Daisuke já em pé, rindo.

Daisuke atravessou o corredor, passou pelo jardim interno e se dirigiu aos fundos da casa, onde seu pai, sentado numa escrivaninha chinesa, lia uma antologia poética chinesa. O pai gostava de poesia e, nas horas de folga, costumava ler poetas chineses. No entanto, às vezes, o fato de ele estar lendo esses poetas era uma advertência de que não estava de bom humor. Nessas ocasiões, até mesmo o irmão, que tinha nervos de aço, evitava se aproximar dele. E, no caso de ele ter mesmo de falar com o pai, utilizava em geral o subterfúgio de chegar acompanhado de Seitaro ou de Umeko.

Ao chegar ao terraço interno, Daisuke viu que não havia razão para se amedrontar; atravessou então a sala de tatames e entrou no aposento onde o pai se encontrava.

Ao ver Daisuke, seu pai tirou os óculos e os colocou sobre o livro. Em seguida, disse apenas:

— Você veio!

O tom de sua voz estava mais calmo do que o normal. Enquanto se sentava e posicionava as mãos sobre as coxas, Daisuke se deu conta de que o irmão lhe pregara uma peça, enganando-o direitinho com aquela expressão séria. Daisuke, como sempre, tomou um chá amargo e passou um tempo conversando amenidades: que este ano os brotos das peônias floresceram mais rápido; que nessa estação do ano sentia sono só de ouvir as canções populares da colheita de chá; que outro dia viu um ramo de glicínias de cerca de um metro e vinte de comprimento... E a conversa foi se estendendo para os mais variados assuntos. Para Daisuke, esse tipo de conversa era conveniente e, com o intuito de prolongá-la, colocava mais lenha na fogueira. Nisso, o pai começou a se entediar e, finalmente, cortou a conversa:

— Bem, eu mandei chamá-lo porque...

A partir daí, Daisuke não abriu mais a boca; ateve-se apenas a prestar atenção nas palavras do pai. Essa atitude de Daisuke instigava o pai a falar sozinho durante horas a fio como se estivesse dando uma palestra, com a ressalva de que mais da metade dessa palestra era mera repetição do que já fora dito. No entanto, Daisuke ouvia atentamente como se tudo fosse novidade.

Durante a longa explanação de seu pai, Daisuke descobriu que havia uns dois ou três pontos novos em suas argumentações. Um deles era uma pergunta séria sobre o que ele pretendia fazer da vida de agora em diante. Até então, Daisuke estava acostumado a acatar os pedidos de seu pai e se esquivar deles; porém, no momento em que este lhe fez uma pergunta de tamanha seriedade, ele não podia simplesmente responder de qualquer jeito. Daisuke sabia que uma resposta leviana provocaria a imediata ira do pai. Por outro lado, se resolvesse dizer o que realmente pensava, precisaria de no mínimo dois ou três anos para instruir a cabeça do pai de forma que este conseguisse entender seu ponto de vista. Daisuke não sabia como se esquivar e, ao mesmo tempo, responder com clareza a essa questão tão crucial a respeito de seu futuro. Sabia também o quanto essa questão lhe era importante. No entanto, dizer o que pensava e ainda por cima conseguir convencer o pai era algo que com certeza demandaria muito, muito tempo. Além do mais, não se podia descartar a hipótese de que, mesmo que levasse a vida toda, poderia não obter êxito. Para satisfazer o pai, bastava ele dizer que pretendia fazer algo para o bem da nação, para o bem do mundo, algo grandioso que fosse incompatível com o casamento; no entanto, por mais que Daisuke quisesse se autodesprezar, essa história de fazer algo pela nação ou coisa que o valha lhe soava tão absurda e hipócrita que faltou coragem a ele para falar. E, vendo-se num beco sem saída, respondeu que, de fato, tinha alguns projetos, mas que antes de consultá-lo pretendia elaborar um planejamento decente. Ao dizer isso, Daisuke achou sua resposta muito engraçada.

Depois o pai lhe perguntou se ele não gostaria de receber um patrimônio para se tornar independente. Daisuke prontamente respondeu que sim. Diante dessa resposta, o pai lhe propôs a condição de que ele deveria se casar com a filha de Sagawa. No entanto, não se definiu bem quem daria o dote, pois este poderia provir tanto da filha de Sagawa quanto de seu pai. Daisuke até que tentou sondar a respeito, mas em vão. Por fim, ao concluir que essa informação seria irrelevante naquele momento, resolveu não insistir no assunto.

Em seguida, o pai lhe perguntou se ele não tinha intenções de viajar para fora. Daisuke concordou dizendo que isso também não seria uma má ideia. No entanto, essa possibilidade também estava vinculada ao casamento.

— É realmente necessário que eu me case com a filha de Sagawa? — perguntou, por fim, Daisuke.

O rosto de seu pai ficou vermelho. Daisuke não tinha a intenção de zangá-lo. Mesmo porque, de uns tempos para cá, ele partia do princípio de que o ato de brigar era uma atitude das pessoas que se enquadravam na categoria dos humanos em processo de degradação. Para ele, mais do que o problema de zangar o outro, ter de assistir à desagradável agressão que esse semblante transtornado impingia aos seus olhos era como um golpe a ferir sua preciosa existência. Ele também tinha um jeito particular de entender o crime. No entanto, isso não significava que, para se sair incólume dele, bastaria agir com naturalidade. Para ele, a punição de quem mata um homem estava no ato de assistir ao sangue escorrendo do cadáver. Isso porque ele achava impossível uma pessoa não sentir, no âmago de seu ser, uma perplexa consternação ao ver o sangue jorrando. Daisuke era um homem cuja sensibilidade alcançava esse nível de extrema suscetibilidade. Por isso, tão logo notou que o rosto de seu pai ruborizou, sentiu um estranho desconforto. Mas nem por isso passou por sua cabeça curvar-se à vontade do pai para se redimir do pecado da desobediência, pois Daisuke respeitava acima de tudo a sua capacidade intelectual.

Nessa ocasião, o pai argumentou com detalhes e extrema veemência que estava velho, que se preocupava com o futuro do filho, que a obrigação dos pais era casar os filhos, e que os pais — e não os filhos — é que tinham discernimento para analisar cuidadosamente as qualidades de uma esposa. Além disso, disse que, embora as opiniões de terceiros fossem agora indesejadas, um dia, com certeza, os conselhos seriam valorizados e essas intervenções iriam ser bem-vindas. Daisuke escutava com seriedade. No entanto, quando o pai parou de falar, Daisuke, como sempre, não concordou com os argumentos. O pai, então, disse numa fala contida:

— Então vamos desistir de Sagawa. Case-se com quem você quiser, está bem? Por um acaso, você já tem alguém?

Sua cunhada já fizera a mesma pergunta, mas agora ele não podia apenas esboçar um sorriso forçado como quando o fez com Umeko.

— Não tenho ninguém com quem eu queira me casar — respondeu claramente. De repente, a voz de seu pai se alterou:

— Que tal então pensar um pouco na gente? Pare de pensar apenas em você — disse sem rodeios.

Daisuke ficou surpreso com a repentina e contraditória mudança de argumentos do pai, que, de uma hora para outra, deixou de pensar no filho para pensar em seus próprios interesses.

— Se não há nenhum inconveniente para você, vamos reconsiderar os fatos — disse o pai.

O pai ficou ainda mais mal-humorado. Quando Daisuke conversava com uma pessoa, havia situações em que ele não conseguia se distanciar da razão. Por isso, muitas vezes as pessoas achavam que o objetivo dele era apenas derrotar as pessoas, encurralando-as com seus argumentos. Mas, na verdade, se havia um homem que detestava encurralar as pessoas, esse homem era Daisuke.

— Não quero que pense que estou pedindo para se casar só porque é conveniente para mim — o pai de Daisuke tentou corrigir o que acabara de dizer. — Já que você gosta de implicar, vou lhe dizer uma coisa só para sua ciência. Você já tem trinta anos, não é? Você já deve imaginar o que vão dizer por aí se um homem normal de trinta anos não se casar. É claro que hoje não é como antigamente, e as pessoas têm a liberdade de optar por se manterem solteiras. Mas o que você faria se o fato de ser solteiro for inconveniente para seu pai e seu irmão e, ainda por cima, isso depor contra sua reputação e ferir sua honra?

Daisuke, atônito, olhava a cara do pai. Ele não sabia ao certo onde o pai queria feri-lo. Depois de um tempo, Daisuke respondeu:

— É claro que, de vez em quando, eu saio para me divertir um pouco, mas... — tentou se justificar, mas o pai foi logo cortando:

— Não se trata disso.

Os dois mantiveram silêncio por um bom tempo. Para o pai de Daisuke, o silêncio era o resultado do golpe que ele dera no filho. E, por fim, mais calmo, continuou:

— Vamos lá. Pense bem — disse o pai.

Daisuke gesticulou um “ahã” e se retirou. Foi para a sala de tatames procurar o irmão, mas não o encontrou. Ao perguntar onde estava a cunhada, a empregada respondeu que ela estava na sala de visitas. Ele foi até lá e, ao abrir a porta, viu a professora de piano de Nuiko. Daisuke a cumprimentou e chamou Umeko até a porta.

— Por um acaso, você andou denegrindo minha imagem para meu pai?

Umeko começou a rir. E, enquanto o puxava para perto do piano, disse:

— Vamos, venha! Você chegou em boa hora.

10

Era a época[53] em que as formigas começavam a entrar nas casas. Daisuke encheu de água um vaso enorme e mergulhou as hastes das flores brancas do lírio-do-vale. As pequenas flores alvas, em delicados cachos, encobriam parcialmente os detalhes em tons escuros das bordas desse vaso. Ao ser deslocado, florzinhas se desprendiam dos cachos, espalhando-se pelo chão. Daisuke pôs o vaso sobre um enorme dicionário. Em seguida, colocou um travesseiro ao lado e se deitou de costas, com a cabeça protegida pela sombra do vaso, onde o perfume das flores se propagava em direção ao seu nariz. E, envolto nessa fragrância, cochilou.

Uma vez ou outra, o mundo exterior o afetava de modo bastante cruel. E, quando isso se apresentava de forma muito intensa, mal suportava os reflexos dos raios de sol de um dia ensolarado. Nessas ocasiões, ele evitava o contato com a sociedade e, estrategicamente, passava o dia todo dormindo, sem se importar se era de manhã ou de tarde. A estratégia adotada nessas horas era a de dormir sentindo o perfume de flores de fragrância bem suave, com um leve toque adocicado. E, para evitar a luminosidade, fechava os olhos e respirava serenamente o perfume emanado pelas flores do vaso ao seu lado. Fragrância que conduzia pouco a pouco sua mente agitada ao mundo dos sonhos. Quando essa estratégia funcionava a contento, Daisuke se sentia revigorado e o contato com a sociedade se tornava mais fácil.

Nos dois, três dias subsequentes à conversa que teve com o pai, bastava Daisuke olhar as rosas vermelhas no canto do jardim para sentir agulhadas nos olhos. Agulhadas que o obrigavam a desviar o olhar para as folhas da açucena plantada ao lado da pia. Daisuke tinha

53. Final da primavera e início do verão. [N.T.]

a impressão de que essas folhas compridas e listradas com três, quatro faixas brancas sinuosas cresciam livres e soltas, sem qualquer impedimento. Por outro lado, ao olhar para as vistosas flores da romã, estas lhe causavam um sentimento pesadamente triste, muito maior do que o que sentia com as rosas, uma vez que seu intenso colorido parecia irradiar pequenos feixes de luz por entre as folhagens verdejantes; imagem inapropriada para o atual estado de Daisuke.

Quando Daisuke se via nesse estado de espírito sombrio, era difícil para ele se deparar com algo reluzente e suportar tamanha dissonância. Nesse sentido, até mesmo as folhas de açucena, se observadas longamente, iriam lhe causar uma aversão.

E, para piorar, sentia medo dessa ansiedade, típica do Japão atual. Um fenômeno selvagem, fruto da descrença do homem no próximo. Perceber em si a manifestação dessa ansiedade o deixava ainda mais perturbado. Ele era um homem que não acreditava em deus, pois, como intelectual, era incapaz de aceitar essa crença. Daisuke era da opinião de que não haveria necessidade de deus se os homens pudessem acreditar uns nos outros. Para ele, a existência de deus só teria algum fundamento se este fosse capaz de libertar os homens dessa angústia de não poder confiar no próximo. Nisso, concluiu que se um país crê em deus é porque nele só existem mentirosos. E, se no Japão atual não se acreditava em deus e nem nos homens, isso se devia à situação econômica do país.

Uns quatro, cinco dias antes, ele leu no jornal a história de um policial que praticou inúmeros delitos em conluio com um batedor de carteiras, e que o envolvimento de policiais com criminosos não se restringia a um ou dois casos. Tanto que um outro jornal informava que, se fosse feita uma rigorosa investigação, Tóquio corria um sério risco de ficar temporariamente sem policiais em atividade. Ao ler as notícias, Daisuke apenas esboçou um sorriso amargo. Para ele, a prática de crimes pela polícia era presumível, uma vez que precisavam enfrentar as vicissitudes da vida com um mísero salário.

No dia em que conversou com o pai sobre o casamento, Daisuke se sentia angustiado. Naquela ocasião, porém, ele achou que esse sentimento era apenas uma espécie de pressentimento ruim, fruto de sua falta de confiança no pai. E, em momento algum, culpou-se moralmente por ter esse sentimento, já que estava conformado a aceitar a conduta antiética do pai quando esta se manifestasse diante de seus olhos.

Ele também não confiava em Hiraoka. No entanto, nesse caso, Daisuke não só estava conformado, como também sabia que a falta de confiança era por não gostar mais dele. Daisuke amava o irmão, apesar de não confiar nele. A cunhada era uma mulher sincera, mas Daisuke sabia que essa afinidade, maior que a dele para com o irmão, era porque ela não precisava enfrentar diretamente os grandes embates da vida.

Daisuke sempre adotou essa postura um tanto quanto leviana para com a sociedade. Por isso, a despeito de ele ser uma pessoa muito sensível, dificilmente era atingido pelo temor da insegurança; e tinha ciência disso. Mas, eis que, sabe-se lá como, algo mudou. A princípio presumiu que essa mudança fosse fisiológica. E foi por isso que resolveu desatar o buquê de lírios-do-campo — que alguém colheu e lhe trouxe de Hokkaido —, colocar as flores na água e dormir ao lado delas.

Uma hora depois, Daisuke abriu seus olhos grandes e negros. Esses olhos se fixaram num certo ponto e permaneceram estáticos durante algum tempo. Os braços e as pernas continuavam na mesma posição de quando dormia, o que lhe conferia um aspecto de morto. Súbito, uma formiga preta que andava na gola de flanela caiu-lhe no pescoço. No mesmo instante, Daisuke moveu o braço direito e, com a mão direita, pressionou-a junto ao pescoço. Depois, franziu a testa e, erguendo a mão à altura do nariz, observou o pequenino ser amassado e grudado na falange do dedo. A formiga estava morta. Daisuke deu um piparote com a unha do polegar nessa coisinha preta, grudada na ponta do indicador. E se levantou.

Ao notar três ou quatro formigas ao redor dos joelhos, pôs-se logo a matá-las com um fino cortador de papel em marfim. Em seguida, bateu palmas para chamar alguém da casa.

— O senhor acordou? — perguntou Kadono ao se aproximar. — Quer que eu lhe sirva um chá?

Enquanto Daisuke ajeitava o trespasse do quimono para cobrir o peito, perguntou serenamente:

— Alguém me procurou enquanto eu dormia?

— Sim. A esposa do Hiraoka esteve aqui. Como soube? — perguntou Kadono num tom casual.

— Por que você não me acordou?

— É que o senhor dormia tão profundamente...

— Se temos visita, isso não vem ao caso, não? — o tom de voz de Daisuke soou ligeiramente enfático.

— Pois é, mas foi a esposa do Hiraoka que pediu para não acordá-lo.

— E... Ela foi embora?

— Não exatamente. Ela disse que precisava fazer compras em Kagurazaka e que, na volta, virá aqui de novo.

— Então ela disse que vai voltar, é isso?

— Isso mesmo. Na verdade, ela veio até aqui dizendo que o esperaria acordar, mas ao vê-lo dormir tão profundamente deve ter pensado "Ih! Acho que ele não vai acordar tão cedo..." e, por isso, acabou mudando de ideia.

— Foi por isso que ela resolveu sair de novo?

— É. Acho que foi.

Daisuke ria enquanto esfregava as mãos no rosto recém-desperto. Depois, foi lavar o rosto no lavatório. Passou uma água nos cabelos e, ao voltar para a varanda e contemplar o jardim, logo notou que estava se sentindo bem melhor. A imagem de duas andorinhas voando sob o céu nublado o deixou muito feliz.

Daisuke aguardava ansiosamente a visita de Michiyo desde o dia em que Hiraoka esteve em sua casa. No entanto, as palavras de Hiraoka ainda não haviam se concretizado. Em algum canto de seu coração havia um vazio, suscitado pela dúvida. O que o deixava consternado era a dúvida de não saber ao certo se Hiraoka dissera aquilo por mera educação, ou se realmente havia algum motivo pessoal para Michiyo não o procurar. E, ao vasculhar o âmago desse seu vazio e pressentir a iminência de que algo muito mais sombrio lhe seria revelado, preferiu acatá-lo como parte de sua experiência cotidiana, em vez de tentar sanar a dúvida que o inquietava.

Era por isso que Daisuke evitava se encontrar com Hiraoka. Em muitas de suas caminhadas, seus pés o levavam na direção do rio Edogawa.

Ao final da florada das cerejeiras, envolto na brisa do anoitecer, chegava a atravessar — indo de cá para lá e de lá para cá — quatro pontes que passavam sobre o rio, como que a costurar o extenso dique. Agora que as flores de cerejeiras já tinham caído havia algum tempo, era a época de as árvores oferecerem suas sombras. De vez em quando, Daisuke costumava ficar em pé no meio de uma ponte, com os braços apoiados no parapeito e o rosto entre as palmas das mãos, a contemplar o reflexo dos raios de sol sobre a água incidindo sobre as folhas das árvores frondosas. Ao acompanhar o trajeto desse feixe de luz que se afunilava na extremidade, Daisuke foi levado a erguer a cabeça para contemplar a floresta de Mejirodai, que se elevava diante de seus olhos. E, desistindo de atravessar a ponte e seguir pela ladeira de Koishikawa, resolveu voltar para sua casa. Certo dia, Daisuke estava em Omagari quando, a meio quarteirão de distância, viu Hiraoka descer do bonde; tinha quase certeza de que era o amigo. Daisuke deu meia-volta no mesmo instante e seguiu em direção ao cais.

Daisuke estava preocupado com a situação de Hiraoka. No fundo, ele sabia que a situação do amigo era instável e que, sem trabalho, estaria vivendo de economias; mas, ao mesmo tempo, desconfiava de que ele já tinha encontrado algo e redirecionado os rumos de sua vida. No entanto, Daisuke não se viu impelido a correr atrás de Hiraoka para descobrir o que, de fato, estava acontecendo. Isso porque previa sentir um inexplicável desconforto ao se reencontrar com ele. Porém, ele não odiava Hiraoka a ponto de estar preocupado com ele apenas por causa de Michiyo. No íntimo, ele tinha consideração por Hiraoka e lhe desejava sucesso.

E era com esse vazio tomando-lhe um canto de seu coração que Daisuke vivia até então. Foi quando, momentos atrás, não aguentando mais o intenso estímulo vital do Universo, resolveu pedir um travesseiro para Kadono, desejoso de ser tragado pelo sono e, se possível, ser conduzido às profundezas das águas azuis. Foi com essa tamanha intensidade que a vida se fez sentida pela sua aguçada sensibilidade. E, ao apoiar no travesseiro sua cabeça, que parecia estar quente, Hiraoka e Michiyo deixaram de existir para ele. Felizmente, Daisuke conseguiu dormir bem, mas enquanto dormia sentiu que alguém se aproximou, e logo se afastou. Mesmo acordado, não conseguia se desvencilhar dessa sensação. Chamou então Kadono para perguntar se alguém o procurara enquanto dormia.

Daisuke foi para a varanda e, com as mãos à altura da fronte para proteger seus olhos, observou as manobras das andorinhas que voavam alegremente sob o imenso céu, a deslizar de um lado para outro; mas, ao tentar acompanhar esses movimentos ligeiros, sentiu vertigens e voltou para dentro de casa. No entanto, a expectativa de que Michiyo voltaria a qualquer momento o deixou num estado de tamanha inquietude que mal conseguia pensar ou se concentrar em alguma leitura. Tirou então da prateleira uma volumosa brochura de esboços de pintura e, abrindo-a sobre o colo, folheou-a mecanicamente, manuseando cada folha pelo canto com as pontas dos dedos. Porém, um desenho não passou com rapidez por seus olhos: um desenho de Brangwyn[54]. Daisuke nutria um grande apreço pelas pinturas decorativas desse artista e, no instante em que seus olhos encontraram esse desenho, seu olhar readquiriu o brilho que lhe era característico, levando-o a mergulhar na pintura. Era o desenho de um porto.

O quadro tinha ao fundo um navio bem grande, com seus mastros e velas, e um céu esplendoroso em contraste com águas azul-ferrete. Em primeiro plano havia quatro, cinco trabalhadores nus. Daisuke apreciava a força da carne representada nesses homens másculos de músculos proeminentes, como que formando cadeias de montanhas, e os ombros e dorsos encostados uns nos outros construindo vales em forma de redemoinhos. Nisso, ainda com a brochura aberta, desviou o olhar da página e aguçou os ouvidos. Escutou a voz da velha senhora vindo da cozinha e, logo em seguida, o tilintar de frascos vazios de leite acompanhados de passos ligeiros do leiteiro indo embora. Como o silêncio até então reinava na casa, esses sons afetaram os sensíveis nervos auditivos de Daisuke.

---

54. Sir Frank Brangwyn (1867-1943). Pintor e gravurista inglês. Discípulo de William Morris (1834-1896), viajou por vários países do mundo, registrando em seus quadros paisagens e pinturas religiosas. [N.T.]

Daisuke ficou um bom tempo olhando a parede, absorto em pensamentos. Pensou em chamar novamente Kadono para perguntar se Michiyo dissera a que horas voltaria, mas desistiu de chamá-lo ao considerar que essa atitude seria de extrema idiotice. E não só era idiotice como também era descabido estar tão ansioso aguardando a visita da esposa de um outro homem. Tamanha ansiedade o levou a se questionar sobre o motivo de não tê-la procurado antes, se nada o impedia de fazê-lo. Ao verificar os dois lados dessa contradição, envergonhou-se de sua atitude. Inclinou-se para frente com o intuito de se levantar da cadeira. No entanto, ele sabia que havia inúmeros fatores imbricados na base dessa contradição. E, para o Daisuke de hoje, essa contradição era a única coisa que ele realmente sabia possuir. A única lógica capaz de combater essa contradição não passava de mera proposição embasada no autodesprezo, que em nada condizia com seu jeito de ser. Ao pensar assim, voltou a se sentar.

Nem Daisuke saberia dizer como passou o tempo até Michiyo chegar. Ao ouvir a voz de uma mulher do lado de fora, sentiu seu coração palpitar. Embora fosse um homem bastante lógico, ele era muito frágil no que tange ao coração. E se nos últimos tempos ele não ficava mais bravo, era apenas por razões racionais, comandadas por uma inteligência que jamais permitiria que ele se sugeitasse a sentir raiva e viesse a passar por idiota. Mas, afora isso, ele ficava totalmente à mercê de suas emoções. Enquanto Kadono, com suas passadas barulhentas, acompanhava Michiyo à porta do gabinete, as bochechas de Daisuke, até então coradas, perderam um pouco de seu viço.

— Posso trazê-la aqui? — perguntou Kadono de forma sucinta, para não ter o trabalho de perguntar se deveria encaminhar a visita até a sala ou se Daisuke a receberia no gabinete.

Daisuke respondeu que sim, levantou-se e, no intuito de espiar o corredor, praticamente enxotou Kadono, que aguardava a resposta em frente à porta. Michiyo estava em pé na junção do corredor com a varanda e, hesitante, olhava em direção ao gabinete.

O rosto da moça estava mais pálido do que da última vez que ele a encontrou. Assim que Daisuke olhou para Michiyo e indicou com um meneio de cabeça que entrasse no gabinete, ela se aproximou com a respiração ofegante.

— Aconteceu alguma coisa? — perguntou Daisuke.

Michiyo entrou no gabinete sem responder. Ela vestia um sobreposto de quimono de sarja sem forro sobre um quimono interno e segurava três grandes lírios brancos. Mal entrou na sala, foi largando os lírios sobre a mesa e se sentou na cadeira mais próxima. Sem se importar em desarrumar o o cabelo em estilo *ichogaeshi*[55], encostou a cabeça no espaldar da cadeira e disse:

— Ah! Estou passando mal... — e olhou, sorrindo, para Daisuke.

Na mesma hora, Daisuke bateu palmas para pedir um copo de água. Nisso, Michiyo apontou para a mesa onde havia um copo de vidro que Daisuke usara para fazer gargarejos após a refeição. Nesse copo ainda havia uns dois goles de água.

— Está limpa, não está? — perguntou Michiyo.

— Tomei agora há pouco — respondeu Daisuke ao pegar o copo; mas logo hesitou, pois, no momento em que ele pensava em jogar fora a água de onde estava sentado, percebeu que a janela de vidro estava fechada. Kadono tinha a mania de abrir as janelas corrediças de papel e deixar as de vidro fechadas. Daisuke se levantou e foi até a varanda jogar a água no jardim e aproveitou para chamar Kadono. O rapaz, que até então estava por perto, não atendeu ao seu chamado. Daisuke hesitou por alguns segundos e voltou para junto de Michiyo:

— Já lhe trago água — disse Daisuke, deixando o copo vazio sobre a mesa para, em seguida, ir até a cozinha. Ao passar pela sala de estar, viu que Kadono pegava desajeitadamente as folhas do chá verde Gyokuro[56] do pote de estanho. Assim que o viu, Kadono foi se justificando:

— Sensei, é para já!

---

55. Penteado popular entre as mulheres casadas durante os períodos Edo (1603-1867), Meiji (1868-1912) e Taisho (1912-1926). Consistia em prender o cabelo de modo a reparti-lo em duas partes, em coques semicirculares: um no alto da cabeça e os outros dois nas laterais um pouco acima da nuca, assemelhando-se às folhas de ginkgo, como sugere seu nome. [N.T.]

56. Chá verde Gyokuro (gotas de orvalho) é um chá produzido no Japão e considerado o melhor dentre os chás verdes (*sencha*). [N.T.]

— O chá pode ficar para depois. Quero água — disse Daisuke, indo para a cozinha.

— Ah é? Ela quer água? — Kadono largou o que estava fazendo e seguiu Daisuke até a cozinha. Os dois começaram a procurar um copo, mas não encontraram. Quando Daisuke perguntou onde estava a velha senhora, Kadono disse que ela saíra para comprar doces para a visita.

— Se não tinha doces, por que não foi comprar antes? — perguntou Daisuke, enquanto abria a torneira e colocava água numa xícara de chá.

— É que eu não avisei a obasan que hoje teríamos visita — disse Kadono, coçando a cabeça num gesto de desconforto.

— Por que você não foi comprar? — implicou Daisuke ao deixar a cozinha.

Apesar da bronca, Kadono ainda tentou se justificar:

— É que, além do doce, ela ia comprar outras coisas. Eu também acho que ela não deveria ter saído com esse tempo e ainda mais com a perna ruim, mas...

Sem olhar para trás, Daisuke voltou para o gabinete. Assim que abriu a porta corrediça, notou que Michiyo segurava no colo, com as duas mãos, o copo que estava na mesa. Nele havia o mesmo tanto de água que Daisuke acabara de jogar no quintal. Com a xícara na mão e em pé, de frente para Michiyo, Daisuke ficou sem ação.

— O que aconteceu? — perguntou Daisuke.

Michiyo, como sempre, respondeu tranquilamente:

— Obrigada. Já estou satisfeita. Acabei de tomar a água de lá. Estava tão linda! — respondeu Michiyo, voltando-se para o vaso com os lírios do vale.

Daisuke enchera de água esse vaso grande quase até a borda. E, por entre os caules verdes claros da espessura de um palito de dente, entrevia-se vagamente os detalhes da cerâmica como que a boiar na água.

— Por que você tomou essa água? — perguntou Daisuke, boquiaberto.

— Não é veneno. Não irá fazer mal, não é? — disse Michiyo, mostrando o copo para Daisuke e tomando o restante da água na sua frente.

— Pode até não fazer mal, mas já pensou se essa água estivesse aí há dois ou três dias?

— Não se preocupe. Há pouco, quando estive aqui, fui até perto do vaso e cheirei as flores. O rapaz disse que tinha acabado de colocar no vaso a água fresca da tina. Não há o que temer. Mas que fragrância boa, não acha?

Sem dizer nada, Daisuke sentou na cadeira. Não teve ânimo de sondar se ela bebeu a água do vaso em virtude de uma motivação poética ou de uma necessidade fisiológica. No fundo, ele sabia que Michiyo não era o tipo de pessoa que gostava de citar versos ou imitar cenas de romances. Foi então que ele apenas se limitou a perguntar:

— Está se sentindo melhor?

A cor retornara à face de Michiyo. Ela pegou um lenço da manga do quimono e, ao limpar os cantos dos lábios, contou que antes costumava pegar o bonde em frente ao Dentsuin e descer em Hongo para fazer compras; no entanto, desde que soubera que os preços em Hongo eram de 10 a 20% mais caros do que em Kagurazaka, esta era a segunda vez que vinha para esses lados. Disse também que da primeira vez até pensou em lhe fazer uma visita, mas ficara tarde e ela voltou direto para casa. Por isso, hoje ela saiu mais cedo para passar por aqui antes das compras; porém, como ele estava descansando, resolveu voltar para a avenida, fazer compras e passar na volta. E quando ela subia a ladeira Waradana o tempo fechou e começou a chuviscar. Sem guarda-chuva, apressou os passos para não se molhar, esforço que seu corpo logo sentiu, deixando-a com a respiração ofegante.

— Mas isso não é nenhuma novidade. Já estou acostumada — disse Michiyo, esboçando um sorriso triste ao olhar para Daisuke.

— Seu coração ainda não está totalmente bom? — perguntou Daisuke, com uma expressão de compaixão no rosto.

— Totalmente bom, creio que nunca ficará.

A resposta de Michiyo não soou tão pesarosa, apesar de suas palavras conterem um significado desesperador. Ela dobrou os dedos finos e olhou para o anel que usava. Depois enrolou o lenço e o guardou de volta na manga do quimono. Daisuke contemplava os cabelos a lhe emoldurar a testa e a região dos olhos, os quais estavam voltados para baixo.

Em seguida, como se tivesse se lembrado de algo importante, Michiyo agradeceu o cheque recebido noutro dia. Um leve rubor lhe estampou a face. A apurada sensibilidade de Daisuke não pôde deixar de notar. Rubor que ele entendeu como sendo de quem se sentia envergonhada em virtude do empréstimo. Ele então tratou logo de mudar de assunto.

Os lírios de Michiyo continuavam sobre a mesa exalando um perfume doce e intenso, que impregnava o ambiente. Daisuke sentia dificuldades de respirar essa fragrância demasiadamente forte, mas jamais seria capaz de retirar as flores sem o consentimento de Michiyo.

— E essas flores, você as comprou? — perguntou Daisuke.

Michiyo fez que sim com a cabeça.

— São cheirosas, não acha? — perguntou Michiyo, aproximando o nariz das pétalas e respirando fundo.

Daisuke, sem querer, fincou os pés no chão e inclinou o corpo para trás.

— Não cheire assim tão de perto! — disse ele.

— Ué... Por quê?

— Não há um motivo, mas não faça isso.

Daisuke arqueou levemente a sobrancelha. Michiyo afastou o rosto da flor.

— Você não gosta dessa flor? — perguntou ela.

Daisuke apenas sorriu, ainda mantendo o corpo esticado para trás e com a cadeira um pouquinho inclinada.

— Puxa! — continuou Michiyo. — Então eu nem devia ter comprado. Não valeu nada ter dado toda aquela volta. Ainda mais com o risco de pegar chuva e ficar com falta de ar.

A chuva começou realmente a cair. As gotas acumulavam-se na calha e se podia ouvir o barulho da água escorrendo pelo cano. Daisuke se levantou, pegou o maço de lírios que estava à sua frente e arrancou a palha que o amarrava.

— São para mim? Então, vamos colocá-los logo na água — disse Daisuke e, no mesmo instante, pôs os lírios no vaso grande.

Os caules compridos davam a impressão de que as flores iam saltar do vaso. Daisuke retirou as flores que ameaçavam cair e, com uma tesoura ocidental tirada da gaveta da mesa, cortou as hastes na metade de seu comprimento. Feito isso, recolocou esses lírios grandes por entre os lírios do vale.

— Agora está bom — disse Daisuke, colocando a tesoura sobre a mesa.

Michiyo observava o modo estranho e grosseiro de manusear e dispor os lírios no vaso; de repente, perguntou:

— Desde quando você não gosta mais dessa flor?

Essa pergunta soou um pouco estranha para Daisuke.

Anos atrás, quando o irmão de Michiyo ainda era vivo, Daisuke comprou por impulso um lírio de caule bem comprido e o levou para a casa dela, em Yanaka. Nesse dia, Daisuke solicitou que Michiyo lavasse um vaso, desses bem simples, e, após colocar nesse recipiente o lírio comprado com carinho, pediu para que ela e o irmão se posicionassem diante da flor e a contemplassem. Michiyo ainda se lembrava desse dia.

— Você também cheirava a flor, não lembra? — disse Michiyo.

Daisuke tinha uma vaga lembrança disso e, sem graça, esboçou um sorriso forçado.

A chuva foi ficando cada vez mais forte. O temporal intensificava o barulho da água que desabava sobre a casa. Kadono apareceu dizendo que estava ficando frio e perguntou se não seria melhor fechar as portas de vidro. Enquanto o rapaz fechava as portas, os dois olhavam para o jardim. As folhas das árvores estavam bem molhadas e, da porta, Daisuke sentiu o sopro úmido e silencioso deslizar sobre sua cabeça. Todas as coisas que flutuavam no mundo, todas, sem exceção, pareciam estar seguras e firmes sobre a Terra. Havia tempo que Daisuke não se sentia assim, como se voltasse a ser o que era.

— Que chuva boa, hein? — disse ele.

— Que boa, nada! Estou de *zôri*[57].

57. Sandália feita de fina trança de palha de arroz. A sola é revestida com couro ou pano. [N.T.]

Michiyo parecia zangada por ver a água da chuva correndo pelas canaletas.

— Na volta, chamarei um riquixá para levá-la, está bem? Portanto, não se preocupe. Não precisa ter pressa!

Michiyo parecia não poder ficar à vontade. E, com uma expressão séria, olhou para Daisuke e o repreendeu:

— Você não tem jeito mesmo! Continua folgado como sempre... — apesar do tom severo, seus olhos denunciavam um sorriso aquiescente.

E foi nesse exato instante que o rosto de Hiraoka, até então indefinido e oculto à sombra de Michiyo, surgiu nítido nas retinas de seu coração. De repente, Daisuke sentiu como que atacado por algo saído da penumbra. Michiyo era uma mulher que carregava uma sombra escura, difícil de se desvencilhar.

— E... Como está Hiraoka? — perguntou Daisuke, como que de forma casual. Michiyo praticamente parou de falar.

— O mesmo de sempre.

— Ele ainda não conseguiu encontrar nada?

— Quanto a isso, tudo bem. Parece que ele vai começar a trabalhar num jornal a partir do mês que vem.

— Que bom! Eu não sabia. Então, quer dizer que por enquanto está tudo sob controle, não é?

— É. Sou lhe grata — disse Michiyo, com a voz baixa e em tom sério.

Ao vê-la assim, Daisuke achou-a muito graciosa.

— E o dinheiro? Não estão pressionando? — perguntou ele.

— O dinheiro? — Michiyo hesitou por uns instantes, seu rosto enrubesceu.

— Na verdade, hoje eu vim aqui exatamente para lhe dar uma satisfação sobre esse assunto — disse ela, erguendo o rosto, até então voltado para o chão.

Se, para Daisuke, já era difícil suportar uma expressão, mesmo que sutil, de desagrado, insultar uma mulher a ponto de a deixar abalada e com o ritmo cardíaco alterado era inconcebível. E, nesse sentido, evitava contrariar o próximo e, na medida do possível, provocar no outro o sentimento de autocomiseração. Por isso sua atitude foi apenas escutar, em silêncio, o que Michiyo tinha a lhe dizer.

Os duzentos ienes que ela recebeu naquele dia eram para saldar parte da dívida; porém, como eles tinham acabado de se mudar para a casa nova e tiveram que arcar com diversas despesas, o dinheiro acabou sendo usado para isso. A conversa começou com essa justificativa de gastos com a casa. Depois, ela falou dos gastos diários com a subsistência. Apesar de saber que não devia, quando a situação apertava ela usava o dinheiro, e se apertava de novo gastava-o outra vez; até que, por fim, praticamente não restou quase nada. Se não tivesse feito isso, com certeza o casal não teria conseguido se manter até hoje. Pensando bem, ela sabia que deveria ter dado um jeito de não gastar o dinheiro e que, na medida do possível, deveria ter usado apenas o estritamente necessário, mas, como o dinheiro estava na mão, gastava de maneira imprudente toda vez que a situação se tornava desesperadora e crítica; por conta disso, o montante principal da dívida continuava do mesmo jeito. Ela inocentou Hiraoka e assumiu toda a culpa.

— Realmente, sinto muito pelo que fiz e estou arrependida. Mas saiba que, quando lhe pedi emprestado aquele dinheiro, não tinha a intenção de enganar você, por isso peço que me perdoe — Michiyo pediu desculpas, demonstrando estar muito angustiada.

— Eu dei esse dinheiro para você; portanto, seja lá como você gastou ou deixou de gastar, ninguém tem nada a ver com isso. O importante é que serviu para alguma coisa, não é? — Daisuke tentou consolá-la. E, ao lhe dizer isso, enfatizou a palavra "você", que soou ao mesmo tempo profunda e gentil.

Michiyo apenas se limitou a dizer:

— Só de ouvir isso, sinto que tirei um peso das costas.

A chuva continuava intensa. Mesmo assim, conforme o prometido, na hora de ela ir embora Daisuke mandou chamar um riquixá. Como estava frio, Daisuke pegou seu *haori* para colocá-lo sobre os ombros dela, mas, sorrindo, Michiyo recusou.

11

De uma hora para outra, as pessoas passaram a vestir *haori* em tecido leve de seda.

Daisuke que, durante uns dois, três dias, esteve estudando em casa e, quando muito, estendia o olhar para o jardim, ficou surpreso com o calor ao sair com seu barrete de inverno. Durante sua caminhada, pensava que não deveria mais usar quimonos de sarja; depois de andar uns quinhentos ou seiscentos metros, porém, deparou-se com duas pessoas usando quimonos forrados. E, mal constatou não ser ele o único vestido assim, encontrou logo à frente, ao lado de um ambulante de gelados, um *shosei* bebendo algo refrescante num copo. Nisso, lembrou-se de Seitaro.

De uns tempos para cá, Daisuke passou a sentir uma afeição ainda maior por Seitaro. Toda vez que Daisuke conversava com alguém, ele se sentia como que falando com o invólucro da pessoa, e isso o deixava muito irritado. No entanto, uma autoanálise revelou que ele, mais do que ninguém, é que era uma pessoa capaz de irritar os outros. E essa constatação não o fez se sentir grato, pois cogitou que se tornara assim em virtude de longos anos de exposição à infeliz luta pela sobrevivência.

Ultimamente, Seitaro só pensava em treinar *tamanori*[58], pois Daisuke o levara outro dia para assistir a uma apresentação dessa atividade numa área de entretenimento em Okuyama, no bairro de Asakusa. A determinação do sobrinho era uma característica herdada de sua cunhada. Mas, como era também filho de seu irmão, havia nele uma certa placidez que reprimia essa determinação. Daisuke gostava de estar com ele por sentir que o sobrinho deixava fluir livremente seus sentimentos,

58. *Tamanori: tama*, bola; *nori*, subir. É um tipo de espetáculo em que o artista faz acrobacias sobre uma bola enorme enquanto a gira com os pés. [N.T.]

ao contrário do tio, que sofria por estar com a alma sempre protegida por uma armadura, a qual nunca ousava despir em nenhuma hora do dia ou da noite.

No início da primavera, Seitaro ingressou na quinta série. E, de repente, começou a espichar. Dentro de dois ou três anos, sua voz mudaria. Depois disso, seria difícil prever a trajetória de sua vida; uma coisa, no entanto, era certa: se fosse viver como um ser humano, seu destino fatalmente seria o de ser odiado pelas pessoas. Quando isso fosse acontecer, ele agiria com tranquilidade, discreto aos olhares alheios, e rondaria, como um mendigo, o mercado de homens em busca de algo para si.

Daisuke chegou ao fosso do antigo castelo de Edo. Outro dia, na margem oposta do dique, havia uma profusão de azaleias pontilhando o manto verde de vermelho e branco, mas agora não se via nenhum vestígio delas, e na parte alta da colina esverdeada perfilavam-se, a perder de vista, enormes pinheiros. O céu estava ensolarado. Daisuke pensou em pegar o bonde e fazer uma visita à cunhada para conversar um pouco, zombar com ela e brincar com Seitaro, mas mudou de ideia e resolveu caminhar ao longo do fosso, contemplando os pinheiros, até se sentir cansado.

Em Shin'mitsuke, o tráfego dos bondes, indo e vindo, deixou-o atordoado; ele então atravessou o fosso pela rua do templo Shokonsha e saiu na altura da rua Bancho. Enquanto dava voltas por essa área, começou a achar que caminhar a esmo era uma tremenda idiotice. Ele, que sempre pensava que somente as pessoas da classe inferior é que andavam com algum propósito, reconheceu o mérito dos humildes. Nisso, ao perceber que estava de novo sentindo tédio, resolveu voltar para casa. Numa das lojas da ladeira Kagurazaka, uma grande vitrola tocava música. O som excessivamente metálico de seus autofalantes afetou de forma sensível a mente de Daisuke.

Kadono, aproveitando a ausência de Daisuke, cantarolava a plenos pulmões uma canção *biwauta*[59], quando este adentrou o portão de casa; ao escutar os passos dele, o rapaz interrompeu a cantoria.

---

59. Canções populares que eram acompanhadas com o instrumento musical japonês *biwa*, tipo de alaúde feito de madeira, formato oval com quatro ou cinco cordas de seda, tocado com uma espécie de palheta. [N.T.]

— Já de volta? — perguntou Kadono, ao recepcioná-lo no terraço.

Sem dizer nada, Daisuke pendurou o barrete, passou pela varanda e, entrando no gabinete, fechou a porta corrediça. Um pouco depois, Kadono apareceu com uma xícara de chá e perguntou:

— Quer que feche a porta? Não está calor?

Daisuke enxugava o suor da testa com o lenço que acabara de tirar da manga do quimono, mas, mesmo assim, respondeu:

— Pode fechar — o tom de sua voz era imperativo.

Kadono fez uma cara esquisita e, ao se retirar, fechou a porta. No gabinete escuro, Daisuke ficou uns dez minutos com o pensamento distante.

Daisuke tinha uma pele sedosa de causar inveja, e seus músculos, suaves ao toque, lhe proporcionavam um tipo de porte muito raro de se encontrar, mesmo entre os trabalhadores braçais. Ele sempre foi um felizardo em termos de saúde, pois nunca contraiu uma doença grave. E era justamente por acreditar que só por isso a vida valia a pena, que a saúde lhe era muito mais preciosa do que seria para outrem. Sua mente era tão saudável quanto seu corpo, mas nem por isso ele ignorava o fato de que sua racionalidade lhe trazia sofrimentos. Às vezes, ele tinha a sensação de que sua cabeça era o centro de um alvo com dois, três círculos concêntricos. E, sobretudo naquele dia, ele se sentia assim.

Nessas ocasiões, Daisuke ficava calado, refletindo sobre as razões de ele ter nascido neste mundo. E não foram poucas as vezes em que se viu diante dessa questão crucial. Dúvida que podia ser desencadeada por uma simples curiosidade filosófica; ou quando se sentia pressionado a tingir sua mente com as complexas colorações ditadas pela sociedade; ou, como ocorreu nesse dia, por se sentir entediado. Porém, independentemente dos motivos que o levavam a pensar nesse assunto, a conclusão era sempre a mesma, embora não fosse uma solução, e sim, em suma, sua negação. Para ele, o ser humano não nascia predeterminado a cumprir uma missão. Muito pelo contrário, o objetivo da vida de uma pessoa só passaria a existir após seu nascimento. E, nesse sentido, fabricar um objetivo e aderi-lo ao recém-nascido é o mesmo que lhe usurpar a liberdade de ação ao nascer, razão pela qual caberia somente ao indivíduo construir seu próprio objetivo de vida. O que não pressupõe fazer isso de maneira arbitrária, pois o objetivo de uma existência é aquele que, no decorrer da vida, o indivíduo assume perante o mundo.

Daisuke partia dessa premissa e, portanto, fazia de suas ações o seu objetivo. Caminhava porque queria caminhar, e caminhar se tornava seu objetivo; pensava porque queria pensar, e pensar se tornava seu objetivo. Tanto a ação de caminhar quanto a de pensar se desvirtuavam no momento em que deixassem de ser o objetivo. E é por isso que aqueles que praticam as ações apenas como um mero subterfúgio para alcançar determinado fim acabam, por si só, destruindo os objetivos de sua própria existência.

Por isso, até hoje, toda vez que Daisuke desejava ou se interessava por algo, seu objetivo era realizá-lo. Isso também se aplicava nos casos em que dois desejos ou interesses incompatíveis disputavam-lhe o coração. Para ele, a própria contradição, por si só, levava a extinção de um deles. Em outras palavras, o que ele fazia era simplesmente não agir, como se o não agir fosse o seu objetivo. Para ele, não precisar enganar ninguém era a conduta mais ética.

Como Daisuke agia de acordo com esse princípio, de repente, do nada, passou a temer um problema que havia tempos descartara e, diante disso, começou a questionar o motivo de ele fazer o que estava fazendo. E sua indagação sobre ele estar caminhando pela avenida Bancho se deu exatamente nesse refluxo de pensamentos.

E foi nesse exato momento que se deu conta de que suas ações careciam de vitalidade. Era esse estado de inanição, carente de ação e coragem, que o fazia questionar, no meio de uma ação, o significado de levá-la a cabo. Daisuke chamava isso de tédio. E o fato de estar entediado o deixava confuso. Ao tentar entender o porquê de ele ter interrompido uma ação, o tédio o instigava a levantar dúvidas desconcertantes.

Dentro do gabinete fechado, ele segurou a cabeça e a sacudiu por duas vezes. Nessas horas, só lhe restava trazer à tona as questões recorrentes e incoerentes discutidas pelos pensadores ao longo dos tempos. Quando se viu diante dessa situação, pensou consigo "De novo não" e, mais que depressa, procurou ignorar o assunto. Ao mesmo tempo, sentiu uma drástica falta de energia vital. Nisso, percebeu sua falta de interesse em realizar uma ação de modo satisfatório. Ele então se viu em pé, sozinho, numa terra desolada. Sentia-se atordoado.

Daisuke desejava muito ter uma vida altamente refinada. E, de certo modo, era um homem capaz de comprar a satisfação de seus desejos morais. No entanto, previa que, num determinado ponto, essas duas coisas entrariam em choque e, desse confronto, seriam espalhadas faíscas para todos os lados. Era por essa razão que Daisuke freava seus desejos num patamar inferior e procurava se conformar com isso. Seu quarto era um típico aposento em estilo japonês. Não havia nele nenhuma decoração que se destacasse. Na verdade, na parede de seu quarto não havia sequer um quadro decente. A única coisa bonita que, pelo colorido, realmente chamava a atenção eram seus livros ocidentais dispostos na prateleira. E, nesse exato momento, ele estava sentado, absorto em pensamentos, próximo a seus livros. Passado um tempo, Daisuke concluiu que, para fortalecer sua mente enfraquecida, era preciso resolver algumas coisas à sua volta, e enquanto assim pensava seus olhos percorreram o quarto. Depois, fixou outra vez seu olhar inexpressivo na parede. Por fim, concluiu que somente uma coisa o tiraria dessa vida esmorecida, e disse para si mesmo: "Preciso me encontrar com Michiyo."

Ao dizer isso, sentiu-se arrependido de ter caminhado para onde seus pés relutavam em levá-lo. Quando pensava em sair de novo para ir à casa de Hiraoka, apareceu Terao, seu amigo que morava no bairro de Morikawa. Terao vestia um chapéu de palha novo e um *haori* modesto de tecido bem fininho e, dizendo "Que calor! Que calor!", enxugava o suor de sua cara rosada.

— Por que você tinha que vir justo agora? — perguntou, rudemente, Daisuke. Entre eles, era normal usarem esse tipo de linguajar.

— Agora é uma hora perfeita para se fazer uma visita, não acha? Pelo visto, você acabou de tirar uma soneca. Pessoas sem ocupação são preguiçosas, o que não é nada bom. E por falar nisso... Por que você veio ao mundo mesmo? — disse Terao e começou a abanar o peito com o chapéu de palha. E, como o calor ainda não estava tão intenso, esse seu jeito exagerado chegava a ser cômico.

— A razão de eu ter nascido não é da sua conta. Em vez disso, por que você não fala logo o que veio fazer aqui? Não me venha com aquela conversa de que "É só por dez dias!". Se, por um acaso, você veio até aqui para pedir dinheiro, desista.

Daisuke, de antemão, se recusou a ajudá-lo sem nenhum constrangimento.

— Puxa! Não sabia que você era tão mal-educado — comentou Terao, a contragosto, sem contudo demonstrar mágoa, pois, na verdade, as palavras de Daisuke não lhe soaram ofensivas.

Daisuke ficou apenas olhando o rosto do amigo, rosto que, tal qual uma folha em branco, não lhe despertou nenhum sentimento.

Terao tirou uma brochura suja que trazia junto ao peito, sob o quimono.

— Tenho de traduzir isso. — Daisuke continuou calado. — Não precisa fazer essa cara de desdém só porque você não tem necessidade de se preocupar com o que comer. Vamos, me ajude! Para mim, é uma questão de vida ou morte — disse Terao, batendo duas vezes a brochura na quina da cadeira.

— Até quando?

Terao folheou rapidamente as páginas e respondeu com determinação:

— Duas semanas — e acrescentou: — Seja como for, se eu não terminar, não terei o que comer.

— Puxa! Que ânimo! — disse Daisuke em tom de gozação.

— Foi exatamente por isso que saí lá de Hongo para vir até aqui. Não precisa me emprestar dinheiro; se bem que, se você quiser me emprestar, seria muito bom. Mas deixa para lá. Vim aqui para trocar umas ideias com você a respeito de alguns trechos que não entendi muito bem.

— Que coisa chata! Hoje minha cabeça não está boa para esse tipo de coisa. Por que você não traduz de qualquer jeito? Eles não pagam por página traduzida?

— Eu jamais seria tão irresponsável a ponto de fazer isso. Ainda mais que, se descobrirem que errei na tradução, vai ser um transtorno.

— Haja paciência! — reclamou Daisuke, mantendo sua atitude indolente.

— Ei! Pare com isso! É bom que uma pessoa ociosa como você faça algo de vez em quando para não se entediar, não é? Pois saiba que, se eu quisesse procurar alguém que realmente entendesse isso, não me daria ao trabalho de vir até aqui. O problema é que esse tipo de pessoa é ocupado, e você não — disse Terao sem hesitar.

Daisuke sabia que tinha duas escolhas: brigar ou se dispor a ajudá-lo. Seu temperamento lhe permitia desprezar o amigo, mas nunca se zangar com ele.

— Espero, então, que não seja muita coisa — advertiu Daisuke ao olhar somente os trechos assinalados. Daisuke nem quis saber a sinopse da história. Das partes assinaladas, muitas dúvidas continuaram pendentes. Quando ele terminou, Terao agradeceu:

— Obrigado! — e fechou o livro.

— E essas dúvidas que ficaram... O que você vai fazer? — perguntou Daisuke.

— Vou ter que dar um jeito. Mesmo se eu perguntar para outro, acho que não vai adiantar. Paciência! Não tenho tempo.

Desde o princípio, o mais importante para Terao era garantir seu sustento e não o de traduzir errado.

Após a consulta, Terao, como de costume, começou a falar de literatura. O estranho era que, quando o assunto era literatura, Terao ficava bem entusiasmado, o que não ocorria nas horas em que ele falava de suas traduções. Daisuke questionou se, entre as inúmeras obras publicadas pelos escritores atuais, muitas não teriam o mesmo significado que as traduções tinham para Terao e, ao perceber a contradição do amigo, achou graça. No entanto, para evitar eventuais transtornos, resolveu ficar de boca fechada.

Nesse dia, graças a Terao, Daisuke acabou não indo à casa de Hiraoka.

Na hora do jantar, Daisuke recebeu um pequeno embrulho da livraria Maruzen. Ele descansou o *hashi* e abriu o pacote. Eram três livros importados que ele encomendara havia algum tempo. Daisuke colocou-os debaixo do braço e foi para o gabinete. Na penumbra, pegou um deles e passou os olhos nas duas, três páginas iniciais, mas nenhum trecho lhe chamou a atenção. Do último livro, sequer lembrava o título. Com a intenção de um dia lê-los, agrupou os livros e os colocou na parte de cima da estante. Da varanda, olhou para o lindo céu, cujas cores, lá no alto, se esmoreciam; uma lua, ainda difusa, surgia por sobre as já escurecidas folhas de *kiri* da casa ao lado.

Nesse momento, Kadono apareceu trazendo uma lâmpada grande. Sobre ela, havia uma espécie de capa verde com sulcos na vertical que lembrava o *kinuchijimi*[60]. Kadono pôs a lâmpada sobre a mesa e foi para a varanda; ao sair, comentou:

— Daqui a pouco começa a época dos vaga-lumes, não é?

— Ainda é cedo! — respondeu Daisuke, com ares de graça.

— É mesmo? — disse Kadono, como sempre. Em seguida, comentou com uma expressão séria no rosto: — Antigamente, muito se falava dos vaga-lumes, mas hoje os escritores não falam muito deles, não é? Por quê? Vaga-lumes... Corvos... Nos últimos tempos, quase não vemos mais.

— É verdade. E por que será? — respondeu, seriamente, Daisuke, fingindo ignorância.

— Acho que estão batendo em retirada porque não são páreos para a luz elétrica.

Após rir sonoramente de sua própria piada, o rapaz se dirigiu para o seu quarto. Daisuke o seguiu até o terraço. No caminho, Kadono se virou para trás e perguntou:

— Vai sair de novo? Faz muito bem. Pode deixar que cuido da lâmpada. Ah! A obasan foi se deitar mais cedo porque estava com dor de estômago, mas não deve ser nada grave. Divirta-se.

Quando Daisuke chegou ao rio Edogawa, a água já estava escura. Sua intenção era visitar Hiraoka; então, em vez de seguir o rio como sempre fazia, atravessou a ponte e subiu a ladeira Kongoji.

---

60. Tecido de seda entrelaçado com fios grossos retorcidos na horizontal e fios de crepe na vertical, formando sulcos. Comumente utilizado para fazer os cordões e forrar o suporte utilizado para firmar o laço das faixas de quimono. [N.T.]

Para falar a verdade, depois daquele dia em que visitou o casal após a mudança, Daisuke foi três vezes à casa de Michiyo e Hiraoka.

A primeira foi logo depois de ele ter recebido uma extensa carta de Hiraoka. A carta começava agradecendo tudo que Daisuke fez desde que o casal voltara para Tóquio. Depois, dizia estar muito grato a todos os amigos pelo apoio que recebeu, mas que um conhecido o convidou para ser chefe de redação da seção de economia de um jornal, e ressaltava que queria tentar se acertar nesse emprego. No entanto, como ele também solicitou ajuda a Daisuke assim que chegou a Tóquio, achou por bem avisá-lo e, no final da carta, dava a entender que gostaria de conversar com ele. Na época em que voltou para Tóquio, Hiraoka lhe pediu para que o recomendasse ao irmão para trabalhar na empresa deste, mas Daisuke deixou as coisas como estavam e sequer o informou da recusa do irmão. Por essas e outras, Daisuke sabia que Hiraoka estava cobrando essa resposta. Ciente de que seria muita indelicadeza de sua parte informá-lo por carta sobre essa recusa, resolveu visitá-lo no dia seguinte e, após lhe explicar a situação da empresa do irmão, o próprio Daisuke pediu para que ele desistisse dessa ideia. Hiraoka disse então que já desconfiava de que algo assim estava acontecendo e, em seguida, lançou um estranho olhar em direção a Michiyo.

A outra ocasião foi depois que recebeu notícias de Hiraoka, as quais diziam que, enfim, estava tudo acertado no jornal e que, numa noite dessas, gostaria de beber tranquilamente com ele. Após Hiraoka lhe enviar um postal marcando o dia, Daisuke esticou sua caminhada para avisá-lo de que não poderia ir na data sugerida porque, infelizmente, tinha um compromisso. Na hora em que Daisuke chegou, Hiraoka dormia no meio da sala. Enquanto coçava sem parar os olhos vermelhos, explicou que estava desse jeito porque, na noite anterior, tinha ido a uma reunião e bebido além da conta. Depois, disse que, para poder trabalhar de verdade, só sendo solteiro como Daisuke. E reclamou com veemência sobre o quanto era inconveniente ser casado, declarando por fim que, se fosse solteiro, partiria para a Manchúria ou para a América. Michiyo, no cômodo ao lado, continuava fazendo seus afazeres discretamente.

Na terceira visita, Hiraoka já havia saído para o trabalho. E, como nesse dia ele não tinha nenhum assunto específico a tratar, ficou cerca de meia hora conversando com Michiyo na varanda.

Desde então e até essa noite, ele evitava ir para os lados de Koishikawa. Daisuke subiu a Takehayacho, atravessou a rua e, após seguir uns duzentos, trezentos metros, parou diante de um portão que tinha uma plaqueta acesa, na qual estava escrito "Hiraoka". Da cerca, chamou o amigo; a empregada saiu com uma lamparina na mão e informou que o casal não estava. Sem sequer perguntar para onde tinham ido, Daisuke deu meia-volta, pegou um bonde e foi para Hongo; ao chegar lá, apanhou outro bonde, desceu em Kanda e entrou numa cervejaria, onde bebeu bastante.

No dia seguinte, ao acordar, ainda sentia a cabeça dividida em dois círculos assimétricos. Nessas horas, Daisuke tinha a mania de achar que as partes internas e externas da cabeça eram constituídas de materiais distintos, e costumava ficar chacoalhando a cabeça no intuito de misturá-los. Ainda com a cabeça sobre o travesseiro, deu umas duas, três batidinhas, um pouco acima da orelha, com a mão direita em punho.

Daisuke tinha um cérebro diferenciado, que o tornava tolerante ao álcool. Ele podia beber à vontade e, por mais que bebesse, praticamente não se sentia alterado. E, caso se alterasse, bastava dormir uma boa noite de sono para se recuperar. Uma vez, por um motivo qualquer, ele competiu com o irmão para ver qual dos dois conseguia beber mais; nessa ocasião, Daisuke chegou a tomar umas treze garrafinhas de saquê, de 360 mililitros cada. No dia seguinte, Daisuke se levantou e foi normalmente para a escola. Em contrapartida, o irmão ficou uns dois dias amuado, reclamando de dor de cabeça. A justificativa do irmão era dizer que isso era por conta da diferença de idade.

As cervejas que havia tomado na noite anterior não chegavam nem perto da quantidade que bebera outro dia com o irmão, pensou Daisuke enquanto batia na cabeça. Felizmente, o fato de sentir a cabeça dividida em duas não afetava seu trabalho mental. Às vezes, o que o aborrecia era ter de usar a cabeça. Mas, se fosse o caso, tinha certeza de que, com um pequeno esforço, realizaria trabalhos complexos. Por isso, apesar de sentir que sua cabeça ficava estranha, sabia que isso não era motivo para se desesperar, já que seu cérebro não teria como afetá-lo emocionalmente. A primeira vez que se sentiu assim, ele se apavorou. Na segunda, ficou contente ao constatar a originalidade dessa sua experiência. Porém, nessa época, notou que muitas vezes isso vinha acompanhado de uma queda na sua capacidade mental. Ele percebia o sintoma dessa queda quando ousava fazer coisas insensatas. Para Daisuke, esse era o ponto desagradável.

Sentou-se na cama e chacoalhou de novo a cabeça. Durante o café da manhã, Kadono começou a falar sobre a história da luta entre a cobra e a águia que saíra no jornal, mas Daisuke não lhe deu ouvidos. Kadono logo intuiu "Xiii... Começou tudo de novo" e, deixando a sala de refeições, foi para a cozinha. Kadono falava com a velha senhora com muita consideração:

— Obasan! Se trabalhar desse jeito, vai piorar. Pode deixar que eu lavo as louças do café da manhã do sensei. Vá descansar um pouco...

Pela primeira vez, Daisuke lembrou que a velha senhora estava doente. Pensou em confortá-la com palavras gentis, mas, só de imaginar o quanto isso lhe seria custoso, desistiu.

Após colocar a faca sobre a mesa, Daisuke pegou sua xícara de chá preto e foi para o gabinete. Ao olhar o relógio, viu que já passavam das nove horas. Havia um tempo que observava o jardim, tomando seu chá com tranquilidade, quando Kadono se aproximou e disse:

— Alguém lá da sua casa veio buscá-lo.

Daisuke não se lembrava de ter combinado com alguém para que viesse buscá-lo. Perguntou o motivo, mas Kadono disse que o condutor do riquixá não soube explicar direito. Indignado, Daisuke foi para o terraço, balançando a cabeça. Ao sair, viu que Katsu, o condutor de riquixá do irmão, o aguardava. O riquixá com rodas de borracha estava estacionado em frente ao terraço, e Katsu, ao vê-lo, se curvou em sinal de respeito.

— Katsu! Por que você veio me buscar? — perguntou Daisuke.

— A senhora disse para eu pegar o riquixá e vir buscá-lo — respondeu, meio sem graça, Katsu.

— É alguma coisa urgente?

Katsu não sabia de nada.

— Ela disse que, assim que o senhor chegar lá, irá entender... — respondeu Katsu, de forma sucinta e sem terminar a frase.

Daisuke foi para os fundos. Pensou em chamar a velha senhora para que ela separasse suas roupas; porém, como não queria abusar de uma pessoa que estava com dor no estômago, ele mesmo apanhou-as nas gavetas. Após se trocar com rapidez, entrou no riquixá conduzido por Katsu e partiu.

Nesse dia, ventava forte. Katsu inclinava o dorso para frente e corria com dificuldade. Sobre o riquixá, Daisuke sentia que sua cabeça se dividia em duas e girava com o vento. No entanto, era prazeroso sentir sua pobre consciência ser conduzida a um estado de sonolência pelas rodas que seguiam girando silenciosas e sem vibrações. Ao chegarem à casa de Aoyama, sentia-se bem mais leve e bem-humorado, ao contrário de quando acordou.

Antes de entrar na casa, Daisuke foi dar uma espiada no quarto dos empregados para ver se algo acontecera. Encontrou apenas o sobrinho Seitaro e Naoki, um dos *shoseis* da casa, comendo morangos com açúcar.

— Que delícia! — disse Daisuke.

Na mesma hora, Naoki endireitou sua postura na cadeira e o cumprimentou. Seitaro, com os cantos da boca melados, logo foi perguntando:

— Quando é que o tio vai arranjar uma esposa? — Naoki sorria.

Daisuke ficou um tempo sem saber o que responder. E, por fim, disse num tom de brincadeira e, ao mesmo tempo, de bronca:

— Por que você não foi hoje à escola? Onde já se viu ficar aí comendo morangos desde cedo.

— Mas hoje é domingo — respondeu Seitaro, com uma cara séria.

— Hoje é domingo? — Daisuke ficou surpreso.

Ao ver a cara de Daisuke, Naoki não se conteve e começou a rir. Daisuke também riu e, em seguida, foi para a sala de visitas. Não tinha ninguém ali. Sobre o tatame recém-forrado, havia apenas uma bandeja redonda de sândalo e, em cima dela, uma chávena com uma pintura de Mokugo[61], de Kyoto. A luz esverdeada da manhã que incidia do jardim proporcionava uma atmosfera serena na ampla sala. O vento lá fora parecia ter diminuído.

Ao deixar a sala e se dirigir para o quarto do irmão, viu a sombra de alguém.

— Isso é um exagero!

Daisuke escutou a voz da cunhada. Entrou no quarto, e lá estavam o irmão, a cunhada e Nuiko. O irmão estava em pé e olhava em sua direção; ele vestia uma faixa de quimono estreita e rija, adornada com uma corrente de ouro, e um *haori* de gaze de seda muito esquisito, que diziam estar na moda. Assim que o viu, o irmão disse para Umeko:

— Olhem quem chegou! Então... Que tal pedir para ele acompanhá-lo?

Daisuke não estava entendendo nada do que se passava. Nisso, Umeko olhou para ele e perguntou:

— Dai-san, hoje você está com tempo, não é?

— É. Digamos que sim — respondeu Daisuke.

— Vamos então ao teatro kabuki?

Em seu âmago, Daisuke achou graça das palavras da cunhada. Hoje, no entanto, diferentemente dos outros dias, ele não estava a fim de caçoar dela. E, para não complicar, respondeu com naturalidade e bom humor:

— Tudo bem. Vamos!

— Mas você não disse que já assistiu? — perguntou Umeko.

— Tanto faz assistir uma ou duas vezes. Vamos? — Daisuke olhou para Umeko e sorriu.

— Você realmente é uma pessoa que sabe desfrutar a vida! — exclamou Umeko. Daisuke achou esse comentário muito engraçado.

61. Nome artístico do pintor Chu Asai (1856-1907). Foi discípulo do pintor italiano Antonio Fontanesi (1818-1882) e um dos fundadores da primeira "Associação de Belas Artes de Pintores de Estilo Ocidental do Período Meiji" (*Meiji Bijutsukai*). No diário de Soseki, datado de 2 de maio de 1909, ele diz que ganhou um catálogo completo das pinturas de Asai Mokugo, das mãos do escritor e crítico literário Koyama Toyotaka (1884-1966). [N.T.]

Seigo saiu, dizendo ter um compromisso. Antes de sair, porém, explicou que o combinado era que ele passaria no teatro lá pelas quatro horas, assim que terminasse o compromisso. Enquanto isso, Umeko e Nuiko assistiriam à peça, mas Umeko não quis. Então, o irmão sugeriu que levasse Naoki. Quando ela foi consultá-lo, encontrou-o de quimono azul e branco[62] e *hakama*, sentado em posição formal; Naoki, no entanto, respondeu que não poderia ir. E, como não restava nenhuma outra opção, ela mandou buscar o cunhado.

Daisuke achou que essa história estava meio mal contada, mas se limitou a dizer "Ah, está bem!". Mais tarde, presumiu que a cunhada mandara buscá-lo apenas para ter uma pessoa com quem conversar nos intervalos da peça e para fazer suas vontades.

Umeko e Nuiko gastaram um bom tempo se maquiando. Daisuke acompanhou pacientemente as duas como um diretor de maquiagem. E, de vez em quando, fazia umas brincadeiras meio sem graça. Tanto que Nuiko protestou umas duas, três vezes:

— Pare com isso, Oji-san!

O pai de Daisuke saíra bem cedo e não estava em casa. A cunhada não soube dizer para onde ele havia ido. Daisuke, por sua vez, não fazia nenhuma questão de saber. Ele achou bom o fato de seu pai não estar em casa. Depois daquela última conversa, Daisuke encontrou o pai apenas duas vezes. E, mesmo assim, o encontro não durara mais do que dez, quinze minutos. Sempre que a conversa ficava complicada, Daisuke fazia de repente uma reverência caprichada e se levantava. Em frente ao espelho, enquanto ajeitava a parte de trás da faixa de seu quimono de verão, Umeko comentou que outro dia o pai veio até a sala de estar e reclamou que Daisuke andava muito agitado e que parecia estar fugindo dele.

— Caramba! Minha reputação anda mesmo em baixa.

Após dizer isso, Daisuke se antecipou e foi para o terraço, levando consigo as sombrinhas da cunhada e de Nuiko. Três riquixás estavam estacionados, um ao lado do outro.

62. Em japonês, *kongasuri*. Tecido de algodão azul escuro com estampas brancas. [N.T.]

Temendo o vento, Daisuke colocou seu boné de caça. Instantes depois, porém, parou de ventar; por entre as nuvens, apareceu um sol forte, e seus raios incidiram sobre a cabeça dele. Umeko e Nuiko, que seguiam na frente, abriram suas sombrinhas. De vez em quando, Daisuke protegia os olhos com a mão.

No teatro, enquanto a cunhada e Nuiko eram espectadoras bem atentas, Daisuke tinha motivos mais do que suficientes para não prestar atenção no palco, não só por ser a segunda vez que assistia à peça, mas também pelas condições mentais por que passara nesses últimos três, quatro dias. Além do que, ele sentia um calor a lhe sufocar a alma e, de quando em vez, abanava o colarinho com a ventarola, direcionando o vento para a cabeça.

Num intervalo da peça, Nuiko olhava para Daisuke e, de quando em vez, fazia umas perguntas estranhas, do tipo "Por que aquele homem tomava o saquê na bacia? Como foi que o monge conseguiu, de uma hora para outra, se tornar general?". Normalmente, perguntas difíceis de responder. Umeko sempre ria ao escutar sua filha fazer esses tipos de pergunta.

Nesse momento, Daisuke lembrou-se de ter lido no jornal, havia uns dois, três dias, uma crítica teatral assinada por um escritor. Esse artigo dizia que as peças teatrais japonesas tinham um enredo bastante excêntrico e de difícil compreensão. Ao ler esse comentário, Daisuke achou que, se ele fosse ator, não daria a mínima se essas pessoas deixassem de assisti-lo. Daisuke disse para Kadono que pôr a culpa no ator, em vez de se queixar ao autor, era tão ridículo como alguém que, para entender as peças de Chikamatsu[63], preferisse ouvir os *joruri*[64] cantados por Koshiji[65]. Como sempre, Kadono respondeu "É mesmo?".

63. Chikamatsu Monzaemon (1653-1724). Autor de inúmeras peças para o teatro jôruri e kabuki. A sua obra representativa é *Sonezaki shinju* (O duplo suicídio de amor em Sonezaki), escrita em 1703. [N.T.]

64. Textos recitados com acompanhamento de *shamisen* (tipo de alaúde de três cordas) e de espetáculo de marionetes. Chikamatsu Monzaemon introduziu o shin-jôruri em 1686. [N.T.]

65. Refere-se a Takemoto Settsu (1836-1917). Nascido em Osaka, é a 6ª geração de uma tradicional família de artistas do jôruri. Recebeu o nome artístico de Settsu-daijô Fujiwara Narusumi, em 1903. Ficou muito conhecido pela voz, considerada maravilhosa, e pelo primor com que narrava as peças de amor (*tsuyamono*). [N.T.]

Desde criança, Daisuke assistia a peças teatrais japonesas e, assim como Umeko, era apenas um singelo apreciador de arte. Num sentido restrito, entendia que o significado da arte só podia ser apreendido através do talento dos atores. Por isso, ele e Umeko costumavam conversar muito. Às vezes, quando um deles tecia um comentário digno de um profissional, eles se entreolhavam em recíproca admiração. No entanto, Daisuke estava começando a se entediar do palco. E, em plena encenação, olhava de binóculo para tudo quanto é lado. Do lado de lá dessas lentes havia muitas gueixas. Uma delas, inclusive, olhava também de binóculo em sua direção.

Sentado à direita, havia um homem que aparentava ter a mesma idade de Daisuke, acompanhado de uma bela esposa com os cabelos em coque. Ao vê-la de perfil, notou o quanto ela era parecida com uma gueixa que ele conhecia. À sua esquerda, havia quatro doutores da universidade; Daisuke conhecia todos eles. Do lado desse grupo, havia uma área grande com apenas duas pessoas. Uma delas era um homem que devia ter a mesma idade do irmão de Daisuke e vestia uma impecável roupa ocidental. Ele usava óculos de aro dourado e olhava as coisas projetando o queixo para frente e levantando ligeiramente o rosto. Assim que Daisuke o viu, teve a impressão de já tê-lo visto em algum lugar. Mas, apesar disso, não se deu ao trabalho de tentar se lembrar de onde. Sua acompanhante era uma jovem. Daisuke presumiu que ela ainda não tinha vinte anos. Ela não vestia o *haori* e usava um penteado bem mais armado na parte da frente do que o normal, e seu queixo ficava grudado na gola a maior parte do tempo.

Daisuke se sentia angustiado e, por isso, levantou várias vezes para ir até o corredor dos fundos, de onde podia ver um pedacinho do céu. Aguardava ansioso a chegada do irmão para lhe entregar a cunhada e Nuiko e ir logo embora. Numa das vezes que se levantou, levou a sobrinha para dar algumas voltas na área de passeio. A certa altura, pensou em pedir um pouco de saquê.

O irmão chegou praticamente ao entardecer. Após Daisuke comentar que ele chegara tarde, Seigo tirou o relógio de ouro de sob a faixa do quimono: eram seis e pouco. Seu irmão, tranquilo como sempre, deu uma olhada ao redor. E, dizendo que ia comer algo, levantou-se e seguiu pelo corredor, mas demorou a retornar. Depois de um tempo, ao se virar para trás sem querer, Daisuke viu que Seigo estava sentado duas fileiras atrás, conversando com o homem de óculos com aro dourado. De vez em quando, ele também parecia puxar assunto com a jovem. No entanto, a jovem apenas esboçava um leve sorriso e logo desviava o olhar para o palco. Daisuke até pensou em perguntar o nome dela para a cunhada, mas resolveu ficar quieto e deixar como estava, pois seu irmão era um homem que, de certa maneira, tinha um círculo social grande e estava acostumado a se enturmar com rapidez num grupo de pessoas; além do que, ele se sentia à vontade perante a sociedade, como se estivesse em sua própria casa.

No final de um dos atos, Seigo voltou e pediu para que Daisuke o acompanhasse. Ele o levou até o senhor de óculos de aro dourado e o apresentou a este senhor, dizendo que era seu irmão. E, voltando-se para Daisuke, disse-lhe que esse homem era o senhor Takagi, de Kobe. O cavalheiro de óculos dourados voltou-se para a jovem e a apresentou como sendo sua sobrinha. A jovem cumprimentou-o gentilmente. Nessa hora, o irmão de Daisuke lhe informou que ela era a filha do senhor Sagawa. Assim que Daisuke soube o nome da jovem, logo percebeu que o haviam enganado direitinho. Mas resolveu disfarçar e, fingindo ignorância, ateve-se a jogar conversa fora. Nesse ínterim, a cunhada deu uma rápida olhada em sua direção.

Cinco, seis minutos depois, Daisuke e o irmão retornaram para seus assentos. Antes de ser apresentado à filha de Sagawa, Daisuke tinha a intenção de escapar assim que o irmão chegasse, mas agora isso já não era mais possível. Intuiu que, se demonstrasse abertamente sua falta de consideração, acabaria ficando em maus lençóis e, por isso, resolveu ficar sentado, aguentando, resignado, o sofrimento. O irmão também parecia não estar muito interessado em assistir à peça, mas, munido de sua habitual complacência, fumou charutos até defumar por completo seus cabelos negros. De vez em quando, tecia comentários do tipo "Nuiko, veja como aquela cortina é bonita!".

Umeko, a despeito de sua natural curiosidade, não perguntou

nada sobre o encontro nem sobre Takagi ou a filha de Sagawa. Daisuke achou muito engraçado esse seu jeito de agir, como que indiferente à situação. Antes, ele já caíra em algumas de suas artimanhas, mas nunca se zangou. A farsa de hoje poderia também ser encarada como uma brincadeira para passar o tempo e se divertir. E mais: se sua intenção fosse realmente se casar, ele mesmo se incumbiria de transformar essa farsa numa comédia com final feliz e teria a satisfação de rir dele mesmo. Contudo, o fato de a cunhada tramar contra ele, em conluio com o pai e o irmão, deixando-o numa situação dilemática, não o deixava acatar a farsa como uma mera brincadeira. Esse pensamento fez com que Daisuke se sentisse impotente perante o encaminhamento que sua cunhada faria desse episódio. Isso porque ele sabia que, dentre os de sua casa, a cunhada era quem mais tinha interesse em elaborar esse tipo de plano. E, num canto de sua mente, ocultava o temor de que, caso a cunhada insistisse em persegui-lo, teria de se distanciar da família.

O espetáculo terminou por volta das onze horas da noite. Quando saíram do teatro, já não ventava mais e uma luz tênue iluminava a noite serena, sem lua e sem estrelas. Como estava tarde, não havia tempo para conversas no salão de chá, anexo ao teatro. Três riquixás aguardavam do lado de fora, mas Daisuke se esquecera de reservar um para ele. Como chamar um riquixá daria trabalho, esquivou-se do convite da cunhada para voltarem juntos, optando por pegar um bonde em frente ao salão de chá. Resolveu baldear em Sukiyabashi e, enquanto esperava o bonde em plena rua escura, aproximou-se uma senhora, que parecia estar bem exausta e carregava uma criança nas costas. Uns dois, três bondes passaram do outro lado. Entre Daisuke e os trilhos do bonde havia amontoados de terra e pedras que lembravam aterros. Foi então que Daisuke percebeu que aguardava o bonde no local errado.

— Senhora! Se vai pegar o bonde, não é aqui. É do outro lado — avisou Daisuke, antes de atravessar para o lado certo.

A senhora agradeceu e o seguiu. Daisuke caminhou pela escuridão como que a tatear o chão com os pés. Ao perceber que, à esquerda, a uns 25, 26 metros, havia uma vala, concluiu já estar no poste da parada do bonde. A senhora pegou o bonde em direção a Kandabashi; e Daisuke, o que seguia para o outro lado, em direção a Akasaka.

Dentro do bonde, sentiu uma sonolência, mas não conseguiu dormir. Embalado pelo movimento do veículo, sabia que naquela noite teria dificuldade para pegar no sono. E, apesar de Daisuke estar exausto e relevar todos os acontecimentos do dia, muitas vezes uma inexplicável euforia se apossava dele, impedindo-o de desfrutar de uma noite tranquila. Em sua mente, todos os vestígios das cores impregnadas durante o dia tremeluziam simultaneamente, sem observar a noção de tempo e a variedade de formas. A essa altura, não lhe era possível identificar as cores e nem as situações às quais correspondiam. Daisuke fechou os olhos e decidiu que, ao chegar em casa, aceitaria de novo a poderosa força do uísque.

O lusco-fusco dessas luzes exuberantes e coloridas fez com que ele pensasse em Michiyo. Nesse pensamento sentiu haver encontrado um porto seguro. No entanto, esse porto seguro não se projetava claramente diante de seus olhos. Era uma constatação apenas emocional. A constatação de sua simpatia pelo que Michiyo representava: rosto, jeito, palavras, a relação com o marido, doença e sua condição social.

No dia seguinte, Daisuke recebeu uma extensa carta de um amigo que morava em Tajima. Esse amigo voltou para a casa dos pais logo após se formar e, desde então, nunca mais retornou a Tóquio. Com certeza, esse rapaz não tinha intenções de viver no meio do mato, mas, por imposição paterna, acabou ficando preso à terra natal. Mesmo assim, durante cerca de um ano, ele não se cansava de enviar cartas dizendo que tentaria novamente convencer o pai a deixá-lo vir para Tóquio; de uns tempos para cá, no entanto, parou de se queixar, dando a entender que desistira da ideia. Um dos motivos era que sua família, antiga na região, era tradicional no ramo madeireiro e que as terras vinham sendo herdadas havia muitas gerações. Nessa carta que Daisuke recebera, esse amigo descrevia com detalhes seu cotidiano e anunciava formalmente — mas meio na gozação — que, havia um mês, era o prefeito da cidade e que receberia trezentos ienes por ano. Contava também que um conhecido, recém-formado, ganhava três vezes mais trabalhando como professor de ginásio.

Cerca de um ano após retornar para a terra natal, esse amigo se casou com a filha de uma família abastada das redondezas de Kyoto. Com certeza, um casamento imposto pelos pais. Um tempo depois, nasceu uma criança. Ao se casar, esse amigo comentou alguma coisa sobre a esposa, mas, depois de um tempo, nunca mais tocou no assunto; em compensação, demonstrava grande interesse pelo crescimento do filho e, vez ou outra, contava coisas que Daisuke achava engraçado. Toda vez que Daisuke lia essas cartas, imaginava como seria a vida desse seu amigo, que cada vez mais se envolvia com a criança. E imaginava também em que medida a impressão desse seu amigo sobre a esposa mudara desde o casamento.

De vez em quando, esse amigo lhe mandava trutas e caquis secos. Daisuke costumava retribuir esses presentes enviando livros ocidentais recém-publicados. Em resposta, o amigo sempre tecia algum comentário, dando a entender que a leitura fora prazerosa. No entanto, isso não durou muito tempo. No final, sequer agradecia pelo envio do livro. Quando Daisuke lhe escreveu, perguntando o que ele achara de certo livro que lhe enviara, o amigo se justificou dizendo que a intenção dele era agradecer após lê-lo, mas o tempo foi passando. Por fim, confessou que não era apenas por falta de tempo que ele ainda não lera o livro, mas por não ter mais vontade de ler. E que, honestamente falando, não conseguia mais entender o que lia. Depois dessa confissão, Daisuke parou de lhe mandar livros e passou a enviar brinquedos recém-lançados.

Ao envelopar a carta para o amigo, Daisuke sentiu intensamente o quanto a vida desse rapaz, que tinha as mesmas inclinações que ele, reverberava tonalidades diferentes, governadas por pensamentos e ações contrários aos de outrora. Isso o fez perceber com clareza que as cordas de suas vidas passaram a vibrar de maneira bem diferente.

Teoricamente, Daisuke concordava com o casamento do amigo. Ele sabia que, para uma pessoa que vive nas montanhas, em meio às árvores e aos vales, aceitar a esposa indicada pelos pais era o jeito mais natural de se sair bem. Diante desse raciocínio, concluiu que, para os homens citadinos, o casamento é que trazia a infelicidade. Isso porque a cidade era um local de exposição dos seres humanos. O raciocínio que o fazia partir dessa premissa e chegar a essa conclusão era o seguinte:

Daisuke era um homem que admitia a distinção entre beleza física e beleza espiritual. E, segundo ele, era um direito do homem urbano procurar se relacionar com todo tipo de beleza. Nesse sentido, uma pessoa que se relaciona com vários tipos de beleza e, a cada vez, não sente vontade de trocar o A pelo B, ou de transferir sua afeição de B para C, é uma pessoa insensível e despreparada para apreciar a vida. Estava ciente, pela própria experiência, de que isso era uma verdade incontestável. E foi a partir dessa verdade que ele concluiu que todos que vivem nos centros urbanos, sejam homens ou mulheres, estão sujeitos a mudanças incomensuráveis conforme as circunstâncias em que se dá a atração entre os sexos. Por extensão, o casal unido pelo matrimônio acabará cometendo o que o povo costuma chamar de infidelidade e, quando isso acontecer, passará a suportar por toda a vida a infelicidade de um dia ter se casado. Daisuke elegeu a gueixa como uma típica representante citadina, pois, além de possuir uma sensibilidade desenvolvida, tem liberdade de ter inúmeros relacionamentos. Afinal, a única certeza delas não é a de não saber quantos amantes terão na vida? E será que todo citadino não seria, em maior ou menor grau, uma espécie de gueixa? Daisuke reservou o primeiro lugar na categoria dos hipócritas aos que, no mundo de hoje, ainda tinham a coragem de falar em amor eterno.

Quando seu raciocínio chegou a esse ponto, a imagem de Michiyo surgiu em sua mente. Nesse mesmo instante, Daisuke se questionou se não estava deixando de considerar algum fator nessa sua teoria, mas não descobriu que fator seria. Se essa sua teoria estivesse certa, a afeição que ele sentia por Michiyo era apenas um sentimento passageiro. Sua mente aprovou esse raciocínio. Mas seu coração não tinha a mesma coragem.

12

Daisuke temia que sua cunhada o pressionasse, e receava também o poder de sedução de Michiyo. O período dos veraneios ainda demoraria a chegar. Nenhum tipo de diversão o interessava. Em suas leituras, não conseguia mais enxergar sua própria sombra em meio aos caracteres impressos em preto. Se pensasse com calma, os pensamentos surgiriam um após o outro, e ele poderia assim enrolá-los como um fio no carretel; no entanto, todos esses pensamentos em conjunto certamente assustariam as pessoas. Ao se dar conta disso, sentiu medo de seus próprios pensamentos. Daisuke decidiu então viajar por um tempo com o propósito de chacoalhar, feito milkshake, os miolos sem viço. De início, pensou em ir para a casa de campo do pai. Mas, ao cogitar que lá estaria vulnerável às pessoas de Tóquio, concluiu que ir para essa casa seria o mesmo que ficar em Ushigome. Comprou então um guia de viagens para escolher aonde ir. No entanto, nenhum lugar do mundo lhe parecia apropriado. Contudo, mesmo a contragosto, estava decidido a viajar para algum lugar e achou que não haveria nenhum problema em começar a fazer as malas. Daisuke pegou o bonde e foi para Ginza. Era uma tarde agradável, brisas suaves percorriam as ruas. Após dar uma olhada nas lojas da galeria Shinbashi, caminhou tranquilamente pela avenida em direção a Kyobashi. Em sua caminhada, observou que as casas do outro lado da avenida pareciam chapadas como num cenário de teatro, e um céu azul parecia ter sido pintado acima dos telhados.

Daisuke entrou em duas, três lojas com o intuito de comprar umas coisas para a viagem. Numa dessas lojas, adquiriu um perfume relativamente caro. Pensou em comprar uma pasta de dente na drogaria Shiseidô, mas uma jovem atendente lhe trouxe uma de fabricação nacional e insistiu para que a levasse, apesar de ele dizer que não queria. Daisuke franziu a testa e saiu aborrecido da loja. Com um embrulho debaixo do braço, caminhou até a periferia de Ginza e, ao dar a volta em Daikongashi, resolveu atravessar a ponte Kajibashi e seguir em direção a Marunouchi. Num certo momento, caminhando a esmo para o leste, decidiu que seria apenas uma viagem simples; porém, ao se convencer disso, se sentiu cansado. Queria pegar um riquixá, mas, como não viu nenhum, voltou de bonde para casa.

Assim que Daisuke pôs os pés no portão, notou que na entrada havia um par de sapatos, dispostos lado a lado, que pareciam ser de Seitaro. Ao perguntar para Kadono, este lhe confirmou e disse que o sobrinho o aguardava havia algum tempo. Daisuke foi direto para o gabinete. Seitaro estava sentado na poltrona grande de Daisuke e, de frente para a mesa, lia *Expedição ao Alasca*. Sobre a mesa havia uma bandeja com uma chávena de chá e *soba manju*[66].

— Seitaro! Que história é essa de vir aqui quando não estou e, ainda por cima, ficar comendo guloseimas? — quando Daisuke lhe disse isso, Seitaro sorriu e, guardando o livro no bolso, levantou-se. — Se quiser, pode ficar aí... — mas mesmo assim Seitaro não lhe deu ouvidos.

Daisuke, como sempre, começou a brincar com ele. Seitaro sabia que o tio bocejara bastante durante a peça kabuki que ele tinha ido assistir outro dia. E, como da última vez, perguntou:

— Então, tio, quando é que você vai se casar?

Nesse dia, Seitaro veio trazer um recado do pai. O recado era para que, no dia seguinte, ele estivesse lá até às onze horas. Para Daisuke, o pai e o irmão mandarem chamá-lo era sempre um motivo de transtornos Daisuke olhou para Seitaro com uma cara meio enfezada e disse:

— Mas que afronta! Mandar chamar uma pessoa sem dizer o motivo.

Seitaro continuou a sorrir. Em seguida, Daisuke mudou de assunto e passaram a falar sobre as competições de sumô que os jornais noticiaram.

Daisuke convidou-o para jantar, mas Seitaro recusou dizendo que precisava fazer as lições de casa. E, ao se despedir, perguntou:

— Quer dizer que o tio não vai amanhã?

---

66. Um tipo de bolinho cozido no vapor, recheado com doce de feijão e envolto numa mistura de farinha de trigo sarraceno e farinha de arroz. [N.T.]

Daisuke se sentiu pressionado a responder:

— Hum... Ainda não tenho certeza. Mas, de qualquer modo, diga que talvez eu vá viajar.

— Quando?

Ao ser questionado por Seitaro, Daisuke respondeu que viajaria entre hoje e amanhã. A princípio, Seitaro parecia estar conformado com a resposta, mas, quando calçava os sapatos no terraço, olhou para Daisuke e perguntou:

— Para onde o senhor vai?

— Onde? Ainda não sei direito. Vou viajar por aí — respondeu Daisuke.

Seitaro abriu um sorriso maroto e, rindo, se foi.

Daisuke pensou em partir naquela noite. Pediu para Kadono limpar a parte interna de sua mala Gladstone e colocou nela alguns objetos pessoais. Em pé ao seu lado, Kadono observava Daisuke fazer a mala e, sem disfarçar a curiosidade, de repente perguntou:

— Quer uma ajudinha?

— Não se preocupe — recusou Daisuke. — Não precisa.

Em seguida, pegou o perfume, que já estava guardado na mala, tirou-o da embalagem, desenroscou a tampa e o cheirou. Com impaciência, Kadono voltou para o quarto. Após uns dois, três minutos retornou:

— Sensei, quer que eu reserve um riquixá? — indagou Kadono, como que para adverti-lo. Daisuke pôs a mala na frente e, levantando o rosto, disse:

— Acho melhor esperar um pouco.

Ao olhar o jardim, notou que tênues raios de sol ainda iluminavam a parte de cima da cerca de fotínias. Enquanto observava o jardim, Daisuke resolveu que, em meia hora, decidiria para onde ir. A intenção era pegar qualquer trem que fosse partir num horário que lhe fosse conveniente e descer no ponto final dessa linha. Ficaria nesse lugar pelo menos até o dia seguinte e, enquanto fosse vivendo ali, aguardaria um novo destino vir raptá-lo. Entretanto, não tinha, logicamente, dinheiro suficiente para as despesas de viagem. Se fosse se hospedar num local compatível com os pertences que levava, não conseguiria se manter nem por uma semana. Daisuke, porém, não se preocupava muito com essa questão, pois, em último caso, poderia pedir dinheiro para a família. E, já que o objetivo principal dessa viagem era mudar de ares, estava decidido a abrir mão do luxo. Inclusive, se estivesse disposto, contrataria um carregador de bagagens para poder ficar andando o dia todo.

Ele abriu outra vez as páginas do guia de viagens e verificou atentamente os números impressos em tamanho menor. Enquanto não decidia para onde ir, sua mente se voltou para Michiyo. Teve vontade de encontrá-la mais uma vez antes de deixar Tóquio. Concluiu que, se deixasse sua Gladstone arrumada para partir logo cedo, não haveria nenhum problema em ir vê-la. Daisuke apressou os passos até o terraço. Ao ouvi-los, Kadono veio ao seu encontro. Com a roupa do corpo, Daisuke pegou o boné de caçador pendurado na cavilha.

— Vai sair de novo? Precisa comprar algo? Se quiser, posso ir... — disse Kadono, um tanto quanto surpreso.

— Não vou viajar esta noite — disse Daisuke, categórico, ao sair.

Lá fora já estava escuro. As estrelas surgiam pouco a pouco, marcando pontinhos de luz no lindo céu. Um vento agradável agitou levemente as mangas de seu quimono. No entanto, ao caminhar a passos largos cerca de duzentos, trezentos metros, sentiu o suor brotar na testa. Daisuke tirou o boné e, sob o orvalho noturno que caía em seus cabelos negros, de quando em vez se abanava.

Nas redondezas da casa de Hiraoka, as sombras silenciosas e negras dos transeuntes moviam-se aqui e acolá feito morcegos. A luz da lamparina se refletia na rua por entre os vãos da humilde cerca de madeira. Michiyo estava lendo o jornal embaixo da lamparina. Quando Daisuke lhe perguntou se somente agora é que estava lendo o jornal, ela respondeu que o lia pela segunda vez.

— Está com tanto tempo assim? — perguntou Daisuke, movendo a almofada para próximo da soleira. Em seguida, sentou na almofada com as pernas voltadas para a varanda e apoiou o corpo na porta corrediça.

Hiraoka não estava em casa. Michiyo disse ter acabado de sair do banho e ainda mantinha a ventarola perto do joelho. Seu rosto estava levemente corado. Após dizer que o marido logo voltaria, ela pediu para Daisuke ficar à vontade; em seguida, levantou-se e foi para a sala de estar preparar um chá. Seus cabelos estavam presos em coque à moda ocidental.

Contrariando a previsão de Michiyo, Hiraoka demorava a voltar. Quando Daisuke perguntou se ele costumava chegar sempre tão tarde, Michiyo respondeu sorrindo que podia se dizer que sim. Daisuke percebeu nesse sorriso uma gota de tristeza, que o fez olhar para ela em silêncio. De repente, Michiyo pegou a ventarola e abanou as mangas, na altura das axilas.

Daisuke estava preocupado com a situação financeira de Hiraoka. E, sem rodeios, perguntou se não estariam passando por dificuldades. Michiyo admitiu que, de certa forma, estavam e sorriu de novo como o fizera havia pouco. Já que Daisuke não disse nada, Michiyo se antecipou e perguntou:

— Você... percebe isso?

De repente, jogando a ventarola, estendeu diante de Daisuke suas mãos, cujos dedos eram finos e lindos, e as quais tinham acabado de sair do banho. Dedos em que não se via nem o anel que Daisuke lhe presenteara nem o outro. Daisuke sabia que o anel era uma lembrança dele; portanto, compreendeu muito bem o que ela estava querendo lhe dizer. Michiyo, ao recolher as mãos, ficou com o rosto levemente ruborizado.

— Por favor, me perdoe. Não tive escolha... — disse Michiyo, fazendo Daisuke sentir compaixão.

Daisuke saiu da casa de Hiraoka por volta das nove horas. Um pouco antes de vir embora, ele tirou tudo que tinha na carteira e deixou para Michiyo. Nessa hora, ele utilizou uma estratégia: pegou a carteira como quem não quer nada, posicionou-a na altura do peito, abriu-a, tirou todas as cédulas sem se dar o trabalho de contá-las e, com extrema espontaneidade, colocou-as na frente de Michiyo, dizendo que ela podia usá-las como bem entendesse. Com receio de a empregada ouvir, Michiyo disse bem baixinho:

— Isso não... — E, em vez de pegá-las, suas mãos ficaram como que coladas junto ao corpo.

A essa altura, Daisuke não podia mais recuar.

— Se você aceitou o anel, pode também aceitar esse dinheiro, não acha? É só pensar que é um anel de papel.

Daisuke disse isso sorrindo. Michiyo hesitava aceitar, achou que era muito. Daisuke perguntou se ela levaria uma bronca de Hiraoka caso ele soubesse disso. Michiyo continuava a hesitar, em parte por não saber se o marido lhe daria uma bronca ou a elogiaria. Daisuke a aconselhou a não dizer nada, caso achasse que receberia uma bronca. Mesmo assim, Michiyo não estendia as mãos. Logicamente, Daisuke não podia mais pegar de volta o que oferecia. Sem alternativa, inclinou ligeiramente o corpo para frente e posicionou as mãos na altura do peito de Michiyo; seu rosto ficou a uns trinta centímetros do dela. Nessa posição, ele disse:

— Não se preocupe. Vamos... Aceite — o tom de sua voz era baixo, mas firme.

Michiyo retraiu o queixo, como que a escondê-lo dentro da gola, e, sem dizer nada, estendeu a mão direita. Daisuke pôs o dinheiro em sua mão. Nesse momento, ela piscou seus cílios longos umas duas ou três vezes; em seguida, guardou o que recebera sob a faixa do quimono.

— Volto outro dia. Mande lembranças para Hiraoka — disse Daisuke ao ir embora.

Ao atravessar a cidade e descer uma rua estreita, tudo era escuridão. Daisuke caminhou pela noite escura como se acabasse de ter um lindo sonho. Em menos de meia hora, estava em frente ao portão de sua casa. No entanto, não adentrou o portão, resolveu perambular pela silenciosa zona residencial. As estrelas brilhavam no céu. Achou que poderia caminhar até altas horas sem se cansar. E, nesse vaguear, de repente se viu de novo em frente à sua casa. Lá dentro estava tudo quieto. Kadono e a velha senhora pareciam fofocar na sala de estar.

— Que tarde! A que horas parte o trem amanhã? — perguntou Kadono, assim que Daisuke pôs os pés no terraço.

— Não vou mais amanhã — Daisuke respondeu sorrindo e seguiu direto para o quarto.

A cama[67] já estava feita. Daisuke pegou o frasco de perfume que abrira havia pouco e pingou uma gota no travesseiro. Achou que era insuficiente. Levantou-se com o frasco na mão e foi gotejando de uma a duas gotas nos quatro cantos da sala. Após se divertir com isso, vestiu um *yukata*[68] branco e, tranquilo, deitou-se confortavelmente sob o acolchoado novo. E dormiu envolto em aroma de rosas.

Ao acordar, o sol alto incidia na varanda seus raios de vibrações douradas. Na cabeceira de Daisuke havia dois jornais, postos lado a lado. Ele não tinha nenhuma ideia de quando Kadono abrira a porta do quarto e lhe trouxera os jornais. Daisuke deu uma longa espreguiçada e se levantou. Enquanto estava no lavatório limpando o corpo, Kadono se aproximou meio agitado:

— Seu irmão acabou de vir de Aoyama — disse Kadono.

Daisuke respondeu que já ia atendê-lo e continuou a lavar o corpo com esmero. Apesar de não saber se a sala de estar tinha sido arrumada, achou que não precisava se afobar para verificar isso. Resolveu então fazer as coisas com calma; como de costume, repartiu os cabelos no meio, fez a barba e foi sem pressa para a sala de refeições. Porém, uma vez à mesa, não sentiu tranquilidade para comer. Tomou uma xícara de chá em pé e, após limpar rapidamente os lábios com o guardanapo, jogou-o sobre a mesa; em seguida, foi direto para a sala.

— Olá, nii-san[69]! — Daisuke cumprimentou o irmão.

Seigo, como sempre, segurava um charuto escuro e apagado entre os dedos e lia o jornal de Daisuke com a maior naturalidade. Mal viu a cara de Daisuke, o irmão perguntou:

— Esta sala está muito cheirosa, é a sua cabeça?

---

67. A cama tradicional japonesa é aquela que se estende sobre o tatame na hora de dormir e fica guardada durante o dia. A roupa de cama é formada por um acolchoado grosso como se fosse um colchão (*shikibuton*) e, sobre ele, estende-se o cobertor (*mofu*) e o edredon (*kakebuton*). [N.T.]

68. Quimono informal, sem forro, usado no verão por homens e mulheres, geralmente feito de algodão leve. [N.T.]

69. *Onii-san*. Pronome de tratamento para se referir ao irmão mais velho ou para se dirigir ao cunhado em sinal de respeito e afetividade. [N.T.]

— A sala já não cheirava bem antes de eu aparecer? — perguntou Daisuke e lhe contou que ontem perfumara o ambiente.

— Humm... Você é uma pessoa muito chique — disse, calmamente, o irmão.

Seigo aparecia bem pouco na casa de Daisuke. Nas raras vezes que o visitava, era porque precisava mesmo vir. E, assim que terminava o assunto, ia logo embora. Daisuke pensou que hoje também devia ter acontecido alguma coisa. E na mesma hora imaginou que o irmão veio porque, no dia anterior, ele mandara aquele recado por Seitaro. Após cinco, seis minutos de bate-papo, Seigo finalmente entrou no assunto:

— Ontem, Seitaro voltou para casa dizendo que você pretendia viajar hoje. Foi por isso que resolvi dar uma passada por aqui.

— É isso mesmo. Para falar a verdade, tinha pensando em sair por volta das seis da manhã — mentiu Daisuke, descaradamente, com extrema naturalidade.

O irmão, com uma expressão séria no rosto, disse:

— Se você fosse capaz de acordar às seis da manhã para viajar, eu não teria tido o trabalho de vir de Aoyama até aqui numa hora dessas.

Como Daisuke já desconfiava, a visita de seu irmão era para persuadi-lo a não viajar. Seigo trazia um recado do pai, que ordenava sua presença no almoço de hoje, pois os convidados eram Takagi e a filha de Sagawa. Segundo o irmão, ontem à noite o pai ficou muitíssimo mal-humorado ao ouvir o recado dado por Seitaro. Umeko, preocupada, sugeriu que seria melhor Seigo falar com Daisuke antes da partida, pedindo para que adiasse a viagem. O irmão informou a Daisuke que tentou persuadi-los, dizendo: "Vocês acham mesmo que ele vai partir essa noite? O máximo que ele deve estar fazendo agora é pensando, sentado na frente da mala. Amanhã, vocês vão ver, ele vai aparecer..."

— E foi isso que eu disse para tranquilizar sua cunhada.

Seigo lhe contou isso com a mesma calma de sempre. Daisuke ficou ligeiramente irritado.

— Então, por que vocês não deixam as coisas como estão para ver o que acontece? — comentou Daisuke.

— Pois então. As mulheres são impacientes, tanto que Umeko começou a me atazanar logo cedo, mal tínhamos acordado, dizendo que isso era uma afronta ao pai — contou o irmão, sem achar graça.

Seigo lançou um olhar de quem estava decepcionado com Daisuke. Este não deixou claro se iria ou não ao almoço. No entanto, diferentemente de sua atitude com Seitaro, não teria coragem de mandar o irmão embora com uma resposta vaga. Além do mais, se dispensasse o almoço e fosse viajar, sabia que não poderia mais contar com o que tinha na carteira. Constatou que, sem importunar o irmão, a cunhada ou mesmo o pai, enfim, sem incomodar alguém do grupo adversário, ele não poderia ir a lugar nenhum. E foi então que, com as devidas precauções e mantendo certo distanciamento, começou a falar de Takagi e da filha de Sagawa. Contou que seu primeiro encontro com Takagi ocorreu dez anos atrás; o estranho, porém, era que, ao vê-lo no teatro kabuki, sabia que o rosto lhe era familiar, mas não se lembrava de onde o conhecia. Por outro lado, quanto à filha de Sagawa, apesar de tê-la visto outro dia numa foto, ao conhecê-la pessoalmente não conseguiu associar a pessoa à foto. A fotografia é uma coisa esquisita. É fácil reconhecer a foto de alguém que se conhece pessoalmente; o contrário, no entanto, nem sempre ocorre, pois é muito difícil reconhecer uma pessoa através da fotografia. Filosoficamente falando, podemos constatar a seguinte verdade: trazer a vida de volta após a morte é impossível, mas a passagem da vida para a morte é algo natural.

— Foi o que pensei — disse Daisuke.

Embora Seigo concordasse com Daisuke, não demonstrava achar suas ideias interessantes. Com um gesto imprudente de colocar um charuto curto na boca, arriscando-se a botar fogo no próprio bigode, o irmão perguntou:

— E então... Você não precisa viajar hoje, precisa?

Daisuke se viu pressionado a dizer que não.

— Então você pode vir almoçar conosco, certo?

Daisuke só tinha de novo uma alternativa: responder que sim.

— Ótimo. Agora, preciso passar num outro lugar. Venha sem falta, está bem? — como sempre, parecia estar muitíssimo ocupado.

A essa altura, Daisuke já estava conformado e, como quem não se importa mais com a situação, respondeu o que era conveniente para o irmão. Este, de repente, perguntou:

— Afinal, me diga uma coisa. Você não pretende se casar com ela, não é? Mas não seria melhor aceitar logo esse casamento? Chega a ser hilário você se mostrar tão exigente para escolher uma esposa; desse jeito você até parece um galante do período Genroku[70]. E, se não me engano, naquela época, todos, fossem homens ou mulheres, sofriam intensamente por seus amores reprimidos. Mas tente então evitar ao máximo a ira de um velho, está bem? — após esse comentário, o irmão foi embora.

Daisuke retornou para a sala de estar e, durante um bom tempo, tentou compreender o aforismo do irmão. Daisuke não podia deixar de admitir que ele e Seigo compartilhavam da mesma opinião a respeito do casamento. Tanto que, a despeito de o irmão aconselhá-lo a se casar, concluiu, para sua própria conveniência, que, em vez de se zangar, seria melhor deixar as coisas como estavam.

Segundo o irmão, a filha de Sagawa veio passear com o tio em Tóquio, pois fazia muito tempo que ela não vinha para cá, mas retornaria com ele para sua terra natal logo que o tio resolvesse uns negócios na cidade. A essa altura, para Daisuke, não importava saber se seu pai estava aproveitando essa visita para promover um encontro entre eles e, assim, perpetuar os interesses mútuos, ou se era o pai que planejara tudo isso na sua última viagem. O que estava claro para Daisuke era que bastava se sentar à mesa com essa gente e apreciar a comida para que suas obrigações sociais estivessem cumpridas. E que somente no caso de a situação sair do controle é que ele teria de tomar, pela primeira vez, algum tipo de providência.

Daisuke chamou a velha senhora e pediu-lhe que separasse o quimono. Embora fosse um transtorno, achou que, em sinal de respeito, seria de bom tom vestir o *haori* de verão com o brasão da família. Como ele não tinha um *hakama* sem forro, pegaria emprestado do pai

70. O período Genroku (1688-1704) foi um dos mais prósperos do xogunato (1603--1867). Nessa época, o comércio se desenvolveu e a classe dos comerciantes prosperou, promovendo o desenvolvimento da vida urbana. [N.T.]

ou do irmão quando chegasse lá. Apesar de ser uma pessoa nervosa, Daisuke não tinha dificuldades de entrosamento social, por estar acostumado a comparecer em eventos desde criança. Quando era convidado para algum banquete, festa ou reunião de despedida, fazia o possível para comparecer. Por conta disso, conhecia muitas pessoas famosas, como condes, viscondes e aristocratas. E, para ele, conversar com elas não lhe trazia lucro nem prejuízo. Em qualquer desses eventos, tanto a linguagem quanto os gestuais eram idênticos. Aparentemente, ele e o irmão Seigo eram muito semelhantes nesse quesito. Por isso, muitas pessoas que não os conheciam bem achavam que os dois tinham o mesmo temperamento.

Daisuke chegou em Aoyama faltando cinco minutos para as onze horas. Os convidados ainda não tinham chegado. O irmão ainda não voltara. Somente a cunhada estava arrumada e sentada na sala de estar. Assim que ela o viu, logo o encostou na parede:

— Você é mesmo muito impertinente. Onde já se viu deixar a gente na mão e ir viajar!

Em determinadas situações, a cunhada era incapaz de agir racionalmente. E, nesse tipo de situação, seu modo de falar deixava claro que Umeko não percebia que era ela mesma quem estava com a vantagem. Daisuke achou gracioso esse seu jeito. Ele se sentou e, em seguida, elogiou as roupas de Umeko. Daisuke logo soube que seu pai estava nos fundos da casa, mas não quis ir até lá. Quando pressionado a ir cumprimentá-lo, disse:

— Daqui a pouco, quando os convidados chegarem, eu mesmo vou chamá-lo e aproveito para cumprimentá-lo, não é melhor assim?

E, como de costume, ficou jogando conversa fora. Mas em nenhum momento se falou sobre a filha de Sagawa. Umeko, por sua vez, tentava de algum jeito direcionar a conversa para esse assunto. Daisuke percebera essa sua intenção e, para se vingar dela, fingiu total ignorância.

Nessa hora, os convidados tão aguardados chegaram, e Daisuke, como prometera, foi até os fundos avisar o pai. Este, como era de se esperar, disse:

— Ah é! — e se levantou, mas não se ateve para repreender o filho.

Em seguida, Daisuke retornou à sala de estar para vestir o *hakama*. Depois se dirigiu para a outra sala de estar, esta em estilo ocidental, onde o dono da casa estava recebendo os convidados. Takagi e o pai de Daisuke começaram a conversar. Umeko fazia sala à filha de Sagawa. Nesse ínterim, o irmão entrou discretamente na sala com a mesma roupa que usava de manhã.

— Desculpem minha demora... — e cumprimentou os convidados. Ao se sentar, olhou para Daisuke e disse em voz baixa:

— Chegou cedo, hein!

O almoço seria servido na sala ao lado. Da porta entreaberta, Daisuke olhou de relance o canto da mesa forrada com uma toalha muito branca. Logo percebeu que a refeição seria à moda ocidental. Umeko se levantou e foi dar uma espiada pela porta. Essa era a deixa para que o pai de Daisuke soubesse que a mesa já estava posta.

— Por favor, me acompanhem — convidou o pai ao se levantar.

Takagi fez um leve aceno de cabeça e se levantou; em seguida, a filha de Sagawa também se pôs de pé, e Daisuke notou que o corpo da moça, do quadril para baixo, era comprido e esbelto. À mesa, Takagi e o pai de Daisuke sentaram-se no centro, um de frente para o outro. Umeko se sentou à direita de Takagi; e a filha de Sagawa, à esquerda do pai de Daisuke. As mulheres ficaram uma diante da outra, assim como Seigo e Daisuke. De onde se sentou, Daisuke podia observar de viés o rosto da jovem; entre eles havia o galheteiro de mesa. Devido à intensa claridade que incidia pela janela situada atrás da moça, suas bochechas faziam uma sombra bem escura no canto do nariz. Mas, por outro lado, quando essa mesma luz incidia na orelha, ressaltava a coloração de sua rosada pele. E, em especial, tinha-se a impressão de que sua pequena orelha deixava transparecer a luz do sol, conferindo-lhe maior delicadeza. Em contraste com o tom da pele, seus olhos eram grandes e castanho-escuros. E o ponto forte dessa jovem, a partir desse deslumbrante contraste, era, sem sombra de dúvida, seu rosto redondo.

A mesa não era muito grande, porém comportava o número de pessoas presentes. Proporcionalmente ao tamanho da sala, podia se dizer que era pequena, mas isso era compensado pela toalha branquíssima, vasos de flores espalhados pelo ambiente e talheres luzidios.

A conversa na mesa foi dominada por assuntos triviais. No início, esses assuntos não pareciam despertar o interesse dos convivas. O pai, então, desviava para um tema de seu interesse: a arte tradicional da caligrafia e da pintura. E, caso estivesse bem disposto, revelava inúmeras curiosidades de uma fonte que parecia ser inesgotável. Graças a seu pai, Daisuke também nutria certo interesse por essas artes. O mesmo se podia dizer do irmão, que conhecia alguns nomes de artistas. Este, no entanto, se limitava a ficar em pé diante de um *kakemono*[71] e a exclamar "Oh! Um Kyuei[72]!", "Oh! Um Okyo[73]!". A contar pela expressão de seu rosto, logo se podia presumir sua total falta de interesse por essas pinturas. Mas, conferir a autenticidade do quadro com uma lupa à mão, Seigo e Daisuke não faziam. Até hoje, esses dois jamais fizeram comentários a respeito de qualquer quadro, ao contrário de seu pai, que costumava tecer críticas do tipo "Um mestre de antigamente nunca desenharia uma onda assim, isso está em desacordo com os preceitos da arte".

Com o intuito de animar a conversa, que começava a definhar, o pai de Daisuke passou a falar sobre esse assunto de que tanto gostava. Porém, mal disse uma, duas frases, logo notou que Takagi não tinha nenhum interesse nisso. O pai, uma pessoa por assim dizer experiente e astuta, logo mudou de assunto. No entanto, quando passaram a trocar ideias sobre temas de domínio geral, ambos perceberam que essa conversa não levava a lugar nenhum. Por fim, diante dessa situação

---

71. Rolo de papel ou de seda exposto na horizontal ou vertical, emoldurado com um brocado, com pinturas ou caligrafias (poesia, provérbio etc.). [N.T.]

72. Qiu Ying (1494-1552). Pintor clássico chinês, foi um dos mestres da "Gongbi", uma técnica de pintura que obrigava a um manuseamento meticuloso do pincel para atingir a mais precisa representação possível da realidade. Especializou-se em pintar pessoas e paisagens. Suas pinturas de mulheres são as mais notáveis da Dinastia Ming (1368-1644). [N.C.: Ho Yeh Chia]

73. Maruyama Okyo (1733-1795). Pintor japonês do período Edo. Suas gravuras mesclam o estilo sumiê (técnica de desenho monocromático em tinta) e outros métodos de perspectiva, tais como a visão panorâmica e o uso das sombras, que remontam ao estilo chinês do século IX. [N.T.]

embaraçosa, o pai perguntou qual era a diversão de Takagi. Este, então, explicou os motivos de ele não ter nenhum tipo de diversão em especial. O pai deu a entender que desistia da empreitada e, por um bom tempo, ficou à margem, confiando a Seigo e Daisuke o encaminhamento da conversa. E, com a maior naturalidade, Seigo começou a falar sobre a hospedaria de Kobe, depois sobre o santuário Nankojinja e assim por diante. Conversaram sobre diversos assuntos colhidos a esmo. E, durante o bate-papo, Seigo foi preparando terreno para que a jovem também pudesse participar. Esta respondia somente o necessário e, rapidamente, fugia da conversa. Daisuke e Takagi conversaram sobre a faculdade Doshisha[74] e, depois, sobre a situação das universidades americanas. Por fim, falaram de Emerson[75] e Hawthorne.[76] Daisuke apenas constatou que Takagi tinha tais conhecimentos, mas não quis aprofundar o assunto. No entanto, a conversa sobre literatura ficou restrita a breves comentários sobre dois ou três autores famosos, e o assunto não se estendeu.

Umeko, como sempre, não parou de falar. Tamanho esforço tinha como principal objetivo quebrar o silêncio e o acanhamento da jovem sentada à sua frente. A moça, que não queria se passar por mal-educada, não podia simplesmente deixar de responder às ininterruptas perguntas de Umeko. No entanto, ela não tomou nenhuma iniciativa para conquistar a simpatia de Umeko. A jovem falava sempre inclinando levemente a cabeça. Porém, Daisuke não viu nesse gesto intenção de agradar.

A jovem foi educada em Kyoto. Na música, começou a estudar *koto*[77], mas depois o substituiu pelo piano. Contou também que praticou

74. Universidade Doshisha. Fundada em 1875 por Jo Niijima, em Kyoto. Escola particular, de linha protestante, foi a primeira universidade japonesa a admitir mulheres. [N.T.]

75. Ralph Waldo Emerson (1803-1882). Pensador e poeta americano. Muitos pensadores e escritores do período Meiji foram influenciados pelas ideias de Emerson. Soseki o cita várias vezes em seu livro sobre a teoria literária (*Bungakuron*). [N.T.]

76. Nathaniel Hawthorne (1804-1864). Um dos mais importantes romancistas e contistas norte-americanos do século XIX; autor de *A letra escarlate* (1850). [N.T.]

77. Instrumento tradicional do Japão, conhecido como harpa horizontal japonesa, possui treze cordas de seda sobre o corpo feito de *kiri* (*paulóvnia*). Os dedos da mão direita dedilham as cordas e os da esquerda apertam as cordas atrás da travessa para mudar o tom. [N.T.]

um pouco de violino; entretanto, como tinha dificuldade em manuseá-lo, achava melhor dizer que não sabia tocar esse instrumento. Quase não assistia a peças teatrais.

— O que você achou da peça kabuki?

Quando Umeko lhe fez essa pergunta, a jovem não soube responder. Para Daisuke, o problema era maior do que o fato de ela não ter entendido a peça: a moça parecia desprezar o teatro. E, mesmo assim, Umeko continuou insistindo e comentou sobre alguns atores. Daisuke achou que a cunhada estava de novo sendo irracional e que seria melhor interromper a conversa:

— Pelo visto, você não gosta de teatro, mas deve gostar de ler romances, não é? — perguntou Daisuke, cortando o assunto sobre teatro.

Nessa hora, a jovem lançou pela primeira vez um breve olhar para Daisuke. No entanto, sua resposta foi inesperadamente franca:

— Também não gosto de romances.

Todos, anfitrião e convidados, riram em voz alta. Takagi explicou a atitude da jovem, dizendo que ela teve uma educação bastante puritana por influência de certa *miss* fulana de tal e que por isso estava tão atrasada no tempo. Após ter dado essa explicação, Takagi pôs-se a criticá-la. Logicamente, nessa hora ninguém riu. O pai de Daisuke, que não simpatizava muito com o cristianismo, elogiou:

— Isso é muito bom!

Umeko não conseguia entender o valor desse tipo de educação. Mas, apesar disso, disse:

— É mesmo?!

A frase de Umeko soou bem antinatural, ambígua e despropositada. Para evitar que essas palavras provocassem uma impressão ainda pior, Seigo tratou de mudar de assunto.

— Você deve então falar inglês fluentemente, não é?

A jovem respondeu que não falava inglês com fluência e ficou um pouco ruborizada.

Após a refeição, o anfitrião e os convidados voltaram para a sala de visitas, mas, tal qual acender uma vela na chama de uma outra, a conversa demorou a deslanchar. Umeko se levantou e, abrindo a tampa do piano, dirigiu o olhar à jovem:

— Gostaria de tocar alguma coisa?

Como era de se esperar, ela continuou sentada.

— E então, Dai-san... Não quer começar, que tal tocar algo para nós? — perguntou Umeko para Daisuke.

Ele sabia que não tocava tão bem a ponto de poder tocar na frente dos outros, mas sabia também que, se tentasse se esquivar, a cunhada insistiria, e aí acabariam tendo uma discussão entediante.

— Deixe o piano aberto. Daqui a pouco eu toco — respondeu Daisuke, continuando a conversar sobre outros assuntos.

Cerca de uma hora depois, os convidados foram embora. Os quatro acompanharam as visitas até o terraço da entrada. Quando retornavam para dentro de casa, o pai perguntou:

— Daisuke! Por um acaso, você não está pensando em ir embora, está?

Daisuke ficou um passo atrás e, esticando os braços, se espreguiçou como se quisesse alcançar a verga da porta. Depois de perambular pelas salas de estar e de jantar, onde já não havia mais ninguém, foi até a sala de tatames e encontrou o irmão e a cunhada conversando, um de frente para o outro.

— Ei! Não vá embora logo! O pai pediu para você ir lá nos fundos. Ele quer falar com você — avisou o irmão, fingindo estar sério.

Umeko esboçava um leve sorriso nos lábios. Daisuke manteve-se quieto e coçou a cabeça.

Daisuke não queria enfrentar sozinho o pai. Pensou em inventar alguma desculpa para que o irmão e a cunhada fossem com ele. E, como levá-los não dera muito certo, acabou se sentando com eles. Nesse momento, a empregada se aproximou para transmitir um recado:

— Seu pai pediu para o senhor ir até lá.

— Está bem. Diga que já estou indo — respondeu Daisuke.

Em seguida, advertiu ao casal que, se ele fosse se encontrar sozinho com o pai, considerando o jeito deste e que ele próprio admitia ser descuidado, e dependendo do rumo da conversa, havia a possibilidade de Daisuke irritá-lo profundamente; caso isso acontecesse, os dois é que teriam de apaziguá-los. Assim, seria melhor que o casal o acompanhasse para evitar futuros transtornos.

O irmão, que detestava discutir, disse, como que achando isso tudo uma tremenda bobagem:

— Bem, então vamos! — e se levantou.

Umeko, rindo, pôs-se também de pé na mesma hora. Os três passaram pelo corredor, entraram na sala do pai e se sentaram como se nada tivesse acontecido.

Umeko direcionou habilmente a conversa para que o pai não desatasse a falar mal do passado de Daisuke. Encaminhou-a com jeito para que o assunto central fosse falar dos convidados que acabaram de ir embora. Umeko disse que a filha de Sagawa era muito quietinha e que a achou uma boa menina. Essa observação foi acatada pelo pai, pelo irmão e também por Daisuke. Seigo, porém, questionou o fato de que, se a jovem recebera mesmo a educação dessa *miss* americana, ela deveria ser um pouco mais ocidental, mais expansiva. Daisuke concordou com o irmão; o pai e a cunhada nada disseram. Depois, Daisuke comentou que a jovem devia ser quieta por timidez e que, possivelmente, isso nada tinha a ver com a educação recebida por essa tal *miss*, mas sim com o tipo de relacionamento social entre o homem e a mulher no Japão. O pai concordou com Daisuke. Umeko achou que a jovem era desse jeito por ter sido educada em Kyoto. O irmão contra-argumentou, dizendo que nem todas as mulheres que foram educadas em Tóquio eram como Umeko. Nesse momento, o pai, com uma expressão séria no rosto, bateu a ponta do cachimbo. Em seguida, Umeko comentou que a jovem era mais bonita do que a maioria das meninas e que isso era bom. O pai e o irmão não fizeram nenhuma objeção quanto a isso. Daisuke também achou que a cunhada estava certa.

Depois, os quatro conversaram sobre as qualidades de Takagi. Todos foram unânimes em considerá-lo um homem honesto e de bom temperamento, e aí o assunto logo se esgotou. Infelizmente, ninguém sabia dizer nada sobre os pais da jovem. O pai de Daisuke garantiu que eram pessoas simples e honestas, pois procurara saber sobre o pai dela por intermédio de um membro da Dieta, que era também um grande contribuinte da prefeitura. Por último, passaram a falar do patrimônio da família Sagawa. Nessa hora, o pai de Daisuke disse que os negócios dele eram muito mais sólidos e seguros do que os da maioria dos empresários.

Quando se constatou as qualidades da jovem, o pai de Daisuke virou-se para Daisuke e perguntou:

— Você não deve ter grandes objeções, não é?

O tom de voz e o teor dessa pergunta só davam margens para interpretá-la como algo do tipo "E então, o que você pretende fazer?". Daisuke, como sempre, deu uma resposta vaga:

— Bem, não sei...

O pai ficou observando Daisuke, e a cada instante as inúmeras rugas de sua testa iam ficando cada vez mais marcadas. O irmão percebeu que não tinha outro jeito a não ser dizer:

— Bem, talvez seja melhor pensar um pouco mais...

Com isso, Seigo fez com que dessem um tempo para Daisuke.

13

Quatro dias depois, Daisuke, novamente por ordem de seu pai, foi se despedir de Takagi na estação Shinbashi. Ainda com sono chegou à estação, pois fora obrigado a acordar cedo, e, após expor ao vento a cabeça mal dormida, teve a impressão de que até seus fios de cabelo estavam gripados. Assim que entrou na sala de espera, Umeko o advertiu de que estava pálido. Daisuke nada respondeu e, tirando o boné, ocasionalmente comprimia a cabeça molhada. E, de tanto repetir essa ação, seus cabelos, alinhados pela manhã, ficaram despenteados.

Na plataforma, Takagi olhou para Daisuke e, numa tentativa de animá-lo a aceitar a proposta de casamento, perguntou:

— Então, você não quer pegar esse trem e fazer um passeio em Kobe?

Daisuke apenas se limitou a agradecer o convite. Quando finalmente o trem ia partir, Umeko se aproximou da janela e, chamando a jovem pelo nome, disse:

— Volte o mais cedo que puder, está bem?

Do outro lado da janela, a jovem agradeceu educadamente com uma leve reverência, mas do lado de cá do vidro nenhuma palavra se fez ouvir. Após o trem partir, os quatro saíram da área da bilheteria e se dispersaram. Umeko insistiu para que Daisuke fosse com ela à Aoyama, mas ele, apoiando a cabeça nas mãos, recusou o convite.

Daisuke pegou um riquixá e voltou para Ushigome; ao chegar lá, entrou no gabinete e se deitou de costas. Kadono veio dar uma espiada e o viu deitado daquele jeito; como já o conhecia, apenas se limitou a pegar o *haori*, pendurado no espaldar da cadeira, e, sem puxar conversa, retirou-se do aposento.

Deitado de costas, Daisuke ficou pensando como seria seu futuro próximo. Se deixasse as coisas como estavam, certamente seria obrigado a se casar. Até então, ele já dispensara várias pretendentes. No entanto, se assim procedesse dessa vez, a família ficaria magoada ou brigaria com ele. Se o fato de magoar os familiares fizesse com que desistissem de forçá-lo a se casar, seria ótimo; mas, se resolvessem brigar com ele, aí sim lhe seria muito inconveniente. Por outro lado, era uma estupidez um homem moderno ser obrigado a aceitar algo que não deseja. Daisuke se viu em meio a um dilema.

Ao contrário de seu pai, Daisuke não era como esses homens antigos que costumavam traçar projetos para depois forçarem a natureza a se adequar a eles. Para Daisuke, a natureza era muito mais grandiosa do que qualquer plano construído pelo homem. Por isso, o fato de seu pai forçá-lo a se adequar ao plano dele, mesmo que isso fosse contra a natureza de Daisuke, seria o mesmo que fazer com que uma mulher abandonada tirasse a declaração de divórcio só para provar que fora casada. No entanto, ele não tinha nenhuma vontade de dizer essas coisas ao pai, e fazê-lo entender isso seria uma tarefa hercúlea. Ainda mais que o fato de superar essa dificuldade não lhe traria nenhum benefício, apenas desagradaria ao pai. Daisuke, entretanto, mesmo ciente disso, sabia que não podia simplesmente rejeitar o casamento sem lhe dar um motivo.

Dentre o pai, o irmão e a cunhada, a desconfiança de Daisuke recaía principalmente no caráter do pai. Chegou até mesmo a desconfiar que fazê-lo se casar não era o único objetivo de seu pai. Mas, apesar disso, ele não sabia exatamente qual seria a verdadeira intenção, pois nunca lhe deram a possibilidade de obter tal informação. Daisuke não considerava imoral um filho desconfiar das intenções do pai. E nem por isso se achava a mais infeliz das criaturas. O único porém que o magoava de verdade era que, por conta dessa situação, pai e filho tenderiam a se distanciar ainda mais.

Daisuke imaginou que esse distanciamento poderia acabar fazendo com que pai e filho rompessem relações. E admitia que isso lhe causaria certo sofrimento, mas se sentia capaz de suportá-lo. No entanto, o que ele realmente temia era um outro desdobramento desse rompimento: o corte da ajuda financeira.

Daisuke era da opinião de que, a partir do momento em que um homem passasse a considerar a batata mais importante do que o diamante, a vida desse homem estava acabada. Se, porventura, a ira de seu pai culminasse em cortar toda e qualquer ajuda financeira, Daisuke, mesmo a contragosto, teria de jogar fora o diamante e agarrar a batata com unhas e dentes. Sua única recompensa seria o amor que espontaneamente lhe brotou. E o objeto desse amor era a esposa de um outro.

Daisuke ficou um bom tempo deitado, pensando. Porém, esses pensamentos não o levavam a lugar nenhum. Além de não ter o direito de decidir sobre sua própria vida, não sabia o que lhe reservava o futuro. E, da pouca noção que tinha sobre sua própria vida, constatou que uma sombra obscurecia seu futuro. Resolveu então tentar desvendar que tipo de sombra era, ainda que essa ação não fosse levada tão a sério.

Pensar dessa forma fez com que surgissem em seu cérebro pequenos lampejos assemelhados a aparições repentinas de morcegos ao anoitecer. Ao perseguir o brilho desse bater de asas, sentiu como se seu corpo se desprendesse do chão e, suavemente, começasse a flutuar. E acabou cochilando.

De repente, alguém tocou uma sineta ao pé de seu ouvido, fazendo-o acordar antes mesmo de ele pensar em incêndio. No entanto, em vez de se levantar num sobressalto, continuou deitado. Ouvir esse tipo de som durante o sono não era nenhuma novidade. Às vezes, era comum esse som ecoar em seus ouvidos mesmo quando já estava acordado e consciente. Cerca de cinco ou seis dias atrás, acordou crente de que um intenso tremor chacoalhava a casa; chegou a sentir o tatame tremer sob seus ombros, costas e pernas. E, mesmo após estar desperto, muitas vezes continuava a sentir seu coração palpitar como se estivesse num sonho. Nessas horas, levava as mãos ao peito e, com a postura de um santo, mantinha os olhos bem abertos e fixos no teto. Quando isso acontecia, Daisuke ficava deitado aguardando o som da sineta parar de reverberar em seus ouvidos e só então se levantava.

Assim que entrou na sala de refeições, viu que sua comida estava ao lado do braseiro e sobre ela havia uma redoma entrelaçada de bambu. No relógio de parede, passava do meio-dia. A velha senhora, que já parecia ter almoçado, cochilava na despensa com os cotovelos apoiados na panela de arroz. E não havia nem sombra de Kadono, que ninguém sabia aonde teria ido.

Daisuke foi ao lavatório e, após passar água no cabelo, voltou para a sala de refeições, sentando-se à mesa. Após terminar sua solitária refeição, voltou ao gabinete com a intenção de ler um pouco, já que havia tempos não o fazia. Ao abrir, na página indicada pelo marcador, o livro ocidental que começara a ler, percebeu que perdera o fio da meada. Esse tipo de lapso de memória era incomum. Ele sempre foi um típico e assíduo leitor desde os tempos de escola. Mesmo depois de formado, orgulhava-se de sua condição de poder adquirir livros e se beneficiar deles sem que isso lhe trouxesse problemas de subsistência. E, pela força do hábito, sentia-se arrasado se ficasse um único dia sem ler ao menos uma única página. Por isso, houvesse o que houvesse, sempre procurava dar um jeito de manter a intimidade com as letras impressas. Às vezes, tinha a impressão de que seu único e verdadeiro talento era o de leitor.

Daisuke estava atônito e, enquanto fumava, voltou umas duas, três páginas do que já havia lido. Sentiu, todavia, dificuldade para entender o assunto e a articulação dos argumentos. Esse esforço não foi tão pequeno como o de sair de um barco e colocar os pés no cais. Era como se, de repente, se visse obrigado a pular para B ainda desnorteado com as contradições de A. Mesmo assim, Daisuke aguentou olhar para as páginas do livro por cerca de duas horas. Mas, por fim, acabou não aguentando mais. Isso porque, embora seu cérebro captasse algum significado nesse conjunto de letras impressas, em nenhum momento sentiu que a leitura fluía através de seu sangue, a circular por todo o seu corpo. Sua insatisfação era semelhante à de quem tenta morder uma pedra encerrada num saco de gelo.

Ele deixou o livro aberto sobre a mesa com as páginas viradas para baixo. Concluiu que não adiantava ler no estado em que estava. E, ao mesmo tempo, achou que não podia mais ficar parado. Seu sofrimento não era o de sempre, gerado pelo tédio. Diferentemente daquele sentimento que o deixava apático a tudo que fazia, dessa vez estava assim porque sua mente o compelia a agir.

Daisuke se levantou e foi até a sala de refeições vestir o *haori*, que estava ali dobrado. Depois, calçou os tamancos, que estavam largados de qualquer jeito no terraço da entrada, e saiu às pressas pelo portão. Isso foi por volta das quatro horas. Desceu a ladeira Kagurazaka e, de impulso, pegou o primeiro bonde que passava. Quando o cobrador lhe perguntou para onde ia, respondeu a primeira coisa que lhe veio à cabeça. Ao abrir a carteira, encontrou numa de suas três divisões algumas notas agrupadas; era o que restou do dinheiro da viagem que dera para Michiyo. Após pagar a passagem, conferiu o quanto ainda tinha de dinheiro.

Daisuke passou essa noite numa casa de chá situada no bairro de Akasaka, onde escutou uma história interessante. Uma bela jovem teve relações com um homem e acabou engravidando. Quando a criança estava para nascer, esta jovem chorou copiosamente de tristeza. Daisuke quis saber o motivo desse choro, e ela disse que era porque lamentava ter tido um filho nessa idade. Essa mulher sentiu uma espécie de efemeridade da vida ao contrastar a brevidade do tempo para fazer amor e o da maternidade, a qual a vida fez despencar impiedosamente sobre sua jovem cabeça. É claro que essa mulher não era considerada decente; no entanto, Daisuke achou essa história interessantíssima, por revelar a psicologia de uma mulher que cultua a beleza do seu corpo e ama a si própria, sem se importar com mais nada.

No dia seguinte, Daisuke finalmente foi ao encontro de Michiyo. Nesse dia, o pretexto era que estava preocupado se ela contara para Hiraoka sobre o dinheiro que ele lhe deixara outro dia e que, caso tivesse contado, queria saber se isso havia afetado de algum modo a vida do casal. Daisuke achou que o motivo de ele se sentir pressionado e inquieto era devido a essa preocupação, que, após arrastá-lo de um lado para outro, enfim o empurrava para que fosse ver Michiyo.

Antes de sair de casa, Daisuke renovou seu espírito trocando as roupas íntimas e o quimono sem forro usados na noite anterior. Lá fora, o tempo fazia os termômetros subirem. Durante a caminhada, o sol batia tão forte que o deixou impaciente, desejando a umidade dos tempos de chuva. E, como uma reação à noite anterior, sentiu-se triste ao ver sua sombra escura projetada nessa atmosfera alegre. Com um chapéu de verão de aba larga na cabeça, caminhou desejando que a estação das chuvas viesse logo, a qual estava prevista para começar dentro de dois ou três dias. E, como que prevendo sua chegada, sentiu a cabeça enevoada e pesarosa.

Quando Daisuke chegou em frente à casa de Hiraoka, as raízes de seus fios de cabelo, que lhe cobriam fartamente a cabeça enevoada, estavam molhadas de suor. Antes de entrar na casa, tirou o chapéu. A grade estava fechada. Ao ouvir um barulho vindo da parte de trás, deu a volta e encontrou Michiyo e a empregada esticando um tecido para engomar. A tábua estava encostada na parede do depósito. Michiyo se encontrava ao centro, curvada e com o pescoço fino pendido para frente, esticando com muito cuidado o tecido amarfanhado. Ela então parou o que fazia e olhou para Daisuke; de imediato, não disse nada. E ele ficou também um tempo em pé e calado. Momentos depois, finalmente disse:

— Aqui estou eu de novo.

Michiyo sacudiu a mão molhada e rapidamente entrou pela cozinha, fazendo um sinal com os olhos para que Daisuke desse a volta e fosse para a frente da casa. Ela desceu o degrau do terraço e, liberando o trinco da grade, disse:

— Que descuido da minha parte.

As maçãs de seu rosto estavam coradas por que ela fizera serviços braçais exposta ao ar límpido e ensolarado. Por conta disso, a área ao redor da testa, normalmente empalidecida, estava um pouco suada. Daisuke aguardou em silêncio a grade se abrir; enquanto isso, ficou contemplando a delicada pele de Michiyo.

— Desculpe-me fazê-lo esperar — disse Michiyo, abrindo o gradeado, e, afastando-se um passo para o lado, convidou-o a entrar.

Daisuke passou pela porta quase que resvalando em Michiyo. Na sala de tatames, havia uma almofada roxa posicionada em frente à mesa de Hiraoka. Ao olhar para essa almofada, Daisuke teve uma sensação ligeiramente desagradável. No jardim, os raios de sol incidiam sobre o mato alto, que crescia desengonçado sobre a terra mal assentada.

Ao mesmo tempo que se desculpava, com educação, por ter vindo incomodá-la numa hora em que ela se encontrava ocupada, ele observava esse jardim desagradavelmente descuidado. Nesse momento, sentiu pena de Michiyo por ela ter de viver nessa casa. Michiyo se sentou com as mãos cruzadas sobre o colo e, com as pontas dos dedos um pouquinho enrugadas por ter mexido em água, comentou que, como se sentia entediada, resolveu matar o tempo esticando e engomando alguns tecidos.

Entediada, para Michiyo, significava que o marido estava sempre ausente e que ela se sentia triste e aborrecida por ter de ficar em casa esperando horas a fio Hiraoka voltar. Daisuke, em tom de brincadeira, comentou:

— Que vida boa, hein?

Michiyo não parecia ter o intuito de se queixar para Daisuke da solidão que sentia no fundo de seu coração. Sem dizer nada, ela se levantou e foi para o cômodo ao lado. Após puxar a argola da gaveta da cômoda, apareceu com uma caixinha forrada de veludo vermelho. Sentou de frente para ele e abriu a caixa. Nela estava o anel que Daisuke lhe dera tempos atrás. Michiyo limitou-se a pedir o consentimento do amigo:

— Tudo bem?

Em seguida, ela se levantou e voltou para o cômodo ao lado. Temendo olhos alheios, escondeu o anel em algum lugar dentro da gaveta da cômoda e retornou à sala. Daisuke não fez nenhum comentário sobre o anel. E, olhando para o jardim, comentou:

— Se você tem tanto tempo assim, que tal limpar os matos do jardim?

Dessa vez foi Michiyo quem permaneceu calada. Após um tempo em silêncio, Daisuke perguntou:

— Você contou para Hiraoka sobre aquele dia?

— Ainda não — respondeu Michiyo em voz baixa.

— Quer dizer então que ele ainda não sabe de nada? — perguntou de novo Daisuke.

Michiyo explicou que tentou falar sobre isso com Hiraoka; porém, como o marido quase nunca ficava tranquilamente em casa, ela acabou não tendo a oportunidade de conversar com ele sobre esse fato. Daisuke sabia que Michiyo não estava mentindo. No entanto, ele não podia deixar de desconfiar que, no fundo, existia algum inconveniente para que ela ainda não tivesse contado, pois bastariam apenas cinco minutos. Daisuke se considerou responsável por Michiyo se sentir culpada diante de Hiraoka. No entanto, isso não o afetou muito, a ponto de sentir peso na consciência. Apesar das penalidades previstas por lei, Daisuke sabia que a natureza tinha seu próprio castigo e que, nesse sentido, Hiraoka era claramente responsável pela situação ter chegado a esse ponto e, assim, também devia compartilhar dessa responsabilidade.

Daisuke perguntou a Michiyo como estava a situação de Hiraoka. Michiyo não era de falar muito. No entanto, era evidente que o jeito de ele tratar a esposa mudou após o casamento. Tanto que o próprio Daisuke percebera isso assim que eles voltaram para Tóquio. Mas nunca perguntou a cada um o que estava acontecendo; porém, uma coisa era certa e não havia nenhuma sombra de dúvida: a relação do casal estava, cada dia mais, indo de mal a pior. E, se o fato de o casal ter se distanciado se devia ao surgimento de uma terceira pessoa chamada Daisuke, ele, com certeza, teria sido muito mais cauteloso. No entanto, quando Daisuke apelava para a razão, não conseguia crer nisso. Ele achava que a doença de Michiyo era um dos motivos para que a situação deles tivesse chegado a esse ponto, e que a relação física também afetou emocionalmente o marido. Um outro motivo que poderia ter contribuído para distanciar o casal foi a morte da criança; e um outro, a libertinagem de Hiraoka. Havia ainda o fato de Hiraoka ter fracassado como funcionário de uma empresa. E, por fim, o fator determinante teria sido a situação econômica em que eles se encontravam por conta do desregramento de Hiraoka. Em resumo, Daisuke concluiu que Hiraoka se casou com alguém com quem não deveria ter se casado e que Michiyo também se casou com a pessoa errada. Daisuke se arrependeu profundamente de ter aceitado, a pedido de Hiraoka, convencer Michiyo a se casar com o amigo. No entanto, era difícil para Daisuke acreditar que Hiraoka teria se distanciado da esposa por achar que ele, Daisuke, estaria mexendo com o coração de Michiyo.

Por outro lado, ele não podia negar que a atual situação do casal era um fator imprescindível para tornar mais intenso o sentimento de Daisuke para com Michiyo. Independentemente de como era o relacionamento entre Daisuke e Michiyo antes de ela se casar, Daisuke não podia simplesmente ignorar a situação atual da moça. Daisuke tinha muito mais pena dessa Michiyo que estava doente do que da Michiyo de antigamente. Tinha muito mais pena dessa Michiyo que perdera o filho do que da Michiyo de antigamente. Tinha muito mais pena dessa Michiyo que estava perdendo o amor do marido do que da Michiyo de antigamente. Tinha muito mais pena dessa Michiyo que passava por dificuldades financeiras para manter a subsistência do que da Michiyo de antigamente. No entanto, Daisuke não tinha coragem suficiente para separar de vez o casal. Seu amor não chegava a ponto de fazê-lo perder a cabeça por ela.

O sofrimento de Michiyo era visivelmente de ordem financeira. Era evidente, pelo modo de ela se expressar, que o dinheiro que Hiraoka recebia não era repassado para as despesas da casa. Daisuke quis ao menos tentar ajudá-la nesse ponto e disse:

— Vou me encontrar com Hiraoka e conversar sobre isso com ele.

Michiyo olhou com tristeza para Daisuke. Este, porém, não teve a coragem de reforçar que faria isso, pois estava ciente de que, se desse certo, seria ótimo; mas, caso contrário, poderia complicar a situação dela.

Michiyo se levantou outra vez e trouxe, do cômodo ao lado, uma carta, que estava dentro de um envelope azul claro, e a entregou para Daisuke ler. Era uma carta extensa de seu pai, que morava em Hokkaido.

A carta só falava de coisas desagradáveis: que lá não estava nada bom; que o custo de vida era alto; que se sentia desamparado por estar distante da família e dos parentes. No final, perguntava se ela poderia acolhê-lo, pois, diante dessa situação, ele pensava em vir para Tóquio. Daisuke enrolou a carta com cuidado e a devolveu a Michiyo. Os olhos dela estavam cheios de lágrimas.

Antigamente, o pai de Michiyo era proprietário de terras cultiváveis e possuía certo patrimônio. Durante a Guerra Russo-Japonesa, ele comprou ações por sugestão de uma pessoa, mas acabou perdendo tudo. Precisou então vender as terras herdadas de seus antepassados e partir para Hokkaido. Depois que o pai de Michiyo partiu, Daisuke não teve mais notícias dele até ler essa carta. Na época em que o irmão dela ainda estava vivo, este costumava dizer que, mesmo tendo parentes, era como se não os tivesse. De fato, Michiyo só podia contar com Hiraoka e o pai dela.

— Você tem uma vida invejável — disse Michiyo, piscando os olhos. Daisuke não teve coragem de contradizê-la. Depois de um tempo, ela perguntou: — Por que você ainda não se casou? — E ele também não respondeu essa pergunta.

Enquanto a olhava em silêncio, o rosto de Michiyo foi perdendo a cor a olhos vistos, tornando sua pele ainda mais empalidecida do que o normal. Nessa hora, Daisuke percebeu pela primeira vez o perigo de ficar muito tempo sentado diante dela. As palavras que fluíam com espontaneidade da afeição existente entre eles levariam os dois, de maneira inconsciente, a ultrapassar dentro de dois ou três minutos os limites impostos pela sociedade. Desde o princípio, a intenção de Daisuke era se mostrar indiferente e, caso a conversa avançasse, mudaria de assunto. Toda vez que lia um romance ocidental, desconfiava dos diálogos entre um homem e uma mulher por achá-los muito explícitos, egoístas e, ainda por cima, exageradamente carregados de paixão. Ler o romance no original era uma coisa, mas Daisuke achava que esses diálogos revelavam um tipo de gosto intraduzível para o japonês. Talvez por isso nunca tenha passado pela cabeça de Daisuke desenvolver seu relacionamento com Michiyo utilizando o falar do estrangeiro, mesmo porque, entre eles, as palavras normais de uso cotidiano eram, por si só, mais do que suficientes. Mas justamente no uso dessas palavras é que se ocultava o perigo de se deslizar, sem querer, de um assunto para outro. Para Daisuke, foi muito difícil interromper a conversa a um passo de um assunto delicado para ir embora. Michiyo o acompanhou até o terraço e disse:

— Sinto-me tão só! Venha me visitar de novo, está bem?

A empregada continuava nos fundos da casa esticando tecidos.

Ao sair, Daisuke caminhou sem rumo por cerca de cem metros. Apesar de saber que cortara a conversa no momento certo, no íntimo ele não se sentia satisfeito. Mas nem por isso estava arrependido por não ter ficado mais tempo conversando com ela e ter deixado as coisas acontecerem naturalmente. No final das contas, achou que tanto fazia ter interrompido a conversa naquele momento ou após cinco ou dez minutos. Admitiu que o relacionamento entre ele e Michiyo estava mais íntimo agora do que no último encontro. Não. Da vez anterior, eles já estavam bem íntimos. Daisuke se lembrou, passo a passo, de todos os momentos em que passaram juntos e, em todas essas pequenas lembranças, não pôde deixar de resgatar a chama do amor que ardia entre os dois.

Quando Daisuke concluiu que, um pouco antes de se casar com Hiraoka, Michiyo, na verdade, já estava como que casada com ele, sentiu como se um peso insuportável tivesse sido jogado dentro de seu peito. E, de tão pesado, chegou a cambalear. Assim que chegou em casa, Kadono perguntou:

— Caramba, como você está pálido! Aconteceu alguma coisa?

Daisuke foi para o lavatório e enxugou o suor de seu rosto empalidecido. Em seguida, molhou os cabelos, ligeiramente compridos, com água fria.

Durante dois dias, Daisuke não saiu para nenhum lugar. Na tarde do terceiro dia, pegou um bonde e foi até o jornal em que Hiraoka trabalhava. Estava decidido a conversar seriamente com Hiraoka a respeito de Michiyo. Daisuke entregou seu cartão pessoal para um rapaz do escritório e, enquanto aguardava Hiraoka na recepção empoeirada, teve de tirar o lenço várias vezes para cobrir o nariz. Finalmente, ele foi encaminhado à sala de visitas, no primeiro andar. Era uma sala pequena, pouco arejada, abafada e escura. Ao chegar lá, Daisuke fumou um cigarro. Da porta onde se lia "Editorial", pessoas entravam e saíam a todo instante. E foi dessa porta que Hiraoka veio para se encontrar com Daisuke. Ele vestia a mesma roupa de verão que usava outro dia e, como sempre, estava com um belo colarinho e abotoaduras.

Hiraoka ficou em pé, de frente para Daisuke, e cumprimentou-o demonstrando estar ocupado:

— Há quanto tempo!

Daisuke, como que influenciado por esse seu jeito agitado, levantou-se no mesmo instante. Ainda em pé, os dois conversaram um pouco. Era justamente a hora em que a redação estava em polvorosa e Hiraoka não podia recepcioná-lo com calma. Daisuke perguntou quando seria um momento oportuno para voltar. Hiraoka tirou o relógio do bolso e disse:

— Desculpe-me, mas será que você poderia voltar daqui a uma hora?

Daisuke tirou o boné e desceu as escadas escuras e empoeiradas. Ao sair do prédio, sentiu o sopro de um vento fresco.

Daisuke perambulou pelas redondezas. Enquanto andava à toa, ficou pensando em criar alguma estratégia para entrar no assunto quando fosse conversar com Hiraoka. A única intenção de Daisuke era tornar mais fácil a vida de Michiyo. Porém, para conseguir isso, poderia ferir os sentimentos de Hiraoka. E, em último caso, se o resultado fosse ruim, previu seu rompimento com Hiraoka, e Daisuke não tinha nenhum outro plano para salvar Michiyo. Ao mesmo tempo que não tinha coragem de assumir e levar avante seu relacionamento com Michiyo, sentia também a necessidade de ter de fazer algo. Por isso o encontro de hoje era, na verdade, uma arriscada tentativa motivada por um redemoinho de emoções, e não uma estratégica embasada num raciocínio lógico e seguro. E essa sua atitude era diferente da que costumava ter, mas ele próprio não percebia isso. Após uma hora, Daisuke estava de novo em frente à porta da redação. E ele e Hiraoka saíram juntos do prédio.

Depois de andarem numa rua secundária uns trezentos, quatrocentos metros, Hiraoka se adiantou para entrar num estabelecimento. No beiral do telhado, havia um *tsuri-shinobu*[78] pendurado logo na entrada, e o chão do pequeno jardim estava molhado. Hiraoka tirou o paletó e se sentou com as pernas cruzadas. Daisuke não sentiu tanto calor, mas ficou com a ventarola na mão.

---

78. Literalmente, *tsuri* (pendurar), *shinobu* (*Davallia mariesii*). O costume de pendurar esse tipo de samambaia — espécie comumente encontrada na Ásia oriental — logo na entrada dos estabelecimentos comerciais teve início em meados do período Edo (1603-1867) e tinha como objetivo proporcionar uma sensação de frescor. [N.T.]

A conversa começou pela situação interna do jornal. Hiraoka disse que, apesar de estar ocupado, era um trabalho bom e relativamente fácil. O tom de sua voz não era de quem parecia encobrir a própria derrota. Daisuke disse em tom de brincadeira que Hiraoka só achava o trabalho fácil porque era irresponsável. O amigo ficou sério e começou a se justificar. Argumentou que, hoje em dia, não existia um campo tão competitivo e que exigisse tanta perspicácia como o jornalismo.

— Realmente, não basta apenas escrever bem — concordou Daisuke, sem demonstrar especial admiração.

— Sou responsável pela parte econômica, mas mesmo numa área como esta aparecem assuntos muito interessantes. Você acha que seria o caso de eu escrever algumas coisas sobre os bastidores de sua empresa?

Pelo que Daisuke já vinha observando havia tempo, essa pergunta não o pegou totalmente de surpresa.

— Acho que seria interessante. Mas só lhe peço imparcialidade — disse Daisuke.

— É claro que não pretendo mentir.

— Não é isso. O que estou querendo dizer é que as denúncias não devem ser imparciais apenas em relação à empresa do meu irmão, mas também com toda e qualquer empresa.

Hiraoka deu uma risada maliciosa e, como quem esconde algo na cartola, disse:

— Ficar somente naquele caso do açúcar é muito pouco, não acha?

Daisuke tomou o saquê em silêncio. Esse tipo de assunto estava deixando a conversa cada vez mais extenuante. Hiraoka, provavelmente achando que o que ia relatar estaria relacionado com o mundo dos negócios, contou um fato curioso sobre a companhia Okuma, ocorrido durante a Guerra Sino-Japonesa[79].

Naquela época, essa empresa ficou responsável por cuidar de centenas de cabeças de gado em Hiroshima, que depois seriam distribuídas

---

79. Guerra Sino-Japonesa (1894-1895). Confronto entre Japão e China, motivado pelo interesse de controlar a Coreia. O Japão derrota as tropas chinesas e passa a ser visto como uma potência. [N.T.]

como alimento para o Exército. Todos os dias algumas cabeças de gado eram separadas e, durante à noite, furtadas de forma sorrateira. No dia seguinte, o mesmo gado era readquirido sem levantar suspeitas. O funcionário público comprava diariamente o mesmo gado. Um belo dia, quando se deu conta de que estava sendo ludibriado, resolveu marcar o gado que adquiria. No entanto, a marcação não foi percebida e houve novo furto. E, como se isso não bastasse, no dia seguinte ousaram trazer o gado de volta para vendê-lo, e aí o golpe finalmente foi desmascarado.

Daisuke achou que, no que tange à sociedade atual, essa história estaria mais para comédia moderna.

Depois, Hiraoka comentou o quanto o governo temia o socialista Kotoku Shusui[80]. A casa dele era vigiada dia e noite por uns dois ou três sentinelas, tanto na parte da frente quanto na dos fundos. Durante um tempo, chegaram até a montar tendas para espreitá-lo. Quando Shusui saía, os policiais o seguiam, e se o perdessem de vista a situação se tornava grave. Tóquio ficava em polvorosa. A delegacia de polícia de Shinjuku chegou a gastar cerca de cem ienes por mês somente para vigiar Shusui. Um doceiro que pertencia ao grupo de Shusui disse que estava preparando doces em seu estabelecimento, situado numa avenida principal, quando um policial todo de branco entrou e não o deixou trabalhar sossegado.

Essa conversa também não soou como sendo algo sério para Daisuke.

— Isso também não seria um típico exemplo de uma comédia moderna? — perguntou Hiraoka, devolvendo o comentário anterior, como que a desafiá-lo.

Daisuke concordou e riu. Porém, pelo fato de, nesse dia, Daisuke não estar muito interessado nesse tipo de assunto e ainda não ter a intenção de ficar conversando à toa, a conversa sobre o socialismo

80. Shusui Kotoku (1871-1911). Anarquista, jornalista responsável pelo *Heimin Shinbum* (Jornal da Plebe), militou contra a Guerra Russo-Japonesa. Acusado de participar de um complô contra a vida do Imperador, foi condenado em 24 de janeiro de 1911. [N.T.]

não passou disso. E foi por esse motivo que Daisuke insistiu para que Hiraoka não chamasse uma gueixa.

— Para falar a verdade, tenho um assunto a tratar com você — disse finalmente Daisuke.

Hiraoka mudou a expressão do rosto e, olhando sem graça para Daisuke, desatou a falar:

— Ah! Eu já estava pensando em resolver essa questão, mas agora não posso fazer nada. Espere mais um pouco. Em troca, prometo não escrever nada sobre seu irmão ou seu pai, está bem? — essa resposta foi inesperada para Daisuke. E, mais do que achar essa resposta idiota, sentiu uma espécie de ódio.

— Você mudou muito — disse Daisuke, com indiferença.

— Não tanto quanto você. Não tenho culpa se estou passando por dificuldades. Por isso, eu lhe peço para esperar um pouco — disse Hiraoka e, em seguida, deu uma risada forçada.

Independentemente do que Hiraoka tinha a dizer, Daisuke estava decidido a falar o que tinha de falar. Se tentasse explicar para Hiraoka que ele não veio ao seu encontro para cobrar o empréstimo, o amigo com certeza tentaria assumir o controle da situação e o deixaria irritado. Daisuke então resolveu ignorar o mal-entendido e passou para o assunto a que se dispunha tratar. No entanto, sua primeira dificuldade era não poder revelar para Hiraoka que foi Michiyo quem lhe contou sobre a situação financeira deles, já que isso poderia repercutir de modo inconveniente para ela. E, sendo assim, seria inútil dar qualquer tipo de advertência ou conselho se a conversa não se encaminhasse para esse ponto. Daisuke então desviou o assunto.

— Parece que você anda frequentando muito esse tipo de lugar. Pelo visto, todos da casa já o conhecem, não é?

— Minha situação financeira não é tão confortável como a sua e, por isso, não posso me divertir tanto, mas isso faz parte do social — disse Hiraoka, levando habilmente o saquê à boca.

— Sei que não é da minha conta, mas você está conseguindo prover e cobrir as despesas da casa? — ousou perguntar, avançando a conversa.

— Hum... Dou um jeito.

Ao dizer isso, a voz de Hiraoka se tornou baixa, demonstrando que ele não tinha interesse em tocar nesse assunto. Daisuke, então, não quis insistir e, sem saída, perguntou:

— Geralmente a essa hora você já está em casa, não é? Se bem que, outro dia, quando fui visitá-lo, parece que você voltou bem tarde...

Esse comentário fez com que Hiraoka respondesse de novo com um tom de voz de quem tentava se esquivar do assunto:

— Tem dia que eu volto e tem dia que não. Mas isso não tem jeito. É um tipo de serviço que não tem hora para terminar — sua resposta era um tanto quanto vaga, como que para tentar se justificar.

— Michiyo deve se sentir só.

— Ora! Não se preocupe. Ela também andou mudando muito — disse Hiraoka, olhando para Daisuke.

Daisuke sentiu certo receio nesse olhar. Talvez esse casal nunca mais voltasse a ser o que era, pensou. Caso o casal levasse uma machadada da natureza e fosse cortado em pedaços, Daisuke via claramente que isso traria um futuro inevitável para seu próprio destino. Isso porque o distanciamento dos dois o aproximaria cada vez mais de Michiyo.

— Isso não é verdade — respondeu de impulso Daisuke. — Por mais que ela tenha mudado, essa mudança deve ser por conta da idade. Tente voltar mais para casa para poder confortá-la.

— Você pensa assim? — disse Hiraoka, virando o copo de saquê.

Daisuke disse apenas uma parte do que lhe veio à cabeça:

— Se eu penso assim? Qualquer um pensaria assim, não acha?

— Você acha que a Michiyo de hoje é a mesma de três anos atrás? Ela mudou muito, sabia? Realmente, ela mudou muito! — disse Hiraoka, virando o copo outra vez.

Daisuke sentiu uma palpitação no peito até então nunca sentida.

— Para mim, ela continua exatamente a mesma. Não mudou nada.

— Mas, mesmo que eu volte para casa, que culpa tenho eu se isso não me agrada?

— Não devia ser assim.

Hiraoka olhou fixamente para Daisuke com os olhos arregalados. Daisuke sentiu a respiração um pouquinho ofegante. No entanto, esse olhar não o inquiriu a ponto de se sentir um pecador atingido por um raio. Daisuke deixou escapar, sem querer, um comentário que normalmente não faria por considerá-lo ilógico. E, se não se questionava sobre o motivo de ter dito isso, era por acreditar piamente que o fazia apenas para ajudar o Hiraoka que estava sentado à sua frente. Mesmo que de forma inconsciente, era sua última tentativa de ajudá-los a voltarem a ser o casal de três anos atrás, e se desse certo ele se afastaria de vez de Michiyo. Em nenhum momento passou pela cabeça de Daisuke que isso seria apenas um plano com segundas intenções para esconder de Hiraoka seu relacionamento com Michiyo. Daisuke se considerava por demais superior e refinado para se sujeitar à prática da falsidade para com Hiraoka.

Depois de um tempo, Daisuke voltou ao seu jeito normal.

— Mas, se você só vive fora de casa, é lógico que vai acabar precisando de dinheiro. E aí a casa fica financeiramente desprovida e o relacionamento familiar tende a se tornar cada vez mais desagradável, não acha?

Hiraoka dobrou a manga da camisa branca até a altura do cotovelo e disse:

— Família? Família não é algo tão bom assim. Pelo visto, só mesmo sendo solteiro para levar a sério essa coisa de família.

Ao escutar isso, Daisuke sentiu ódio de Hiraoka. Sua vontade era lhe dizer abertamente o que pensava em seu íntimo, ou seja, "Se você diz que detesta sua família, tudo bem; mas fique sabendo que, se é assim que você pensa, vou roubar sua esposa". No entanto, ainda faltava muito para que pudessem chegar a esse nível de diálogo. Daisuke tentou mais uma vez sondar, agora por um outro ângulo, o que se passava no íntimo de Hiraoka.

— Lembra aquele sermão que você me deu logo que chegou em Tóquio? Quando você disse que eu devia fazer alguma coisa.

— Lembro. E, quando soube da sua filosofia pessimista, fiquei surpreso.

Daisuke sabia que essa história de Hiraoka ficar surpreso devia ser verdade. O Hiraoka daquela época tinha tanta sede de ação que agia como se estivesse febril. E o que ele almejava alcançar com essa ação? Riqueza? Fama? Poder? Se não era isso, estaria ele buscando praticar apenas a ação em si? Essa resposta, nem mesmo Daisuke saberia dar.

— É inevitável que uma pessoa espiritualmente fracassada como eu tenha uma opinião pessimista como aquela. Mas isso não significa que uma pessoa deva se sujeitar a uma opinião preexistente. Em primeiro lugar, existe o indivíduo, e cada indivíduo possui uma opinião adequada a ele; nesse sentido, minha teoria só é válida para mim. Eu nunca tive a pretensão de lhe dizer o que fazer ou deixar de fazer com base nessa minha teoria. Fiquei admirado com a disposição que você tinha naquela época. Você mesmo disse que era um homem de ação. Espero, sinceramente, que você seja mesmo.

— É claro que vou fazer muita coisa — a resposta de Hiraoka se limitou a essa única frase.

No íntimo, Daisuke duvidou.

— É nesse jornal que você pretende agir?

Hiraoka hesitou um pouco. Mas, por fim, declarou convicto:

— Enquanto eu estiver no jornal, é lá que pretendo agir.

— Você me deu uma resposta pontual. Diria que até satisfatória, pois minha pergunta não é extensiva a uma vida inteira. Mas, me diga uma coisa, você acha que pode fazer algo interessante num jornal?

— É o que pretendo fazer — a resposta de Hiraoka foi sucinta.

Apesar de a conversa ter chegado a esse ponto, o avanço era apenas no nível abstrato. Embora Daisuke conseguisse entender as palavras de Hiraoka, não captou o que se passava no íntimo dele. A impressão que tinha era de estar conversando com um alto funcionário do governo ou um advogado. Daisuke resolveu então utilizar a estratégia de elogiá-lo. Para isso, citou como exemplo um herói de guerra, o tenente-coronel Hirose[81], que morreu ao bloquear um porto para evitar o avanço russo durante a Guerra Russo-Japonesa e, na época, foi idolatrado como herói. No entanto, hoje, decorridos

81. Hirose Takeo (1868-1904). Oficial da marinha de guerra. Comandante do navio *Fukui-maru* que, durante a Guerra Russo-Japonesa, conseguiu bloquear com sucesso o porto de Lushun (ou Porto Arthur), considerado ponto estratégico de acesso ao oceano Pacífico e que estava em domínio dos russos. Na hora de partir, o comandante Hirose foi procurar Sugino, um de seus subordinados, que ficou para trás e não conseguiu chegar a tempo de ser resgatado, morrendo baleado. O seu ato o notabilizou como herói de guerra. [N.T.]

quatro, cinco anos da guerra, quase não se fala mais do tenente-coronel Hirose. A ascensão e a queda dos heróis ocorrem com grande rapidez. Isso porque eles, em sua grande maioria, são bastante importantes numa determinada época e, apesar de o termo herói ser pomposo, na verdade, é uma palavra de uso bem prático. É por isso que, decorrido o tempo em que a pessoa foi importante, a sociedade começa pouco a pouco a lhe usurpar o título. Durante a Guerra Russo-Japonesa, as tropas de bloqueio de portos eram fundamentais, mas, com a vitória do Japão e a consequente paz, centenas de homens, como o tenente-coronel Hirose, tornaram-se meros anônimos. Assim como na sociedade existem pessoas que são interesseiras para com o próximo, existem aqueles que se aproveitam dos heróis. Isso explica a razão de esses heróis estarem sempre sujeitos a um contínuo processo de renovação em prol de sua própria sobrevivência. E era por isso que Daisuke não nutria nenhuma intenção de pertencer a esse rol de heróis. No entanto, se um jovem cheio de energia tiver a ambição de se tornar um, que seja então através da força da pena, muito mais duradoura do que a efêmera força da espada. Nesse sentido, o jornal seria uma atividade que o conduziria a esse fim.

Daisuke argumentou até esse ponto. Mas como, desde o início, sua intenção era bajular Hiraoka, logo percebeu o quão infantil soavam suas palavras, tanto que, no íntimo, chegou até mesmo a achar graça. Diante disso, desistiu de bajular o amigo.

Depois de escutá-lo, Hiraoka apenas disse:

— Puxa! Obrigado — e, apesar de não demonstrar estar chateado, sua resposta era de quem não estava realmente muito comovido.

Daisuke sentiu-se envergonhado de subestimar Hiraoka. Na verdade, seu plano inicial era comovê-lo e, quando a conversa deslanchasse, pretendia desviar sutilmente o assunto para a questão familiar. No entanto, ao usar desse circunlóquio, acabou optando por um caminho muito complicado, que o deixou ainda mais distante do ponto de partida e, no final das contas, culminou em fracasso.

Nessa noite, Daisuke se despediu de Hiraoka deixando o assunto em aberto. Ao ponderar o resultado desse encontro, nem mesmo Daisuke sabia ao certo o motivo de ele ter ido procurar Hiraoka no jornal. E o amigo também questionava a mesma coisa; no entanto, Hiraoka acabou não perguntando por que Daisuke o procurara.

No dia seguinte, Daisuke ficou sozinho no gabinete pensando sobre o ocorrido na noite anterior. Das duas horas em que esteve conversando com Hiraoka, o único momento em que Daisuke agiu realmente de forma sincera com ele foi quando saiu em defesa de Michiyo. No entanto, essa sinceridade era apenas fruto de uma motivação, pois as palavras foram ditas a esmo. Na verdade, mentiu praticamente o tempo todo. E até mesmo a motivação que ele considerava sincera não passava de um subterfúgio para salvaguardar seu próprio futuro. De Hiraoka também não se podia dizer que havia sido sincero desde o início, ainda que a intenção de Daisuke, mesmo conversando sobre outros assuntos, fosse sempre induzi-lo a cair em sua armadilha. Era um plano bem calculado, mas que não funcionou com Hiraoka.

Se tivesse falado abertamente sobre Michiyo e expressado, sem parcimônia, tudo que estivesse pensando, Daisuke poderia ter dito a Hiraoka coisas muito mais ousadas. Ele poderia tê-lo abalado ainda mais e até penetrado em seu âmago. Sem dúvida. Em compensação, se tivesse feito isso e não houvesse se dado bem, Michiyo é que sairia prejudicada. E nesse caso, ela e Hiraoka acabariam brigando. Talvez...

Daisuke se sentiu um covarde por ter adotado, mesmo que de forma inconsciente, uma estratégia ineficaz para lidar com Hiraoka, a fim de se manter numa posição confortável. E se Daisuke, apesar de ter tomado essa atitude, não conseguia confiar o destino de Michiyo a Hiraoka, isso significava que ele, além de tudo, teve o descaramento de levar adiante uma contradição racionalmente inadmissível.

Daisuke sentiu inveja dos homens dos tempos passados, que, embora tivessem a mente confusa e fossem motivados pelo egoísmo, acreditavam piamente estar fazendo as coisas em prol de outrem e por isso choravam, sentiam e se emocionavam, a ponto de conseguirem manipular os outros para acatarem seus desejos. Como sua cabeça estava confusa, Daisuke bem que podia ter demonstrado um pouco mais de comoção durante o encontro de ontem à noite e, quem sabe, talvez com isso tivesse conseguido conduzir a conversa para um resultado mais propício aos seus intentos. As pessoas, sobretudo seu pai, sempre lhe disseram que ele carecia de sinceridade. Segundo sua análise, a verdade era a seguinte: as pessoas jamais têm motivos ou condutas realmente sinceras, dignas de pureza e honestidade. Na verdade, o ser humano é uma criatura de nível muitíssimo inferior. Os homens que usam a sinceridade apenas como pretexto para se justificarem e se enaltecerem, ou possuem mentes infantis, desprovidas de discernimento, ou não passam de meros charlatões. Por isso, a indiferença de Daisuke não podia ser considerada uma característica da evolução do ser humano, mas o resultado de uma análise aperfeiçoada do homem. Ele costumava examinar com muito cuidado suas motivações e atitudes e, ciente de que elas em geral eram desonestas, frívolas e muitas vezes falsas, não conseguia imbuir-se de uma força sincera para executá-las. Daisuke acreditava mesmo nisso.

Daisuke se viu então num dilema: deixar o relacionamento entre ele e Michiyo seguir naturalmente ou, ao contrário, voltar a se relacionar de maneira inocente como no passado. Se não optasse por uma dessas alternativas, seria o mesmo que perder o sentido de sua vida. Qualquer alternativa paliativa estaria fadada a começar e terminar em engodo. Foi o que pensou.

O relacionamento entre ele e Michiyo era uma vontade divina — e ele só conseguia pensar que se tratava disso —, e Daisuke estava ciente do quão perigoso seria o aprofundamento dessa relação perante a sociedade. O amor que atende à vontade divina, mas transgride as leis humanas, só é aceito pela sociedade quando o sujeito morre. Ao imaginar a possível tragédia que os dois enfrentariam, Daisuke sentiu arrepios.

Por outro lado, pensou em como seria viver eternamente longe de Michiyo. Nesse caso, em vez de atender à vontade divina, ele precisaria se perdoar e tentar aplacar seu próprio desejo. Nesse momento, lembrou-se do casamento sugerido pelo pai e pela cunhada. E pensou que aceitá-lo seria um modo de recomeçar todos os seus relacionamentos.

14

Daisuke não sabia ao certo se devia se tornar um filho da natureza ou um homem de vontade. Por uma questão de princípios, detestava a ideia de ter de submeter o seu eu — sensível até mesmo a variações de temperatura — a procedimentos rígidos e inflexíveis, que o reduziriam à limitação de uma máquina. Ao mesmo tempo, tinha plena consciência de que sua vida estava num momento crucial, e isso lhe exigia uma decisão.

Naquele dia, apesar de ter voltado para casa com o conselho de pensar com calma sobre o casamento, Daisuke ainda não tinha parado para refletir seriamente sobre esse assunto. Assim que chegou em casa, a única coisa que fez foi agradecer a bênção de ter escapado das enormes presas do tigre e de ter conseguido protelar o assunto. Desde então, seu pai ainda não lhe cobrara a resposta, mas pressentia que, no mais tardar em dois ou três dias, ele o intimaria a ir até Aoyama. Daisuke só pretendia pensar no assunto depois que o pai o chamasse; aí então improvisaria uma resposta, levando em consideração o teor da conversa e a cara de seu pai. Isso não significava que Daisuke tivesse a intenção de fazer o pai de bobo. Para Daisuke, o correto seria que todas as respostas fossem dadas espontaneamente, depois que se observassem as opiniões de ambas as partes.

Se a atitude dele para com Michiyo não o fizesse se sentir encurralado e a um passo de ter de tomar uma decisão, ele certamente agiria dessa forma com o pai. Nesse momento, no entanto, apesar da cara de seu pai, só lhe restava lançar os dados que tinha na mão. E, uma vez lançados, se o resultado fosse desfavorável para Hiraoka ou desagradasse o pai, Daisuke não poderia fazer nada, a não ser obedecer aos desígnios da lei celeste. E, já que Daisuke estava com os dados na mão e era sua vez de jogá-los, ninguém, a não ser ele próprio, seria responsável pela jogada. No íntimo, Daisuke estava ciente de que era ele que tinha a autoridade de fazer o último lance do jogo. E o resultado descortinava um horizonte em que não existia pai, irmão, cunhada, nem tampouco Hiraoka.

Daisuke era covarde somente no que tange a sua própria vida. Havia uns quatro ou cinco dias, ele se absteve de observar os dados sobre a palma de sua mão. E ainda hoje continuava a segurá-los. Seu desejo era que o destino entrasse pela porta e lhe desse uma leve batida na mão.

De vez em quando, Kadono entrava no gabinete e o encontrava quieto, sentado em frente à escrivaninha.

— Não seria melhor o senhor dar uma volta? Ficar só estudando não faz bem para a saúde — advertiu Kadono, uma ou duas vezes.

Realmente, a cor do rosto de Daisuke não estava muito boa. Por estarem em pleno verão, todo dia Kadono lhe preparava o banho. Sempre que ia se banhar, Daisuke se demorava em frente ao espelho. Ele era um homem de barba grossa e bastava deixá-la crescer um pouco para se sentir feio. O toque áspero, como o de uma lixa, deixava-o ainda mais chateado.

Daisuke estava se alimentando normalmente, como sempre fazia. No entanto, a falta de exercícios, o sono irregular e ainda o cansaço mental acabaram desregulando seu intestino. Mesmo assim, não se importou com isso. Ele estava com uma ideia fixa que o fazia pensar, e pensar, e tornar a pensar, e de tanto pensar mal tinha tempo de se preocupar com sua condição física. E, como se habituou a agir assim, era muito mais fácil ficar rodeando o assunto do que se esforçar para sair desse círculo vicioso.

Por fim, Daisuke sentiu ódio de sua própria indecisão. E, ao concluir que seu relacionamento com Michiyo só poderia ser levado adiante se ele se recusasse a se casar com a filha de Sagawa, ficou surpreso. No entanto, em nenhum momento, mesmo quando seus pensamentos divagavam, veio-lhe à mente a ideia de aceitar o casamento como um subterfúgio para romper seu relacionamento com Michiyo.

Até quando pensava nesse assunto isoladamente, a decisão de recusar o casamento lhe ocorria com certa frequência. O único porém era que, após a recusa, precisaria adquirir forças para assumir Michiyo e, ao pensar nisso, voltava a sentir medo.

Daisuke aguardava, apreensivo, a cobrança de seu pai; este, porém, não lhe mandava notícias. Pensou então em conversar de novo com Michiyo, mas lhe faltava coragem para procurá-la.

Por fim, a ideia de que as convenções morais não os separariam foi ficando cada vez mais forte, já que, moralmente, isso não afetaria a relação deles. Se houvesse a possibilidade de ele manter esse tipo de relacionamento com Michiyo — que estava casada com Hiraoka —, não haveria razão de a relação deles não se manter só porque oficialmente ele também estaria casado. Apenas em público é que o relacionamento deles pareceria ter acabado. Porém, as regras de condutas sociais se intensificariam, e elas, incapazes de conter os sentimentos, só tenderiam a aumentar o sofrimento. Esse era o raciocínio de Daisuke. Por conta disso, ele não via outra saída a não ser recusar o casamento.

No dia seguinte, após tomar essa decisão, Daisuke resolveu finalmente cortar o cabelo e fazer a barba. Havia chovido muito nos últimos dois ou três dias, e o que se poderia chamar de poeira encontrava-se assentada no chão e nos galhos das árvores. A luminosidade não estava tão forte, e os raios, que incidiam por entre as nuvens, pareciam mais suaves e menos intensos ao se depararem com a umidade terrestre. Enquanto olhava sua imagem no espelho da barbearia e massageava suas bochechas rechonchudas, Daisuke pensou que, de hoje em diante, passaria, enfim, a ter uma vida positiva.

Ao chegar em Aoyama, notou que havia dois riquixás em frente da casa. Os condutores, que aguardavam os donos dos veículos, dormiam na parte da frente do riquixá, encostados no lugar em que o passageiro apoiava os pés, e nenhum deles percebeu a chegada de Daisuke.

Umeko estava na sala de tatames, com o jornal no colo, absorta em pensamentos, observando os vários tons de verde espalhados pelo jardim. Ela também parecia estar sonolenta. Súbito, Daisuke sentou-se em frente a ela.

— O pai está?

Antes de responder, Umeko fitou Daisuke com um olhar de fiscal de provas.

— Dai-san, você está um pouco mais magro, não? — comentou.

Daisuke massageou as bochechas e rebateu:

— Acho que não.

— Mas você não está com uma cor boa — disse Umeko, esticando o pescoço e observando de mais perto o rosto de Daisuke.

— É por causa do jardim. São os reflexos das folhas verdes — disse Daisuke, olhando para os arbustos, e acrescentou: — É por isso que também você parece pálida.

— Nesses últimos dois, três dias, não tenho passado muito bem.

— Bem que achei estranho ver você assim sem fazer nada. O que aconteceu? Está gripada?

— Não sei se é gripe, mas só fico bocejando...

Umeko tirou o jornal do colo e bateu palmas para chamar a empregada. Daisuke quis de novo saber se o pai estava em casa. Umeko já tinha se esquecido dessa pergunta. Depois, Daisuke soube que os riquixás estacionados na frente da casa eram das visitas de seu pai. A intenção de Daisuke era aguardar as visitas irem embora, caso não fossem demorar muito. A cunhada se retirou dizendo que ia passar uma água no rosto para desanuviar a cabeça. A empregada lhe trouxe bolinhos de *kuzu-no-chimaki*[82], dispostos num prato fundo. Daisuke pegou um bolinho pela ponta do embrulho e o cheirou repetidas vezes.

Quando Umeko retornou com uma aparência mais desperta, Daisuke balançava o bolinho como se fosse um pêndulo; ao vê-la, perguntou:

— E meu irmão, como está?

Umeko, como que não se sentindo obrigada a responder de pronto a essa pergunta tola, ficou um bom tempo em pé, na varanda, observando o jardim. E comentou:

---

82. Bolinho cuja massa é preparada com araruta, açúcar e água. Moldada em forma de croquete ou bolinho, é embrulhada na folha de *sasa* (lê-se sassa, espécie de bambu rasteiro, de caule fino e folhas grandes) e cozido no vapor. Era costume servi-lo no verão, principalmente no dia 5 de maio, data em que se comemorava o dia dos meninos (*tango no sekku*). [N.T.]

— Viu como as cores dos musgos se tornaram mais intensas com apenas dois, três dias de chuva?

Após tecer esse comentário não condizente com seu jeito natural de ser, voltou a se sentar.

Daisuke retomou a pergunta:

— E então... Como vai meu irmão?

Quando Daisuke repetiu essa pergunta, Umeko respondeu como que indiferente:

— Como ele está? Está o mesmo de sempre.

— Continua ausente, não é?

— É, isso mesmo. De manhã, de noite. Quase nunca está em casa.

— E você não se sente sozinha?

— O que adianta você me perguntar uma coisa dessas a essa altura da nossa conversa? — disse Umeko, rindo.

Talvez por achar que Daisuke estava apenas brincando, ou por considerar a pergunta meio ingênua, Umeko não lhe deu ouvidos. Ao ponderar sua própria história, ele ficou surpreso pela seriedade com que o Daisuke de hoje fez essa pergunta a ela, porque, mesmo tendo presenciado durante muitos anos a relação entre o irmão e a cunhada, nunca se dera conta disso. Se bem que sua cunhada nunca chegou a demonstrar na frente dele qualquer tipo de insatisfação, nem Daisuke percebeu coisa alguma.

— Será que todos os casais acabam ficando assim? — perguntou meio que para si próprio, sem a expectativa de obter uma resposta de Umeko. E, em vez de olhar para ela, dirigiu o olhar para o jornal que estava sobre o tatame.

De repente, como se quisesse enfrentá-lo, Umeko indagou:

— O que foi que você disse?

Surpreso com essa reação dela, Daisuke voltou no mesmo instante os olhos para a cunhada.

— Então... — continuou ela —, quando você tiver uma esposa, fique o dia todo em casa dando-lhe muito carinho, está bem?

Nesse momento, Daisuke tomou consciência pela primeira vez de que a pessoa com quem ele conversava era Umeko e que ele não era mais o Daisuke de antigamente. Diante disso, Daisuke passou a se esforçar para, na medida do possível, voltar a ser o de sempre.

No entanto, a mente de Daisuke só pensava em recusar o casamento e no desdobramento que isso acarretaria no seu relacionamento com Michiyo. Por esse motivo, por mais que tentasse agir normalmente durante a conversa com Umeko, de vez em quando se traía e soltava algum comentário que a surpreendia.

— Dai-san, tem alguma coisa errada com você hoje, não é? — perguntou, por fim, Umeko.

Daisuke, como sempre, pensou em diversas maneiras de se esquivar de responder a essa pergunta. No entanto, hoje ele não tinha vontade de fazer isso, pois achava que seria leviano e, de certo modo, trabalhoso. Resolveu então lhe devolver a pergunta e quis saber o que ela achava que havia de errado com ele. Umeko achou a pergunta tão tola que fez uma cara esquisita. No entanto, de tanto Daisuke insistir, Umeko finalmente enumerou alguns exemplos do que ela estranhava nele:

— Essa história de você dizer que seu irmão está sempre fora o faz supor que eu me sinta muito sozinha, e isso é atencioso demais de sua parte, não acha? — disse Umeko.

— Não é bem isso — retrucou ele. — É que conheço uma mulher que diz isso e, como tenho muita pena dela, quis saber a opinião de uma outra mulher. Não tive nenhuma intenção de caçoar de você.

— Verdade? Então, me diga quem é essa mulher?

— Não me sinto à vontade de revelar o nome.

— Então, procure o marido dela e o aconselhe a dar mais atenção para a esposa.

Daisuke esboçou um sorriso.

— Você também acha isso?

— É claro que sim.

— E se o marido dela não der a mínima para o que eu disser?

— Aí não tem jeito.

— Devo deixar isso de lado?

— O que pretende fazer, se não deixar isso de lado?

— Se é assim, você acha que ela tem alguma obrigação de cumprir o papel de esposa para com esse marido?

— Você não acha que está sendo muito radical? É claro que tudo vai depender do grau de indelicadeza do marido.

— E se a esposa gostar de outra pessoa?

— Aí já não sei. Mas que besteira! Se ela gosta de alguém, por que não o procurou desde o início?

Daisuke ficou quieto e se pôs a pensar. Depois de um tempo, disse:

— Nee-san.

O tom de voz profundo fez com que Umeko olhasse para ele assustada. E, mantendo esse tom de voz, ele continuou:

— Estou pensando em recusar esse casamento.

A mão de Daisuke, que segurava um cigarro, tremeu um pouco. Umeko, por outro lado, escutou o motivo da recusa com o rosto impassível. Daisuke prosseguiu sem se ater à expressão dela.

— Eu sempre lhe causei muitos transtornos com esse assunto de casamento e sei que estou lhe trazendo de novo muitas preocupações. Já tenho trinta anos e, como você mesma costuma dizer, eu bem que podia aceitar a recomendação; porém, como tenho algumas ideias, quero desistir desse casamento. Lamento pelo meu pai e pelo meu irmão, mas não tem outro jeito. A minha recusa não tem nada a ver com o fato de eu não ter gostado da pretendente. Outro dia, meu pai me aconselhou a pensar com cuidado no assunto. Mas, após muita reflexão, cheguei à conclusão de que a melhor coisa a fazer é desistir do casamento. Na verdade, hoje eu vim aqui para dizer isso a ele e, apesar de admitir a indelicadeza de minha parte, digamos que resolvi aproveitar essa nossa conversa para deixá-la a par do assunto, já que meu pai está ocupado atendendo às visitas.

Ao perceber a seriedade de Daisuke, Umeko não ousou interrompê-lo, como costumava fazer; no entanto, logo que ele terminou de falar, ela disse o que achava. Suas palavras foram bem simples, ditas numa frase bastante curta e direta:

— Saiba que isso será muito inconveniente para seu pai.

— Não se preocupe! Eu mesmo vou contar para ele.

— Mas é que a conversa já está adiantada.

— A conversa pode até estar adiantada, mas eu nunca cheguei a dizer que concordava.

— Mas também não deixou claro que não aceitava, não é mesmo?

— É isso que vim fazer aqui hoje.

Sentados frente a frente, Daisuke e Umeko mantiveram silêncio por um bom tempo.

Daisuke achou ter dito tudo que queria dizer. Mesmo porque jamais lhe passou pela cabeça expor o que se passava em seu íntimo. Por outro lado, Umeko tinha muitas perguntas a fazer e também muitas coisas que queria ouvir. No entanto, de repente ela se viu sem palavras por não conseguir relacionar, de forma coerente, suas dúvidas com a conversa que tiveram.

— Eu não saberia dizer até que ponto esse assunto avançou sem o seu conhecimento, mas creio que ninguém podia imaginar que você seria capaz de recusar com tanta veemência — disse finalmente Umeko.

— Por quê? — perguntou Daisuke, calmo e indiferente. Umeko franziu as sobrancelhas.

— Você me pergunta "por que", mas não se trata de um argumento.

— Mesmo não sendo, por favor, me diga.

— Por mais que você recuse, no final vai dar tudo na mesma — explicou Umeko.

Daisuke, todavia, não entendeu de imediato o que ela quis dizer com isso. Ele a olhou com um ponto de interrogação no rosto. Umeko tentou então explicar pela primeira vez o que ela pensava realmente sobre o assunto:

— O que estou tentando dizer é que, mais cedo ou mais tarde, você vai se casar, não é? E, já que é assim, o que adianta ficar recusando? Enquanto você continuar egoísta desse jeito, quem sofre é seu pai. E é por isso que, do jeito que você é, nem adianta lhe apresentar alguém, pois, seja lá quem for, nunca será de seu agrado; independentemente de quem seja, não fará diferença alguma. É inútil apresentar alguém para você.

Neste mundo não existe ninguém que possa agradá-lo. Por isso não seria melhor você se conformar e partir do pressuposto de que a esposa nunca será do seu agrado e aceitar o casamento? Se você ficar quieto e aceitar aquela que nós achamos ser a melhor, tudo se encaixará perfeitamente. É por essa razão que seu pai não o procurou para tratar dos pormenores. Afinal de contas, pelo ponto de vista dele, está mais que lógico que você vai aceitar o casamento. Se seu pai não fizer isso, é capaz de ele nunca chegar a conhecer o rosto de sua esposa, não é?

Daisuke escutava pacientemente o que a cunhada lhe dizia. E, mesmo após ela terminar, ele não conseguiu abrir a boca. Se tentasse contestá-la, com certeza a conversa ficaria cada vez mais complexa, pois sabia que sua cunhada jamais entenderia suas razões. Mas, por outro lado, ele não tinha nenhuma intenção de aceitar a opinião dela. De fato, ele estava ciente de que esse tipo de questão apenas faria com que os dois ficassem aborrecidos. Por isso, olhou para a cunhada e disse:

— Você não deixa de ter razão, mas como eu também tenho a minha opinião, por favor, me deixe em paz — o tom de sua voz denotava claramente o quão incômodo era a intromissão de Umeko. A cunhada, no entanto, não se fez de lograda:

— É claro que um homem como você, que não é mais uma criança, tem uma opinião própria. E, já que meus comentários são inoportunos e o incomodam, não vou dizer mais nada. Mas tente se colocar no lugar de seu pai. Se mesmo hoje você continua ganhando mensalmente o dinheiro para se sustentar, isso significa que você continua a incomodá-lo muito mais do que na época de estudante, não é? Você acha mesmo que alguém aprovaria essa sua atitude indolente de dizer que não precisa obedecer a ninguém só porque é adulto, se levasse em conta que você ainda vive às custas do seu pai?

Um pouco alterada, Umeko dava mostras de que continuaria batendo na mesma tecla, mas Daisuke a interrompeu:

— Mas, se eu me casar, vou acabar incomodando ainda mais o meu pai.

— Isso não vem ao caso, pois seu pai prefere assim.

— Então quer dizer que, para ele, já está mais que decidido que vou me casar com essa moça, mesmo não gostando dela?

— Mas isso é porque você não gosta de ninguém e, por mais que se procure por todo o Japão, essa pessoa não vai existir.

— O que faz você pensar assim?

Umeko lançou-lhe um olhar resoluto e respondeu:

— Você fala como se fosse um advogado.

Daisuke aproximou seu rosto empalidecido da orelha da cunhada e disse bem baixinho:

— Nee-san, estou gostando de uma mulher.

Não era de hoje que Daisuke costumava fazer esse tipo de brincadeira. No começo, Umeko levava a sério, tanto que certa vez ela chegou ao cúmulo de tentar descobrir secretamente quem era essa pessoa. E, quando ela descobriu a verdade, essa história de Daisuke dizer que gostava de uma mulher deixou de surtir efeito. Por esse motivo, quando Daisuke lhe disse isso, Umeko não lhe deu ouvidos. Muito pelo contrário, ela chegou a debochar dele. Daisuke, porém, não se importou. Para ele, a situação era muito especial e, a contar pela expressão de seu rosto, pelo seu olhar, pela energia contida no âmago de sua voz baixa e da conversa que estavam tendo, e por todas essas razões, Umeko não podia deixar de se surpreender. A cunhada percebeu nessa pequena frase o reluzir de um punhal.

Daisuke tirou o relógio sob a faixa de seu quimono e olhou as horas. Parecia que as visitas de seu pai não iriam embora tão cedo. O céu estava ficando de novo nublado. Daisuke achou melhor ir embora e voltar outro dia para falar com seu pai.

— Acho melhor voltar outro dia para falar com ele — disse ao se levantar.

Nesse ínterim, Umeko já estava recomposta. Umeko era uma mulher que se dispunha a ajudar as pessoas até o fim e não conseguia deixar as coisas pela metade. Por isso, ela tentou segurar Daisuke e, impedindo-o de ir embora, quis saber o nome dessa mulher. Daisuke, como sempre, não lhe deu essa informação. Ela continuou a insistir. E ele se manteve firme. Umeko então questionou o motivo de ele não se casar com ela.

Daisuke respondeu que não se casava com ela porque não era tão simples assim. Por fim, Umeko chorou. Ela sentiu ódio ao achar que ele se aproveitava da boa vontade das pessoas que queriam ajudá-lo. Censurou-o por ele não lhe ter contado isso desde o começo. Mas, por outro lado, demonstrou empatia ao dizer que lamentava muito essa situação. Mesmo assim, Daisuke não disse nada a respeito de Michiyo. Umeko, então, desistiu. Um pouco antes de Daisuke ir embora, ela perguntou:

— Se você pretende falar pessoalmente com seu pai é melhor eu não dizer nada, não é? — nem o próprio Daisuke sabia ao certo se seria melhor ela não dizer nada ou dizer tudo.

— Pois então... — hesitou. — De qualquer modo, vou ter de vir para recusar — disse Daisuke, e olhou para o rosto de Umeko.

— Se para você é melhor que eu fale, posso falar; mas, se isso não for bom, fico quieta e você mesmo conta tudo, não é melhor assim? — disse Umeko, demonstrando estar solícita.

— Conto com você — disse Daisuke ao ir embora.

Ao chegar à esquina, resolveu pegar o bonde para Shiocho com a intenção de caminhar por Yotsuya. Ao passar ao lado do campo de treinamento militar, notou que densas nuvens terminavam abruptamente do lado leste; o sol poente ainda iluminava toda a planície num intenso vermelho, fenômeno raro nas estações de chuva. Essa luz incidia sobre as rodas dos riquixás que corriam ao longe e, no girar das rodas, o aço reluzia. Em meio à planície, os riquixás pareciam pequeninos. E, quanto mais pareciam pequenos, maior se tornava a planície. O sol brilhava num intenso vermelho cor de sangue. Daisuke observava diagonalmente essa paisagem enquanto o bonde seguia cortando o vento. Sentiu uma leve vertigem na cabeça, que lhe pesava. Ao chegar ao ponto final, uma sensação desagradável — que a mente provocou no corpo ou que o corpo provocou na mente — o impeliu a descer rapidamente do bonde. Daisuke caminhou arrastando o guarda-chuva que trazia consigo para se precaver da chuva.

Enquanto caminhava, murmurou dentro de si que hoje ele acabara de destruir metade de sua vida. Até então, mantivera com tranquilidade uma distância comedida entre o pai e a cunhada. Contudo, chegava finalmente a hora de ele revelar seu verdadeiro eu para poder prosseguir. Ao mesmo tempo, sentiu que o desejo de obter as coisas materiais que outrora o satisfaziam havia diminuído. No entanto, agora não tinha como voltar atrás. Porém, para prosseguir, ele teria de enganar seu pai. Em seu íntimo, Daisuke zombou do que ele tinha sido até então. Quis a todo custo se convencer de que a confissão desse dia destruíra metade de sua vida. E, como uma reação ao golpe que com certeza levaria, desejou ardentemente proteger Michiyo.

Daisuke queria estar preparado para enfrentar seu pai para que, da próxima vez que o encontrasse, não recuasse um passo sequer. Por isso temia que seu pai o chamasse antes de ele se encontrar com Michiyo. Daisuke se arrependeu de ter dado liberdade para a cunhada decidir se deveria ou não contar a seu pai sobre sua decisão. Se ela falasse com o pai de Daisuke hoje à noite, possivelmente ele o mandaria chamar na manhã seguinte. Nesse caso, Daisuke teria de se encontrar com Michiyo ainda essa noite para poder se declarar. Mas, por ser noite, achou que não seria conveniente.

Quando desceu em Tsunokami, já era noite. Ao caminhar na direção do fosso, passou em frente à escola militar e, após umas duas ou três quadras, seguiu os trilhos do bonde, em vez de virar a Sadaharacho. Ele não conseguiria voltar para casa e passar, como sempre, uma noite tranquila enfurnado no gabinete. Do outro lado do fosso, na parte alta do dique, havia uma fileira de pinheiros escuros a perder de vista; na base desse dique passavam bondes. Daisuke se sentiu leve ao ver a rapidez com que os bondes, que pareciam umas caixas quase sem peso, iam e vinham deslizando nos trilhos sem nenhuma resistência. Em contrapartida, odiou o vaivém dos bondes da linha que circulava ao redor do fosso do castelo, pois eles, por transitarem na rua em que estava, faziam mais barulho. Quando chegou a Ushigomemitsuke, notou alguns pontinhos de luz no meio da distante floresta de Koishikawa. Daisuke nem parou para pensar em jantar e continuou sua caminhada em direção a Michiyo.

Após caminhar vinte minutos, subiu a ladeira Andozaka, que dava em frente às ruínas do templo Dentsuin. Passou por uma alameda de árvores enormes e frondosas e, ao virar à esquerda e se aproximar da casa de Hiraoka, reconheceu, com certa familiaridade, a cerca de madeira, de cujas frestas escapavam feixes de luz. Daisuke se aproximou da cerca para espreitar a casa. Por um tempo, não se ouviu nenhum barulho no interior dela. Daisuke entrou pelo portão e, do lado de fora da grade da porta, pensou em chamar Michiyo. Nisso, escutou alguém dar uma palmada na canela, próximo da varanda. Em seguida, a pessoa se levantou e foi para os fundos da casa. Um pouco depois, escutou vozes. Não conseguiu entender o que diziam, mas tinha certeza de que eram de Hiraoka e Michiyo. Passado um tempo, as vozes silenciaram, e ele escutou de novo passos em direção à varanda e o nítido barulho de alguém se sentando pesadamente. No mesmo instante, Daisuke se afastou da cerca e seguiu na direção oposta a que veio.

Durante algum tempo, Daisuke esteve tão afoito que não sabia por onde e nem como estava caminhando. Em sua mente, a cena que acabara de presenciar dançava como que em ebulição. Quando o bailado se tornou menos frenético, percebeu o quão vergonhosa fora sua atitude. Estranhou essa sua atitude tão vulgar de sair correndo como que amedrontado. Em pé, numa rua estreita e escura, Daisuke sentiu-se feliz em ver que o mundo estava sendo dominado pela noite. Porém, quanto mais caminhava, mais o ar pesado desse período de chuvas de verão o sufocava. Ao chegar à ladeira Kagurazaka, seus olhos se ofuscaram. As inúmeras pessoas que passavam ao seu redor e as inúmeras luzes desse local queimavam sua mente. Daisuke subiu a Waradana como que para fugir disso.

Ao voltar para casa, Kadono o recebeu com a mesma cara insossa de sempre e perguntou:

— Puxa, que tarde! Sensei já jantou?

Daisuke disse que não estava com fome e não ia jantar, e praticamente expulsou Kadono do gabinete. Minutos depois, bateu palmas para chamá-lo de volta.

— Algum mensageiro lá de casa veio aqui?

— Não.

— Então... Está bem — respondeu sucintamente Daisuke.

Kadono continuou em pé na porta como que aguardando algo mais, e aí perguntou:

— Como assim, sensei? Não estava lá até agora?

— Por quê? — perguntou Daisuke, com uma cara pouco simpática.

— Ué? Foi sensei mesmo que disse isso antes de sair.

Daisuke não estava com paciência de aturar Kadono.

— Eu estive lá. E, se não veio nenhum mensageiro, é o que basta.

— Ah, é? — respondeu Kadono, de forma evasiva, e se retirou.

Como seu pai era muito mais intransigente com ele do que com qualquer outra pessoa do mundo, Daisuke temeu que o pai tivesse mandado alguém vir atrás dele assim que saíra de lá, por isso se certificou com Kadono. Assim que Kadono se retirou para o quarto de empregado, Daisuke decidiu que precisava se encontrar com Michiyo, impreterivelmente, no dia seguinte.

Nessa noite, Daisuke ficou deitado, procurando encontrar um jeito de se encontrar com Michiyo. Ele achou que, se enviasse uma carta por meio de um condutor de riquixá pedindo para que ela viesse encontrá-lo, Michiyo com certeza viria; no entanto, após a conversa que ele teve com a cunhada, temia que esta ou mesmo o irmão viesse procurá-lo no dia seguinte. Por outro lado, ter de ir até a casa de Hiraoka para encontrar Michiyo o fazia sofrer. No final das contas, achou que a única solução seria se encontrar com ela num local que fosse neutro para ambos.

Durante a madrugada, a chuva engrossou. O intenso barulho da chuva envolvia a casa e fazia com que ele sentisse frio ao olhar para o mosquiteiro pendurado. Daisuke aguardou o dia amanhecer como que embrulhado nesse som.

No dia seguinte, continuou a chover. Enquanto observava, de pé na varanda molhada, o céu escuro, Daisuke resolveu mudar o plano da noite anterior. Não lhe agradava a ideia de convidar Michiyo para se encontrar com ele em alguma casa de chá. O que Daisuke realmente queria era se encontrar com Michiyo sob o céu ensolarado, mas com esse tempo seria difícil. E, como ele não tinha nenhuma intenção de ir até a casa de Hiraoka, concluiu que a única solução seria chamá-la para vir até sua casa. A presença de Kadono poderia atrapalhar um pouco, mas achou possível contornar a situação desde que tomasse alguns cuidados para que a conversa não vazasse e fosse ouvida do quarto do rapaz.

Absorto em pensamentos, Daisuke ficou observando a chuva até um pouco antes do almoço. Mal terminou de almoçar, colocou a capa de borracha e saiu. Caminhando na chuva, desceu a ladeira Kagurazaka e telefonou para a casa de Aoyama. E deixou bem claro que passaria por lá no dia seguinte. Quem atendeu, foi a cunhada. Ela lhe disse que ainda não contara nada para o pai e que, por isso, talvez fosse o caso de ele pensar melhor sobre o assunto. Daisuke agradeceu e colocou o fone de volta no gancho. Depois, ligou para o jornal em que Hiraoka trabalhava para verificar se ele estava na empresa. Informaram que sim. Daisuke enfrentou de novo a chuva, mas dessa vez subindo a ladeira. Entrou numa floricultura e comprou alguns lírios brancos bem grandes para levar para casa. Distribuiu as flores, ainda molhadas, em dois vasos. As que não couberam, ele cortou a haste e, após colocar água naquele vaso que usara outro dia, jogou-as de qualquer jeito dentro dele. Depois, sentou em frente à escrivaninha para escrever uma carta para Michiyo. A mensagem era bem sucinta. Dizia apenas que precisava falar com ela urgentemente e pedia para que viesse até sua casa.

Daisuke bateu palmas para chamar Kadono. Este apareceu farejando de forma ruidosa e, ao receber a carta, exclamou:

— Hum... Que cheiro bom!

Daisuke insistiu:

— Vá de riquixá e traga Michiyo, entendeu?

Kadono saiu na chuva em direção ao local onde costumava contratar os riquixás.

Enquanto observava os lírios, envolto em sua forte fragrância, Daisuke se abandonou por completo. E, em meio a esse estímulo olfativo, pôde ver claramente o passado de Michiyo. E, nesse passado, percebeu que a sombra de seu antigo eu era como uma fumaça a pairar em torno dela. Pouco depois, disse para si próprio: "Hoje, pela primeira vez, voltarei a ser o que fui no passado." E uma imensa paz percorreu o seu ser, como havia muito não ocorria. Em seguida, indagou a si próprio o motivo de não ter feito isso antes e de ter sempre resistido à natureza. Em meio à chuva, à fragrância dos lírios e ao passado resgatado, encontrou uma vida pacífica, totalmente imaculada. Uma vida que, em todos os sentidos, era desprovida de egoísmo, interesses e moralismos opressores. Uma vida livre e solta como as nuvens a pairar e as águas a fluir. Uma vida realmente feliz. E que tornava tudo muito mais belo.

De repente, Daisuke despertou do sonho e sentiu uma intensa e infinita angústia, gerada por esse instante de felicidade. Seus lábios perderam a cor; em silêncio, ele observava suas mãos, cujo sangue parecia tremer enquanto fluía por sob as unhas. Daisuke se levantou e foi para perto dos lírios. Aproximou os lábios, quase que a encostá-los nas pétalas, e inalou sua forte fragrância até ficar tonto. Queria inalar todas as flores, uma a uma, até desmaiar e se estatelar no chão, de tão sufocado pela fragrância adocicada. Resolveu então cruzar os braços e andar, de um lado para outro, do gabinete para a sala de estar. Seu peito sentia o coração palpitar. Ocasionalmente, Daisuke ficava em pé, parado ao lado da cadeira ou de frente para a mesa. Depois, recomeçava a andar. Tamanha inquietude, além de não deixá-lo parado por muito tempo num só lugar, também o instigava a parar onde quer que fosse, para que pudesse refletir.

O tempo foi passando. Daisuke olhava a todo o momento para os ponteiros do relógio de mesa. E, como que para espiar a chuva lá fora, ia até o beiral do telhado. As gotas de chuva continuavam a cair perpendicularmente ao chão, e o céu estava um pouco mais escuro do que antes. Nuvens sobrepostas pareciam formar um redemoinho, ameaçando invadir a terra a qualquer momento. Nesse exato instante, um riquixá, a reluzir sob a chuva, adentrou o portão. Quando o som das rodas, sobrepondo-se ao barulho da chuva, alcançou os ouvidos de Daisuke, seu rosto empalidecido esboçou um sorriso e sua mão direita pousou sobre o peito.

Conduzida por Kadono, Michiyo adentrou a varanda e atravessou o corredor. Ela vestia um quimono de seda azul-marinho com listras brancas e um obi, sem forro, com motivos em arabesco. Esta sua aparência, diferente da última vez em que a viu, causou uma impressão nova em Daisuke. A cor de sua tez, como sempre, não estava boa; e, quando Michiyo chegou à soleira da sala de estar e eles se entreolharam, pareceu-lhe de repente que ela perdera os movimentos dos olhos, sobrancelhas e boca. E também seus pés pareciam paralisados diante da porta. Michiyo já devia estar desconfiada do motivo de ele tê-la chamado. E nessa expectativa havia medo, alegria e preocupação. O rosto de Michiyo transbordava essa expectativa desde o momento em que desceu do riquixá e foi conduzida à sala de estar, onde ela abruptamente se imobilizou, tamanho o impacto que a presença de Daisuke lhe provocou.

Daisuke apontou uma cadeira. No mesmo instante, Michiyo se sentou na cadeira indicada. Ele se sentou em frente a ela, e os dois, enfim, ficaram cara a cara. Durante um bom tempo, porém, mantiveram silêncio.

— Você queria falar comigo? — Michiyo finalmente quebrou o silêncio.

— Sim — limitou-se Daisuke a responder, e os dois ficaram outra vez em silêncio por um bom tempo, escutando o barulho da chuva.

— É algo urgente? — foi de novo Michiyo quem quebrou o silêncio.

— É.

Nenhum dos dois conseguia conversar com naturalidade, como sempre faziam. Daisuke sentiu vergonha de ter de beber algo alcoólico para se declarar, pois já decidira que teria de estar sóbrio quando lhe fosse abrir seu coração. No entanto, ao vê-la sentada em sua frente, sentiu pela primeira vez o quanto cairia bem um gole de álcool. Pensou em ir discretamente até a sala ao lado e virar um copo de seu uísque habitual, mas não conseguiu levar adiante esse impulso. Para ele, o ideal seria se declarar com seu jeito de sempre, sob um céu azul e em plena luz do sol. Daisuke achava que construir uma barreira protetora chamada embriaguez para se sentir audacioso, era uma atitude covarde e cruel, que terminaria insultando o outro. Ele não podia mais manter uma postura moralista diante dos costumes prezados pela sociedade, mas nem por isso tinha a intenção de ser imoral com Michiyo. O amor de Daisuke por Michiyo era tão grande que não havia espaço para vulgaridades. No entanto, quando Michiyo lhe perguntou o que ele queria lhe dizer, Daisuke não conseguiu se abrir de imediato. Na segunda vez que ela lhe perguntou, ficou ainda mais hesitante. Na terceira, vendo-se encurralado, disse:

— Então... Vamos conversar com calma — e acendeu um cigarro.

Quanto mais o assunto era protelado, mais pálido ficava o rosto de Michiyo.

A chuva continuava forte, intensa e barulhenta ao cair sobre a terra. Graças à chuva e ao barulho dos pingos, os dois puderam se isolar do mundo, e também de Kadono e da velha senhora, que moravam na mesma casa. A sós, estavam selados na sala dos perfumados lírios brancos.

— Acabei de comprar essas flores — disse ele, olhando ao redor.

Michiyo acompanhou o olhar de Daisuke por toda a sala. Depois, ela inspirou profundamente.

— Quis lembrar o tempo em que você e seu irmão moravam em Shimizucho, por isso as comprei — continuou Daisuke.

— Que perfume agradável! — exclamou Michiyo, como que para mudar de assunto, enquanto observava as pétalas grandes dos lírios. Entretanto, quando seu olhar se desviou para Daisuke, seu rosto ficou levemente ruborizado.

— Quando me lembro daquela época... — disse Michiyo, sem terminar a frase.

— Você se lembra?

— Lembro.

— Você usava umas golas extravagantes e penteava o cabelo em estilo *ichogaeshi*.

— Ah! Mas isso foi quando eu tinha acabado de vir para Tóquio. Logo deixei de usá-los.

— Mas, se não me engano, naquele dia que você trouxe os lírios, você também estava com esse penteado, não é?

— Puxa! Você notou? Foi só naquele dia.

— Foi só naquele dia que você se penteou daquele jeito?

— É. Me deu vontade.

— Quando a vi com aquele penteado, lembrei-me do passado.

— É mesmo? — disse timidamente Michiyo.

Na época em que Michiyo morava no bairro Shimizucho, e eles já tinham certa amizade, Daisuke chegou a elogiar esse penteado que ela usava quando veio para Tóquio. Nessa ocasião, Michiyo riu e, depois, nunca mais o usou. Ainda hoje, os dois se lembravam muito bem disso, mas não ousaram verbalizar.

O irmão de Michiyo era um amigo muito querido de Daisuke, principalmente porque era generoso e cordial no trato com as pessoas. E ele também considerava Daisuke um amigo do peito. Esse irmão, generoso por natureza, tinha um carinho muito especial pela irmã. E, mais do que a obrigação de lhe proporcionar educação — o que de fato o fez trazê-la do interior para morarem juntos na mesma casa —, quis zelar pelo futuro dela e também mantê-la por perto. Antes de trazer a irmã, ele comentou com Daisuke essa sua intenção. Naquela época, Daisuke acolheu essa ideia com uma grande expectativa, típica de um jovem.

Após a chegada de Michiyo, o irmão dela e Daisuke ficaram cada vez mais próximos. Daisuke não saberia dizer qual dos dois é que impulsionou a amizade. Toda vez que se lembrava da época em que o irmão dela faleceu, Daisuke não podia deixar de ignorar a existência de alguma intenção por detrás dessa intimidade. Algo que o irmão dela acabou não revelando. Daisuke, por sua vez, também nunca tocou nesse assunto. E o que os dois pensavam acabou enterrado e perpetuado como um segredo entre eles. Daisuke também não sabia dizer se, antes de morrer, o irmão comentara sobre isso com Michiyo. As suspeitas de Daisuke eram apenas intuitivas, suscitadas sobretudo pelo comportamento e pelo modo como Michiyo costumava falar.

O irmão de Michiyo considerava Daisuke um homem de bom gosto. Nesse sentido, a sensibilidade desse irmão não podia ser considerada acima da média. Quando algum assunto se aprofundava, ele dizia não saber e evitava entrar em discussões desnecessárias. Foi nessa época que o irmão de Michiyo descobriu, não se sabe onde, o termo *arbiter elegantiarum*[83] e passou a usá-lo a torto e a direito

83. Árbitro das elegâncias, em latim. Segundo Tácito (*Anais* XVI, 18), título dado a Petrônio pelo imperador Nero. A frase é usada para designar pessoa de bom gosto˙ [N.C.: José Rodrigues Seabra Filho]

como apelido para Daisuke. Michiyo ficava quietinha no cômodo ao lado escutando as conversas entre eles. De tanto ouvir, Michiyo aprendeu a falar *arbiter elegantiarum* e, certo dia, quando ela perguntou ao irmão o que isso significava, este ficou surpreso.

O irmão de Michiyo praticamente delegou a Daisuke a educação da irmã e, para que este pudesse alumiar a inteligência dela, procurava proporcionar oportunidades para que os dois se aproximassem. Daisuke não se esquivou dessa incumbência. Ao rever essa situação, Daisuke reconheceu indícios de que ele é que desejara assumir essa responsabilidade. Desde o começo, Michiyo recebeu suas orientações de muito bom grado. E assim os três giravam, mês a mês, como uma roda de três raios. Consciente ou inconscientemente, conforme a roda girava, os raios foram se aproximando cada vez mais para formar um círculo bem redondo, mas de repente um deles se quebrou, desestabilizando os outros dois.

Daisuke e Michiyo ficaram bem à vontade conversando sobre o passado de cinco anos atrás. E, conforme a conversa ia deslanchando, foram se distanciando do presente e voltando a reviver o tempo em que eram estudantes, tempo em que os dois estavam mais próximos.

— Se meu irmão não tivesse morrido e estivesse bem até hoje, como será que eu estaria? — perguntou Michiyo, como que com saudades daqueles tempos.

— Se seu irmão estivesse bem, você acha que teria se tornado uma outra pessoa?

— Eu não seria uma outra pessoa, mas e você?

— Eu também não.

— Que mentira! — repreendeu Michiyo.

Daisuke fitou Michiyo e respondeu:

— Eu não mudei nada. Nem antes e nem agora — disse, sem tirar os olhos dela. Michiyo desviou o olhar e, meio que para si própria, comentou:

— Se bem que, mesmo naquela época, você já não era o mesmo.

A voz de Michiyo estava muito baixa para uma conversa casual. Daisuke tentou retomar rapidamente a conversa, como se pisasse numa sombra prestes a sumir:

— Eu não mudei. Você é que acha isso. Não posso fazer nada se você pensa assim, mas saiba que está equivocada.

Daisuke partiu para sua autodefesa com maior ímpeto, e sua voz estava bem mais alta do que o normal. Em contrapartida, a voz de Michiyo foi ficando cada vez mais baixa:

— O que importa eu estar ou não equivocada?

Daisuke olhou para Michiyo sem dizer nada. Ela estava com os olhos voltados para baixo. Daisuke notou claramente que seus cílios tremiam.

— Eu preciso de você na minha vida. Preciso muito. E foi para lhe dizer isso que pedi para que você viesse aqui hoje.

As palavras de Daisuke não soavam como uma declaração leviana de um amante qualquer. Suas palavras, assim como seus gestos, evidenciavam sua sinceridade, desprovida de malícia. Havia algo de solene. Mas tê-la chamado com urgência para lhe dizer apenas isso tinha uma poética pueril[84]. Michiyo, porém, era uma mulher capaz de abstrair e entender o motivo de ele a ter chamado com urgência, embora ela não apreciasse esses romances populares, bem água com açúcar, repletos de diálogos juvenis. Era fato que as palavras de Daisuke não haviam provocado nenhum tipo de encantamento em Michiyo, e também que ela não estava sedenta por esse tipo de encantamento. Mas as palavras de Daisuke ultrapassaram a barreira dos sentidos e atingiram diretamente o coração de Michiyo. E, por entre os cílios, que tremiam, escorreram lágrimas.

— Eu queria muito que você soubesse disso. Por favor, entenda.

Michiyo chorou mais ainda. Não havia condições de lhe dar nenhuma resposta. Ela tirou o lenço da manga do quimono e o levou ao rosto. Daisuke apenas conseguia ver parte das sobrancelhas escuras, a testa e a linha dos cabelos. Nisso, Daisuke deslocou a cadeira para perto dela e lhe disse ao pé do ouvido:

---

84. Em japonês, a expressão é "omochano shikani ruishiteita" (*omocha* = brinquedo; *shika* = poesia chinesa e japonesa; *ruishiteita* = semelhante a). A combinação de "poesia" (ato criativo) e "brinquedo" (objeto para se divertir e brincar com a imaginação) ressalta a criança criativa que existe no homem. [N.T.]

— Por favor, diga que você me aceita.

Michiyo manteve o lenço sobre o rosto e, soluçando, disse por detrás do lenço:

— Isso é demais para mim!

Essa frase entrou pelos ouvidos dele como uma corrente elétrica. Daisuke percebeu que já era tarde demais para se confessar e que o certo teria sido que o houvesse feito antes de ela ter se casado com Hiraoka. Para ele, era penoso escutar essa frase, entremeada com as lágrimas de Michiyo.

— Eu sei que devia ter lhe dito isso há três ou quatro anos atrás — disse Daisuke e, abatido, calou-se.

Michiyo tirou o lenço do rosto e, com as pálpebras vermelhas, olhou para Daisuke. Em seguida, disse:

— Você não precisava ter feito isso, mas me diga por que fez. — Após hesitar um pouco, ela tomou coragem e continuou: — Por que você me abandonou? — e mal acabou de falar, cobriu de novo o rosto com o lenço e chorou.

— Eu errei. Perdoe-me, por favor.

Daisuke segurou o pulso de Michiyo tentando tirar-lhe o lenço do rosto. Ela não fez nenhuma resistência. O lenço caiu-lhe sobre o colo, e Michiyo, com os olhos voltados para o lenço, disse com uma voz tênue:

— Você é cruel — seus lábios finos tremeram.

— Não posso culpá-la por me achar cruel. Por conta disso, fui punido.

Michiyo ergueu o rosto com um olhar surpreso e perguntou:

— Por quê?

— Você já está casada há mais de três anos e eu ainda continuo solteiro.

— Mas isso é porque você não quer.

— Não se trata de não querer. Mesmo que eu quisesse, não conseguiria. Depois que você se casou, perdi as contas de quantas vezes minha família quis que eu casasse. E recusei todas as pretendentes. Agora mesmo recusei de novo mais uma. Por conta disso, não sei como será meu relacionamento com meu pai daqui para frente. Mas isso não me importa, pois não vou me casar com ela. Enquanto você continuar me punindo, vou ter de recusar.

— Punir? — disse Michiyo. Seus olhos se movimentaram agitados como que temessem essa palavra. — Mesmo casada, sempre desejei que você se casasse logo — disse num tom sério. No entanto, Daisuke não lhe deu ouvidos.

— Não! Quero que você judie de mim o quanto quiser. Essa é a verdade. Eu a chamei aqui para lhe abrir meu coração, e isso foi, com certeza, um jeito de você me punir. Penso que o que fiz hoje foi como cometer um crime perante a sociedade, mas transgredir a sociedade não é novidade para mim. E, se o fato de eu cometer um crime perante a sociedade significa ter a chance de me redimir perante você, para mim é o que basta. Não existe felicidade maior do que essa.

Michiyo sorriu pela primeira vez em meio às lágrimas. No entanto, não disse uma única palavra. Daisuke aproveitou esse instante para se abrir.

— Sei que lhe dizer isso agora é cruel. Mas o que posso fazer se, quanto mais cruel isso lhe soar, maior será o meu sucesso pelo fato de você estar me judiando? Saiba que eu não poderia mais viver se não lhe revelasse essa crueldade. Reconheço que estou sendo egoísta. Por isso, peço-lhe perdão.

— Você não é cruel, por isso pare de me pedir perdão.

De repente, Michiyo pareceu ter ficado mais segura. Estava triste, mas, comparado com alguns minutos atrás, demonstrava muito mais serenidade. Porém, seus olhos voltaram a se encher de lágrimas quando ela disse:

— Se você tivesse me dito isso um pouco mais cedo!

Daisuke, então, indagou:

— Quer dizer então que você seria mais feliz se eu nunca tivesse lhe dito isso?

— Não! — negou Michiyo com veemência. — Se você não tivesse dito isso, talvez eu não possuísse mais forças para viver.

Dessa vez, foi Daisuke quem sorriu.

— Então está tudo bem?

— Em vez de dizer que está tudo bem, eu diria que estou grata. Mas é que...

— Mas é que você sente muito pelo Hiraoka, não é?

Michiyo concordou, apreensiva. Daisuke então perguntou:

— Por favor, Michiyo-san, me responda com toda a franqueza. Você ama o Hiraoka?

Michiyo não respondeu. Ela ficou pálida, seus olhos e sua boca pareciam congelados. A expressão de seu rosto era de total sofrimento. Daisuke fez outra pergunta:

— E Hiraoka? Você acha que ele a ama?

Michiyo continuava cabisbaixa. Quando Daisuke ia lhe dizer o que achava sobre isso, Michiyo levantou o rosto. E nesse seu rosto praticamente não se viam mais as incertezas e o sofrimento de até então. Até mesmo as lágrimas haviam secado. Seu rosto ainda continuava pálido, mas seus lábios não davam indícios de que se moveriam. E, entre os lábios cerrados, palavras independentes entre si eram ditas num tom baixo e pesaroso:

— Não tem outro jeito. Vamos pôr um ponto final.

Daisuke tremeu como se alguém tivesse jogado um balde de água fria em suas costas. Os dois, cujas almas estavam prestes a serem banidas pela sociedade, entreolharam-se em silêncio por um bom tempo. E, juntos, sentiram medo dessa força existente neles, capaz de ir contra tudo e todos.

Decorrido um tempo, Michiyo, subitamente apavorada, cobriu seu rosto com as mãos e caiu em prantos. Não suportando ver Michiyo chorar, Daisuke ficou de joelhos e, com a mão apoiada na testa, cobriu o próprio rosto com os dedos. E permaneceram imóveis, cada qual mantendo sua respectiva posição, como se retratassem estátuas do amor.

Enquanto permaneciam em silêncio, uma tensão espiritual se apossou deles como se cinquenta anos tivessem sido compactados diante de seus olhos. E, apesar de sentirem essa tensão, em nenhum momento perderam a consciência de que estavam juntos, lado a lado. Os dois passaram a sentir na pele as agruras e as bênçãos do amor.

Um tempo depois, Michiyo enxugou as lágrimas com o lenço e, calmamente, disse:

— Eu já vou.

— Está bem. Acho melhor você voltar — concordou Daisuke.

A chuva estava bem fraca, mas Daisuke fez questão de acompanhá-la. E não contratou um riquixá para que ele próprio pudesse levá-la. Despediram-se sobre a ponte Edogawa, que ficava perto da casa de Hiraoka. Daisuke ficou em pé sobre a ponte observando Michiyo caminhar até ela virar uma rua secundária. Depois, voltou tranquilamente para casa, pensando: "Está tudo acabado!"

No final da tarde, a chuva parou; ao anoitecer, as nuvens pareciam correr e uma lua clara, como que recém-lavada, surgiu no céu. Do terraço, Daisuke observou as folhas úmidas do jardim, iluminadas pela claridade da lua; pouco depois, calçou o tamanco e desceu ao jardim. Daisuke não tinha muito que andar, pois o espaço não era muito grande e havia muitas árvores; em pé, no meio do jardim, ergueu os olhos para observar o céu imenso. Por fim, apanhou os lírios brancos que comprara à tarde, espalhando suas pétalas ao redor. As pétalas brancas se espalharam pelo chão refletindo a luz da lua. Algumas pétalas sob a sombra das árvores também podiam ser vistas como pontinhos de luz. Daisuke se agachou e assim permaneceu um bom tempo.

Na hora de dormir, passou de novo pela sala de estar. O ambiente ainda continuava impregnado do perfume das flores.

15

Após se encontrar com Michiyo e ter-lhe dito tudo que precisava dizer, Daisuke sentia que alcançar a tão almejada paz de espírito era bem mais plausível do que imaginava antes do encontro, apesar de saber da possibilidade de isso acontecer e o resultado não lhe ser de todo inesperado.

No dia seguinte ao encontro, ele acordou convicto de que jogara com determinação os dados que tinha nas mãos. Estava ciente de que passara a assumir desde ontem certa responsabilidade para com sua vida e a de Michiyo, mas ter assumido esse peso por iniciativa própria não o fazia sofrer; muito pelo contrário, essa responsabilidade a lhe pesar nas costas é que o impelia a seguir em frente, a caminhar com seus próprios pés. E, consciente de que ele próprio cavara para si essa fração do destino, preparou-se para enfrentar o pai na batalha final. Depois do pai, precisaria enfrentar o irmão, a cunhada, e ainda Hiraoka. E, mesmo após se desvencilhar de todos eles, teria de enfrentar toda uma sociedade. Uma sociedade que, tal qual máquina, era incapaz, mesmo que minimamente, de tolerar a liberdade individual e discernir os sentimentos pessoais. Daisuke enxergava essa sociedade como que mergulhada na mais absoluta escuridão. E decidiu enfrentar tudo e todos.

O próprio Daisuke se surpreendeu com tamanha coragem e disposição que existiam dentro dele. Até então, ele se considerava um perfeito cavalheiro, cauteloso e pacífico, que detestava atitudes extremadas, incapaz de se expor ao perigo e que odiava desafios. E, a despeito de nunca ter praticado um ato covarde, sua consciência não o deixava negar que ele era, de fato, ignavo.

Daisuke era assinante de uma conhecida revista estrangeira. Num de seus números, um artigo intitulado *Mountain Accidents* o deixou muito assustado. O artigo citava inúmeros acidentes e erros praticados por aventureiros que costumavam escalar montanhas altas. Contava, por exemplo, a história de um homem que, durante uma escalada, foi soterrado por uma avalanche, e seus ossos só foram encontrados, cravados no pico de uma geleira, decorridos quarenta anos. Uma outra história relatava que quatro aventureiros escalavam um penhasco e que, ao se depararem com uma rocha íngreme e lisa, resolveram subir um no ombro do outro, feito macacos, para que o de cima pudesse alcançar o topo; porém, mal este colocou as mãos na parte superior, a rocha desmoronou e, ao romper a corda amarrada na cintura, os três de cima despencaram de ponta-cabeça penhasco abaixo, passando ao lado do quarto homem. E entre tantas outras histórias havia o desenho de uma montanha que, de tão íngreme, lembrava um muro de tijolos. Nessa montanha havia uns dois, três homens grudados na encosta como se fossem morcegos. Ao imaginar o imenso céu e os vales profundos ao lado desse precipício, Daisuke não pôde evitar que sua mente, ao reproduzir essa cena, sentisse vertigens provocados pelo medo.

Daisuke sabia que, no mundo moralista em que vivia, sua situação era idêntica a desses alpinistas. E mesmo assim ele não se sentia nem um pouco hesitante. Muito pelo contrário, o que lhe causaria real sofrimento seria justamente o fato de hesitar e protelar a situação.

O que ele mais desejava agora era conversar logo com o pai. E, temendo novos contratempos, telefonou novamente para o pai, no dia seguinte ao que se encontrou com Michiyo, para perguntar quando ele poderia recebê-lo. Informaram que o pai não estava em casa. No outro dia, ligou de novo, e aí o próprio pai disse que não poderia recebê-lo por já ter um compromisso. Na terceira vez, o pai pediu para que Daisuke o aguardasse retornar o telefonema. Daisuke esperou conforme as ordens do pai. Nesse ínterim, não teve nenhuma notícia da cunhada nem do irmão. No começo, ele se conformou com a situação por achar que sua família estava usando essa estratégia para forçá-lo a fazer um exame de autoconsciência e reconsiderar a questão. Comeu com gosto as três refeições. À noite, teve sonhos relativamente agradáveis. Por duas vezes caminhou com Kadono nos intervalos entre as chuvas. Durante esse período, não recebeu nenhum mensageiro ou carta de sua casa. O longo tempo de espera em meio ao precipício começou a inquietá-lo. Decidiu então ir por conta própria até Aoyama.

O irmão, como era de se esperar, não estava em casa. A cunhada, ao vê-lo, esboçou no rosto uma expressão de comiseração e evitou tocar no assunto que conversaram outro dia. Ao saber do motivo da vinda de Daisuke, ela se levantou dizendo que iria até os fundos perguntar se o pai poderia recebê-lo. A atitude de Umeko poderia ser interpretada tanto como para protegê-lo da ira do pai quanto de indiferença. Sem saber qual seria a opção verdadeira, Daisuke esperou apreensivo o retorno da cunhada e, enquanto aguardava, tentava se convencer, repetindo várias vezes para si mesmo, que ele estava lá decidido e disposto a tudo.

Umeko demorou a voltar. E assim que o viu lamentou ter de dizer que hoje o pai estava ocupado. Sem outra opção, Daisuke sondou com a cunhada quando poderia voltar. Dessa vez, a pergunta soou desanimada, de forma diferente da que fizera ao chegar. Umeko, como que sensibilizada pela tristeza de Daisuke, prometeu que dentro de uns dois ou três dias ela mesma lhe informaria o dia e o horário mais apropriados para o seu retorno, e achou que hoje seria melhor ele ir embora. Umeko acompanhou-o até a saída; quando ele deixava o terraço interno, ela disse:

— Pense melhor até o dia em que for voltar.

Daisuke saiu pelo portão sem dizer nada.

A tristeza tomou conta dele durante todo o caminho de volta. Enquanto voltava para casa, intensificou-se o sentimento de que a atitude da cunhada e do pai destruiu parte daquela paz que sentia desde o encontro com Michiyo. Daisuke tinha a intenção de dizer ao pai o que pensava, e este lhe abriria seus pensamentos. No final, os dois entrariam em conflito e, independentemente do resultado desse conflito, Daisuke pretendia suportá-lo com coragem até as últimas consequências. Essa era a expectativa de Daisuke. E tudo levava a crer que o comportamento de seu pai seria muito mais desagradável do que ele podia prever. Essa conduta refletia o caráter de seu pai que, por si só, lhe era bem desagradável.

Durante o caminho, Daisuke se lembrou do motivo de ele estar com tanta pressa de conversar com seu pai. A princípio, seu pai é que precisava obter sua resposta; era ele, portanto, quem deveria ser o mais interessado. Se mesmo assim seu pai protelava encontrá-lo, quem saía prejudicado era o próprio Daisuke, por não conseguir resolver o problema. Para Daisuke, a coisa mais importante que precisava fazer quanto ao seu futuro estava resolvida. Ele, então, decidiu deixar as coisas como estavam e aguardar seu pai marcar o dia e a hora para se encontrarem.

Daisuke chegou em casa. Do seu pai, restara uma leve e desagradável sombra, que continuava a pairar em sua mente; e era um tipo de sombra que, num futuro bem próximo, tenderia a se tornar cada vez mais sombria. Ainda mais que o próprio Daisuke admitia que seu destino se desdobrava claramente em dois caminhos: um apontava para a vida que ele e Michiyo teriam dali para frente; o outro sinalizava algo terrível, que, fatalmente, envolveria ele e Hiraoka. Entretanto, após conversar com Michiyo, Daisuke ignorou este último. Nesse sentido, mesmo que decidisse reencontrar Michiyo — e ele não pretendia ficar muito tempo sem vê-la —, faltava-lhe discernir qual seria o próximo passo a tomar para tirá-los dessa situação. Ele ainda não tinha nenhum plano em mente. E, mesmo em relação ao que poderia se passar entre ele e Hiraoka, a única certeza era que, um dia, algo aconteceria. Era lógico que Daisuke tinha a intenção de aguardar o momento oportuno para agir, mas não formulara uma ideia concreta para tal. A única coisa que jurou fazer era contar tudo para Hiraoka, independentemente do que viesse a acontecer. No entanto, o destino reservava-lhes algo negro e terrível. Uma das preocupações de Daisuke era o que fazer para salvar Michiyo dessa tempestade medonha que se aproximava.

Por último, Daisuke não sabia o que pensar a respeito da sociedade que, enquanto existirem seres humanos, giraria à sua volta. De fato, a sociedade possuía a autoridade da punição. No entanto, Daisuke acreditava que a única autoridade capaz de motivá-lo a agir era aquela que seu próprio dom natural faria surgir espontaneamente. Nesse ponto, ele estava disposto a trilhar seu caminho ciente de que não havia espaço para negociação entre ele e a sociedade.

Após analisar sob seu ponto de vista as relações existentes entre os elementos levantados, posicionando-se no centro de seu pequenino mundo, disse para si próprio: "É isso!" E saiu de casa outra vez. Caminhou por cerca de dois quarteirões e, no local em que costumava contratar riquixás, escolheu um bem bonito e que parecia ser rápido. Entrou no riquixá. Como não tinha nenhum local específico para ir, indicou um local aleatório e, após rodar cerca de duas horas, voltou para casa.

No dia seguinte, em seu gabinete, examinou, como na véspera, a situação sob vários ângulos, posicionando-se no centro de seu mundo. Após analisá-la, murmurou: "Ótimo!" Em seguida, saiu e só voltou para casa após perambular sem destino, à mercê de seus pés.

No terceiro dia, repetiu a mesma cena. Dessa vez, porém, saiu de casa em direção à ponte Edogawa e logo estava na casa de Michiyo. Ela o recebeu como se nada tivesse acontecido entre eles:

— Por que você não apareceu mais?

Daisuke ficou surpreso com o jeito tranquilo de Michiyo. Como que de propósito, ela lhe ofereceu a almofada que estava atrás da mesa de Hiraoka e, insistindo para ele se sentar, disse:

— Por que você está tão inquieto?

A mente de Daisuke foi se acalmando durante essa uma hora de conversa. Ele, então, concluiu que teria sido bem melhor ter vindo falar com Michiyo, nem que fosse por meia hora, do que ficar por aí andando de riquixá. Ao se despedir, Daisuke disse, como que para confortá-la:

— Eu volto. Não se preocupe, vai dar tudo certo.

Michiyo apenas esboçou um sorriso.

No final da tarde, Daisuke, enfim, recebeu notícias de seu pai. Era justamente a hora em que a velha senhora lhe servia o jantar. Daisuke colocou a tigela de arroz sobre a mesa e leu a carta que Kadono lhe entregou. A mensagem era para que ele viesse "amanhã de manhã, a tal hora".

— Parece um aviso de repartição pública, não acha? — comentou Daisuke, entregando o cartão para que Kadono desse uma olhada.

— É lá da casa de Aoyama? — perguntou Kadono e, não tendo nada a comentar, mesmo olhando com atenção, virou o cartão; em seguida, elogiou: — As pessoas de antigamente têm mesmo letra bonita! — e se retirou da sala de refeições.

Havia pouco, a velha senhora conversava com Daisuke sobre o calendário que se dividia em irmão mais velho, que representava a água, e em irmão mais novo, que representava o ouro; e tinha o dia da colheita, o dia de mau agouro para competições e funerais, o dia para cortar as unhas, o dia propício para construção... Tudo muito minucioso e complicado. Daisuke, como sempre, ouvia essa conversa sem dar muita atenção. A velha senhora pediu de novo para ele arranjar um emprego para Kadono, mesmo que fosse um que pagasse quinze ienes. Daisuke estava tão desatento que já não lembrava mais o que respondera. Só se lembrava de uma única coisa: no íntimo, era ele que estava numa situação perigosa; portanto, não tinha que se preocupar com Kadono.

Mal terminou de jantar, Terao veio de Hondo. Daisuke olhou para Kadono e ficou um tempo pensativo. Vendo-o assim, Kadono perguntou com naturalidade:

— Quer que eu diga que não pode atendê-lo?

De uns tempos para cá, Daisuke faltou a certa reunião por duas vezes, o que era raro acontecer. E, por duas vezes, pensou se não seria o caso de se recusar a receber a visita.

Enfim, Daisuke resolveu enfrentar a situação e receber Terao. Este, como sempre, estava com os olhos inchados e vermelhos e parecia olhar ao redor como que procurando alguma coisa. Ao vê-lo se comportar desse jeito, Daisuke não teve a costumeira vontade de ficar zombando dele. Daisuke reconhecia que Terao era muito mais filho da sociedade do que ele, pois o amigo estava disposto a fazer qualquer coisa enquanto estivesse vivo: seja tradução, seja adaptação de obras literárias. Só de cogitar até que ponto ele seria capaz de aguentar esses tipos de trabalho, caso lhe caísse a desgraça que o deixaria na mesma situação que Terao, sentia pena de si próprio. E por já estar conformado de que, num futuro próximo, ele certamente estaria numa situação até muito pior do que a do amigo, não podia recebê-lo com desprezo.

Terao contou que conseguiu a duras penas entregar a tradução no final do mês, mas a editora veio dizendo que a situação não estava boa e que a publicação seria protelada para o próximo outono. Como esse trabalho não seria revertido logo em dinheiro, ele ficou em apuros e por isso veio procurar Daisuke. Quando Daisuke perguntou se ele aceitara o trabalho sem ter assinado contrato com a editora, descobriu que a história não era bem essa. A editora, pelo visto, não havia quebrado o contrato, o que significava que a história estava mal contada. A única certeza era que o amigo estava em apuros. E, como devia já estar acostumado a enfrentar esses tipos de adversidades, Terao não parecia nutrir ressentimentos morais para com ninguém em especial. Era só da boca para fora que ele reclamava "É um roubo!", "Um absurdo!", pois sua real preocupação centrava-se apenas em obter o arroz e a mistura para comer.

Daisuke ficou com pena dele e ofereceu um auxílio para as despesas imediatas. Terao agradeceu e foi embora. Um pouco antes de sair, confessou que tinha pedido um adiantamento para a editora e que esse dinheiro ele já gastara havia muito tempo. Após Terao ir embora, Daisuke não pôde deixar de reconhecer que seu amigo tinha certo tipo de caráter, e essa característica não é algo que se desenvolve quando se usufrui de uma vida confortável. E, ao cogitar que os círculos literários de hoje talvez estivessem passando por essa lamentável situação, justamente por admitir e julgar necessário existir e gerar esse tipo de pessoa, ficou absorto em pensamentos.

Nessa noite, a apreensão que sentia em relação ao seu futuro o deixou muitíssimo preocupado. Daisuke perguntou a si próprio se, a partir do momento em que seu pai deixasse de sustentá-lo, ele se tornaria um segundo Terao. Se ele passasse a escrever e não conseguisse ser como Terao, com certeza morreria de fome. Por outro lado, se não fizesse isso, o que então seria capaz de fazer?

Vez ou outra, Daisuke olhava para a lâmpada pendurada ao lado do mosquiteiro. Durante a madrugada, ele acendeu um cigarro com um fósforo. Virou-se na cama várias vezes. A noite nem estava tão quente, como era normal, para justificar tamanha dificuldade de dormir. De repente, começou a cair uma chuva torrencial. Daisuke achou que o barulho da chuva o ajudaria a dormir, mas o despertou de vez. E, enquanto estava nesse dorme não dorme, a noite foi cedendo lugar para o dia.

Daisuke saiu no horário combinado. Entrou de tamancos no bonde, carregando o guarda-chuva; porém, como uma das janelas estava fechada e muitas pessoas seguravam as alças de couro, logo sentiu náuseas e a cabeça pesada. Achou que esse mal-estar estava relacionado com o fato de ele não ter dormido bem na noite anterior e, esticando o braço com muita dificuldade, abriu a janela atrás de si. A chuva entrou sem cerimônia, molhando sua gola e seu chapéu. Uns dois ou três minutos depois, ao perceber que a pessoa ao seu lado estampava no rosto uma expressão de incômodo, fechou a janela. As gotas de chuva começaram a se chocar no vidro e, ao se aderirem na forma de gotículas, distorciam a imagem da rua. Daisuke inclinou o pescoço e olhou para fora, esfregando várias vezes os olhos. No entanto, por mais que os esfregasse, a imagem do mundo lá fora continuava a mesma. E mesmo olhando enviesado, focando um ponto distante, nada parecia se alterar.

Ao fazer baldeação em Benkeibashi, chovia bem menos e o bonde seguinte estava mais vazio. Agora sua cabeça podia observar tranquilamente o mundo molhado. Mas, em contrapartida, sua mente foi assolada por inúmeras versões da imagem do rosto contrariado de seu pai, e a tal ponto que escutava com clareza o ecoar de uma conversa imaginária.

Daisuke entrou pelo terraço e, antes de ir para os fundos da casa, resolveu falar com a cunhada.

— Que tempo desagradável! — exclamou a cunhada, enquanto lhe servia gentilmente uma xícara de chá. No entanto, Daisuke não estava com a mínima vontade de tomar chá.

— O pai deve estar me esperando. Acho melhor ir logo lá falar com ele — disse Daisuke, antes de se levantar.

A cunhada, demonstrando estar preocupada, disse:

— Dai-san, tente, na medida do possível, não deixar uma pessoa idosa preocupada, está bem? Seu pai não vai viver por muito tempo... — comentou ela.

Era a primeira vez que Daisuke escutava sua cunhada dizer palavras tão sombrias. E, de súbito, sentiu como se tivesse caído num poço.

O pai estava sentado, cabisbaixo e com uma cigarreira na frente dele. Mesmo tendo escutado os passos de Daisuke, não levantou a cabeça. Daisuke se aproximou do pai e o cumprimentou fazendo reverência. E seu pai, quebrando a expectativa de que lhe lançaria um olhar fulminante, disse de forma atenciosa:

— Obrigado por ter vindo nessa chuva.

Nesse momento, Daisuke percebeu o quanto o rosto de seu pai estava enrugado. Como antes ele tinha o rosto mais cheio, a diferença era gritante aos olhos de Daisuke, por isso, sem querer, perguntou:

— Aconteceu alguma coisa?

O pai esboçou ligeiramente uma expressão de afeto, mas não que estivesse levando a sério a pergunta de Daisuke. Depois de conversarem por um tempo, o pai comentou:

— Eu já estou muito velho...

O jeito de ele falar não lembrava em nada o pai de sempre; diante disso, Daisuke não podia mais ignorar o que sua cunhada dissera havia pouco.

O pai insinuou que, em breve, pretendia se aposentar do mundo dos negócios por estar velho e com a saúde debilitada. Porém, explicou com detalhes que atualmente seus negócios estavam passando por uma crise econômica, acarretada pela expansão comercial e industrial ocorrida após a Guerra Russo-Japonesa, e que, por isso, enquanto suas empresas estivessem passando por essa crise, teria de ter paciência e aguentar mais um pouco no comando para não ser criticado e taxado de irresponsável por se aposentar antes de a situação se estabilizar. Daisuke achou as palavras de seu pai muito pertinentes.

O pai explicou que as empresas em geral enfrentavam dificuldades, corriam riscos e que os administradores, sempre muito ocupados, viviam tensos e temerosos com a situação. Por fim, disse que, apesar da aparente simplicidade dos negócios mantidos pelos proprietários de grandes extensões de terras rurais, estes, na verdade, tinham um patrimônio muito mais sólido do que os dele. Com base nessas explicações, tentou novamente persuadir Daisuke a aceitar o casamento.

— Ter um parente desse tipo é muito conveniente e, na atual situação, bastante imprescindível, não acha? — disse o pai.

Daisuke não se surpreendeu com esse indecoroso pedido do pai, propondo-lhe que se casasse por conveniência, pois nunca o superestimou. Muito pelo contrário, até recebeu muito bem o fato de o pai finalmente tirar a costumeira máscara e revelar o que pensava. Isso porque Daisuke já previa que seu pai era capaz de propor esse tipo de casamento.

E ainda sentiu pelo pai uma compaixão até então nunca sentida. Seu rosto, sua voz, seu esforço em persuadir Daisuke; tudo nele comprovava o lastimável estado de sua velhice. E isso Daisuke não podia interpretar como uma manobra de seu pai. Tanto que, nessa hora, Daisuke queria lhe dizer: "Para mim tanto faz. Faça o que for melhor para o senhor."

No entanto, após o último encontro com Michiyo, Daisuke não podia mais se sujeitar a esse repentino impulso de afetividade filial só para satisfazer a vontade do pai. Daisuke sempre foi um homem neutro. E, se nunca aceitou cumprir ordens ao pé da letra, tampouco se rebelou contra a opinião alheia. Dependendo do ponto de vista, essa atitude poderia tanto ser interpretada como a de um homem astucioso quanto a de um indeciso por natureza. O próprio Daisuke, ao tomar conhecimento de que estava sendo criticado por essa atitude, no íntimo acatou a crítica. Porém, grande parte do motivo de ele agir assim não estava na astúcia nem na indecisão, mas principalmente por ter a vantagem de possuir dois olhos versáteis, capazes de olhar ao mesmo tempo para ambos os lados. Essa sua capacidade é que o desencorajava a ter a determinação de alcançar um objetivo específico. Normalmente, ficava petrificado diante de uma situação e não conseguia dar um passo sequer para frente ou para trás. E ele mesmo só se deu conta de que essa postura não era por falta de lucidez, mas embasada num raciocínio incontestável, quando se viu diante de uma situação em que precisou assumir uma atitude convicta. O caso de Michiyo era um bom exemplo disso.

Jamais lhe passou pela cabeça revelar a seu pai o que dissera a Michiyo. Ao mesmo tempo, sentia uma profunda pena de seu pai. Seria desnecessário dizer o que o Daisuke de até então faria nessa situação:

manteria o relacionamento com Michiyo e aceitaria o casamento para satisfazer o pai. Daisuke podia conciliar as partes. Seria muito cômodo para ele ficar em cima do muro e deixar a situação em banho-maria. No entanto, o Daisuke de hoje não era mais o mesmo. Já não podia mais apertar as mãos das pessoas ocultando sua metade inaceitável pela sociedade e expondo astutamente a outra metade. Sua responsabilidade para com Michiyo era séria e profunda. Convicção em parte racional e em parte motivada por um desejo do coração. Ambas as partes o dominavam como se o envolvessem numa onda gigante. E, como um homem renascido, ele se colocou diante de seu pai.

Daisuke evitava falar, mantinha o mesmo jeito de sempre. Portanto, para o pai, Daisuke era o mesmo de antigamente. Em compensação, Daisuke ficou surpreso ao ver como seu pai estava diferente. Na verdade, Daisuke presumia que o fato de seu pai ter protelado várias vezes o encontro, tentando evitá-lo, era por receio de que o filho fosse agir contra a sua vontade. Por isso, para o encontro de hoje, Daisuke estava resignado e preparado para vê-lo amuado. Inclusive, achava que o pai fosse repreendê-lo assim que o visse. E essa atitude seria mais cômoda para Daisuke. Uma terça parte dele pretendia usufruir psicologicamente da ira do pai para recusar o casamento como uma reação abrupta e emotiva à bronca. No entanto, ao observar a aparência do pai, o modo de ele lhe falar e de expor sua opinião, enfim, quando percebeu que tudo nele contrariava suas expectativas, Daisuke se decepcionou por ver seu plano ir por água abaixo. Mas ele estava decidido a superar até mesmo essa frustração.

— O senhor tem toda a razão no que diz. Mas, como não tenho coragem para assumir o casamento, não vejo outra alternativa a não ser recusar — disse Daisuke.

Nessa hora, o pai apenas o observava; um tempo depois, porém, indagou:

— E, para casar, precisa coragem? — e jogou o cachimbo no tatame.

Daisuke ficou em silêncio, olhando para os próprios joelhos.

— Você não gostou da moça? — perguntou o pai.

Daisuke continuou quieto.

Daisuke não revelava sequer um quarto de si para o pai. E era por isso que até então conseguira manter uma relação pacífica com ele. Entretanto, desde o início Daisuke não tinha a intenção de esconder a existência de Michiyo. Achou que seria covardia de sua parte usar algum tipo de estratégia apenas para evitar as consequências que, fatalmente, cairiam sobre ele. E, se o nome de Michiyo não lhe saiu da boca, foi por ter julgado o momento inoportuno.

Por fim, seu pai disse:

— Se é assim, então, faça o que bem entender... — e franziu a testa em nítido descontentamento.

Daisuke também se sentiu contrariado. No entanto, como não havia mais o que fazer, reverenciou o pai e se retirou da sala. Nesse ínterim, seu pai o chamou e disse:

— E eu não vou mais sustentar você.

Quando Daisuke voltou para a sala de visitas, Umeko, que o aguardava ansiosamente, logo perguntou:

— Como foi?

Daisuke não soube o que responder.

16

No dia seguinte, as últimas palavras do pai ainda ecoavam no ouvido de Daisuke. Diante das circunstâncias, ele se via forçado a considerar seriamente o peso dessas palavras. Para começar, precisava se conformar com a ideia de que não contaria mais com o auxílio material do pai. O que Daisuke mais temia estava para acontecer. Se quisesse agradar o pai, a despeito de recusar este casamento, Daisuke não poderia continuar a rejeitar todos os casamentos. E, mesmo que ousasse recusar todos eles, precisaria se imbuir de argumentos muito convincentes para persuadir o pai a aceitar sua recusa. Para Daisuke, ambas as possibilidades eram impraticáveis, ainda que enganar o pai ia contra os princípios de sua filosofia de vida. Ao relembrar a conversa que tivera ontem com o pai, concluiu que tudo havia acontecido conforme o esperado. Mas isso o deixou temeroso. Ele se sentia como que na beira de um enorme precipício, com o destino, que ele próprio desencadeou, a lhe pesar como um fardo em suas costas.

A primeira providência seria procurar um emprego. No entanto, em sua mente havia apenas a palavra "emprego", mas desprovida de um significado concreto. E como resultado de até hoje nenhum tipo de trabalho ter despertado seu interesse, mesmo que pensasse em algum, qualquer que fosse ele, seus pensamentos apenas deslizavam sobre a superfície, carentes da possibilidade de uma análise objetiva do que seria o seu conteúdo. Aos seus olhos, a sociedade era plana e de cores diversificadas, de maneira complexa. E nesse contexto ele se viu totalmente incolor.

Ao ler a lista de empregos, seus olhos pararam no item "andarilhos sem residência e sem profissão". Ele prontamente se reconheceu pertencer ao grupo dos mendigos que vagam na fronteira entre os homens e os cães. Diante da degradação da vida, o que mais o entristecia era perder a liberdade de espírito. Ao cogitar o quão miserável se tornaria seu coração após sua pessoa sofrer fisicamente todo tipo de privação e passar por situações desagradáveis, sentiu calafrios.

E era para essa degradação que ele teria de trazer Michiyo. Em termos espirituais, Michiyo não era propriedade de Hiraoka. E a intenção de Daisuke era assumir Michiyo e se responsabilizar por ela até o fim de sua vida. No entanto, somente agora é que se dava conta de quão pequena era a diferença entre a hipocrisia dos que ocupam uma posição hierarquicamente superior e a bondade dos que estão numa situação de extrema pobreza. Nesse sentido, o fato de ele assumir a responsabilidade por Michiyo até a morte significava que seu objetivo era assumir a moça, e não que fosse capaz de fazê-lo. Daisuke se sentiu atordoado e desorientado como quem sofre de catarata.

Daisuke foi de novo visitar Michiyo. E, como da vez anterior, ela estava calma e serena. Sorria, radiante de felicidade. O vento soprava delicadamente, roçando suas sobrancelhas. Daisuke percebeu o quanto ela confiava nele. Essa constatação despertou-lhe o sentimento de afeição e, ao mesmo tempo, o de compaixão. E, ao se julgar um malfeitor, sentiu remorsos. Mas lhe faltou coragem para dizer o que pensava.

— Veja se você consegue um tempo e vá lá em casa! — disse ele ao ir embora.

Michiyo assentiu balançando a cabeça e abriu um sorriso. A dor de Daisuke era tamanha que sentiu como se seu corpo tivesse sido mutilado.

Havia algum tempo que Daisuke, mesmo a contragosto, visitava Michiyo na ausência de Hiraoka. No começo, isso não o incomodava tanto, mas de uns tempos para cá, mais do que a inconveniência, pesava-lhe o fato de se sentir constrangido em visitá-la. E ainda havia o risco de a empregada desconfiar de suas constantes visitas, sempre na ausência de Hiraoka. Talvez por pensar assim, Daisuke cismou que a empregada o olhava meio desconfiada quando vinha lhe servir o chá. Em contrapartida, Michiyo parecia não se importar com nada, parecia estar alheia a tudo.

Nessa situação, logicamente, não havia oportunidade de Daisuke perguntar detalhes sobre o relacionamento dela com Hiraoka. Às vezes, sondava uma coisa ou outra, mas Michiyo ignorava. O que ela costumava fazer era olhar para Daisuke e se entregar à felicidade de o estar vendo naquele momento. Se ela ocultava algum medo, era impossível saber, mas não demonstrava estar nem um pouco preocupada com as nuvens negras que pairavam sobre eles e que, a qualquer momento, poderiam engoli-los. Michiyo sempre foi uma mulher nervosa. E o fato de ela ultimamente não agir como de costume, mais do que uma prova cabal de que a situação não estava crítica, reforçava ainda mais a conscientização de sua responsabilidade para com ela.

— Por favor, vá lá em casa. Tenho outro assunto para tratar com você — disse Daisuke, num tom um pouco mais sério do que da vez anterior, e se despediu de Michiyo.

Durante os dois dias que antecederam a visita de Michiyo, Daisuke não conseguiu pensar em outra alternativa. Em sua mente a palavra "emprego" estava incrustada em letras garrafais. Quando conseguia se desvencilhar dela, passava a se preocupar com a questão do corte do auxílio material, que pipocava em sua mente como que em frenesi. E, se não era isso, era o futuro de Michiyo que o atormentava profundamente. Um redemoinho de incertezas invadiu-lhe a mente. E esses três itens começaram a girar como um pião; e, como consequência, tudo ao seu redor também passou a rodar. Ele se sentia como que num barco. E procurava manter a calma mesmo com sua mente a girar e o mundo rodopiando em seu entorno.

Daisuke não recebeu nenhuma notícia da casa de Aoyama, e já esperava por isso. Esforçava-se para conversar amenidades com Kadono. E, como este não tinha o que fazer e não sabia mais o que fazer com seu corpo nesse calor, deslanchou a falar, como Daisuke esperava. Mas o rapaz se cansou de tagarelar e propôs:

— Sensei, que tal uma partida de *shogi*[85]?

À tarde, regaram o jardim. Descalços, cada qual com um balde de madeira, andavam de um lado para outro espalhando água por todo

85. Jogo de tabuleiro semelhante ao xadrez no que tange ao objetivo do jogo, que é o de deixar o rei do adversário sem saída. Porém, não há rainha, mas o *kin* (ouro) e o *gin* (prata); e os jogadores podem usar as peças capturadas dos adversários como se fossem suas. [N.T.]

lado. Kadono quis molhar o pé de quiri do vizinho de cima a baixo e, ao segurar o fundo do balde e lançar a água para cima, acabou escorregando e caindo de bunda no chão. As flores da maravilha floresceram ao lado da cerca. As folhas das begônias, plantadas à sombra do tanque, haviam crescido de maneira exagerada. A estação das chuvas estava enfim terminando, e durante o dia nuvens altas cobriam o mundo. Nos dias de calor escaldante, o sol parecia queimar o céu e jogar todo o seu calor sobre a terra.

Ao anoitecer, Daisuke olhava o firmamento cheio de estrelas. De manhã, ficava no gabinete. As cigarras cantaram durante dois ou três dias. De vez em quando, ele ia ao banheiro molhar os cabelos para refrescar a cabeça. Numa dessas idas, Kadono entrou no banheiro e comentou:

— Esse calor está demais, não acha?

Daisuke permaneceu distraído durante uns dois dias. No terceiro dia de sol, também escaldante, ao observar o céu ensolarado e respirar uma lufada de ar quente, Daisuke sentiu um intenso medo. É que nesse exato instante passou por sua cabeça a ideia de que esse calor escaldante poderia modificar seu espírito para todo o sempre.

Michiyo cumpriu a promessa que fizera dias antes e, enfrentando um calor intenso, veio à sua casa. Assim que Daisuke escutou uma voz de mulher, rapidamente se dirigiu ao terraço a fim de recebê-la. Ela estava em pé do lado de fora do gradil, com a sombrinha fechada e segurando um *furoshiki*[86]. Michiyo parecia ter saído de casa sem mudar de roupa e, quando ele a viu, ela estava tirando um lenço da manga de seu *yukata* simples, em fundo branco. Ao vê-la assim, Daisuke teve a impressão de que o destino cruelmente a arrancara do futuro para trazê-la diante de seus olhos. E, tentando ignorar tal pensamento, recebeu-a com um sorriso:

— Parece que você está fugindo de casa! — disse em tom de brincadeira.

— É que eu precisava aproveitar o dia das compras para passar aqui — argumentou, calmamente, num tom sério e depois o seguiu até os fundos da casa.

86. Pano quadrado usado para embrulhar diversas coisas e que serve como bolsa. [N.T.]

Daisuke lhe trouxe um abanador. As maçãs do rosto de Michiyo estavam levemente rosadas por ela ter se exposto ao sol. A costumeira aparência cansada inexistia. Seus olhos tinham um brilho jovial. Durante um tempo, Daisuke permitiu-se contemplar essa beleza vívida e se esqueceu de tudo. Contudo, esse encantamento se transformou em tristeza no instante em que pensou que seria responsável por destruir sorrateiramente essa beleza, pois ele a chamara outra vez, em parte, para lhe ofuscar uma porção dessa felicidade.

Daisuke hesitou várias vezes em se abrir com ela. Ele considerava bastante antiético de sua parte provocar nessa jovem mulher, sentada tão feliz à sua frente, algum tipo de preocupação que a fizesse mover um único fio de sobrancelha. Se seu senso de responsabilidade para com Michiyo não estivesse tão latente em seu coração, no lugar de lhe dizer como seria a situação deles dali para frente, ele simplesmente repetiria a confissão que fizera outro dia nessa mesma sala e, com os dois envoltos numa ingênua e deleitável sensação de amor, ignoraria todo o resto.

Daisuke, enfim, tomou coragem e disse:

— Após nossa conversa, alguma coisa mudou entre você e Hiraoka?

Apesar da pergunta, Michiyo continuou com uma expressão de felicidade no rosto.

— Mesmo que tivesse, isso não importa.

— Você confia tanto assim em mim?

— Se eu não confiasse em você, não estaria assim.

Daisuke olhou para o distante céu como que mirando num espelho a lhe ofuscar a vista.

— Eu não me acho merecedor de tamanha confiança — disse Daisuke com um sorriso sem graça, mas sua cabeça ardia quente como um forno. No entanto, Michiyo parecia ter ignorado tal comentário, pois, em vez de perguntar por que ele dissera isso, apenas se limitou a dizer, tentando fingir preocupação:

— Acha mesmo?

— Confesso que — disse ele, seriamente, como que para introduzir a conversa —, na verdade, sou um homem menos confiável do que Hiraoka. Não quero que você se iluda e por isso vou lhe contar tudo.

Após detalhar como estava seu relacionamento com o pai, Daisuke disse, hesitante:

— Eu não sei o que vai acontecer daqui para frente. A princípio, não tenho condições de me sustentar sozinho. Aliás, não tenho sequer condições de sustentar metade de mim. Sendo assim...

— Sendo assim, o que você pretende fazer?

— Bem, preocupa-me o fato de eu não poder cumprir minha responsabilidade para com você do jeito que acho que deveria cumprir.

— Você diz responsabilidade. Que tipo de responsabilidade seria? Explique direito para que eu possa entender.

Até então, Daisuke considerava fundamental poder prover a amada com bens materiais e julgava que ela jamais ficaria satisfeita em viver com ele numa situação de pobreza. Por essa razão, ele achava que sua responsabilidade para com Michiyo seria lhe proporcionar riqueza e, a não ser isso, não tinha mais nenhuma ideia do que era responsabilidade.

— Não se trata de responsabilidade moral, mas de responsabilidade material.

— Eu não me importo com isso.

— Por mais que você diga que não se importa, com certeza é algo necessário. Independentemente de como for nossa relação de agora em diante, os recursos materiais solucionarão metade dos problemas que iremos enfrentar.

— Se será ou não solução, de que adianta você ficar preocupado com isso agora?

— É fácil falar, mas, na hora em que isso for necessário, virá com certeza o sofrimento.

Michiyo ficou levemente empalidecida.

— Pelo que você me contou sobre seu pai, essa situação já era prevista. Acho que você estava ciente disso desde o começo, não é?

Daisuke não conseguiu responder. E, segurando a cabeça, disse, como que para consigo mesmo:

— Acho que minha cabeça não está muito boa.

Os olhos de Michiyo se encheram de lágrimas.

— Se isso o preocupa tanto, não se preocupe comigo. Faça logo as pazes com seu pai e continue a viver como antes.

Daisuke segurou de repente os pulsos de Michiyo e, balançando-os, disse com firmeza:

— Se eu tivesse a intenção de voltar atrás, não teria motivos para ficar preocupado. Lamento envolvê-la nessa situação. Peço que me perdoe.

— Perdoar? — interrompeu Michiyo com a voz trêmula. — Não há o que perdoar, se tudo aconteceu por minha causa.

Michiyo começou a chorar copiosamente. Daisuke, como que para confortá-la, perguntou:

— Então você vai aguentar?

— Não vou precisar aguentar. Para mim, isso era mais que presumível.

— Haverá novas mudanças daqui para frente.

— Estou ciente disso. E, quaisquer que sejam, não me importa. Há algum tempo... Há algum tempo, eu, em último caso, estou preparada para morrer.

Daisuke sentiu um calafrio e perguntou:

— Você tem algum desejo que quer realizar daqui em diante?

— Não tenho nenhum desejo. Faço o que você achar melhor.

— Perambular ao sabor dos ventos...

— Por mim tudo bem. Se você pedir para que eu morra, eu morro.

Daisuke sentiu novamente um frio na espinha.

— E se continuarmos assim como está...

— Por mim podemos continuar assim.

— Pelo visto, Hiraoka ainda não desconfia de nada.

— Acho que está desconfiado. Mas não se preocupe, pois já tomei minha decisão. Estou preparada para ser morta a qualquer hora.

— Pare de ficar falando assim tão levianamente que vai morrer ou ser morta.

— Mas, mesmo deixando tudo como está, com a saúde que tenho, não vou viver muito.

Daisuke olhou, petrificado, para Michiyo. E ela, de súbito, num acesso de histeria, chorou copiosamente.

Pouco depois, ela se acalmou. Em seguida, recompôs-se e voltou a ser a mulher de sempre: serena, meiga, centrada e linda. Seu rosto, especialmente ao redor das sobrancelhas, parecia iluminado. Daisuke então perguntou:

— Eu gostaria de conversar com Hiraoka e deixar tudo em pratos limpos, você concorda?

— Você faria isso? — indagou Michiyo, como que surpresa.

— É o que pretendo fazer — respondeu com firmeza Daisuke.

— Então, faça o que achar melhor — disse ela.

— Está bem. Não é correto enganar Hiraoka. É claro que vou explicar para ele o que está acontecendo de modo que possa compreender. Pretendo assumir minha culpa e lhe pedir perdão. Minha conversa com ele pode não ter o desfecho que você e eu desejamos; porém, por mais que o resultado não seja o esperado, procurarei evitar que ocorra algo imprudente. Deixar as coisas pela metade só nos causará sofrimento, além do que não estaríamos agindo corretamente com Hiraoka. Porém, o que me preocupa é que, se eu fizer isso, você com certeza ficará desmoralizada perante Hiraoka. Sinto-me culpado de fazê-la sofrer; mas, se a questão é não ter moral, eu também seria considerado imoral. O que fiz pode ser considerado imoral, mas se moralmente o correto é agir com responsabilidade, mesmo não tirando nenhuma vantagem disso, o melhor a fazer é contar para Hiraoka tudo que está acontecendo entre nós. Na situação em que estamos, a confissão seria uma providência mais do que necessária para solucionarmos as coisas e seguirmos em frente.

— Entendi. Mas saiba que se isso não der certo estou preparada para morrer.

— Você diz morrer... Está bem, digamos que a solução seja morrer, mas nunca se sabe quanto tempo teremos pela frente, e se existisse mesmo tal perigo, você acha que eu falaria com Hiraoka?

Michiyo voltou a chorar.

— Eu também vou pedir desculpas para ele — disse Michiyo.

Daisuke aguardou o sol se pôr para levar Michiyo. Dessa vez, não a acompanhou até a casa dela, como fizera anteriormente. Ele ficou durante cerca de uma hora no gabinete escutando o canto das cigarras. Sentia-se mais leve após ter dito a Michiyo o que estava por vir. Resolveu escrever uma carta a Hiraoka para marcar um encontro. De repente, porém, o peso da responsabilidade o angustiou e, após escrever a palavra "prezado", perdeu a coragem de continuar a carta. Foi de camisa e descalço para o jardim. Após Michiyo ter ido embora, Kadono, que acabara de tirar uma soneca, apareceu na varanda, alheio a tudo, com as mãos na nuca de sua cabeça careca:

— Ainda não está muito cedo? O dia está claro, não? — comentou.

Sem dizer nada, Daisuke foi até o canto do jardim varrer as folhas de bambu. Kadono tirou a parte de cima do quimono e o acompanhou.

O jardim era pequeno, mas, como a terra estava muita seca, dava muito trabalho regá-lo a contento. Daisuke reclamou que os braços estavam doendo e, ao largar a tarefa pela metade, limpou os pés e foi para a varanda descansar e fumar um cigarro. Kadono, ao vê-lo desse jeito, caçoou:

— Sensei, será que as batidas de seu coração não estão um pouquinho alteradas?

À noite, Daisuke foi com Kadono para a festa que se realizava no templo da ladeira de Kagurazaka; chegando lá, comprou três vasos de flores típicas do outono. Ao retornarem, dispôs os vasos fora da cobertura do beiral do telhado para se umedecerem com as gotas de orvalho. A noite estava escura; e o céu, distante. As estrelas estavam nítidas e reluzentes.

Nessa noite, Daisuke dormiu deixando de propósito as portas corrediças abertas. Em nenhum momento lhe passou pela cabeça que isso era uma imprudência. Apagou a luz e, protegido pelo mosquiteiro, contemplou deitado o céu escuro através da porta de seu quarto. Em sua mente, eram vívidas as lembranças do que se passara à tarde. Ao pensar que dentro de dois ou três dias as coisas estariam resolvidas, sentiu seu coração palpitar de emoção. No entanto, não percebeu que estava sendo sugado pelo imenso céu, em um sonho grandioso.

Na manhã seguinte, muniu-se de coragem e escreveu uma carta para Hiraoka. Fez questão de colocá-la num envelope. A carta dizia apenas que ele precisava falar a sós com Hiraoka e perguntava quando poderiam se encontrar; informava também que o encontro poderia ser em qualquer dia. Ao passar a cola no envelope, lacrá-lo e colar um selo vermelho, sentiu como se tivesse, finalmente, em mãos uma apólice oficial da crise. Instruiu Kadono para colocar essa carta do destino na caixa do correio. Ao entregar o envelope, sentiu um leve tremor nas pontas dos dedos; porém, assim que Kadono a pegou, Daisuke ficou sem ação. Ao recordar que, três anos atrás, ele próprio fora o mediador de Michiyo e Hiraoka, isso tudo parecia um sonho.

No dia seguinte, aguardou, ansioso, a resposta de Hiraoka. E no outro dia continuou sem sair de casa esperando a resposta. Passaram-se três, quatro dias e nada de Hiraoka dar notícias. Foi então que chegou o dia do mês que costumava buscar dinheiro em Aoyama. A carteira de Daisuke estava bem magra. Desde aquela última conversa com seu pai, ele sabia que não podia mais contar com o auxílio financeiro da família. Logicamente, ele não ia se atrever a aparecer por lá de mansinho. No fundo, isso não o preocupava tanto, pois poderia contornar a situação, por dois ou três meses, vendendo livros ou roupas. Além disso, seu bom senso dizia que poderia procurar um emprego com calma assim que resolvesse a questão com Hiraoka. Antes mesmo de passar por essa experiência, Daisuke começou a acreditar no dito popular que dizia que sempre se podia dar um jeito e que era difícil alguém morrer de fome.

No quinto dia, enfrentou o calor e foi de bonde até o trabalho de Hiraoka, onde lhe informaram que ele não vinha trabalhar havia uns dois ou três dias. Ao sair de lá, enquanto olhava para as janelas sujas do primeiro andar da redação, achou que deveria ter ligado antes para saber se Hiraoka estava na empresa. Daisuke desconfiou que a carta talvez não tivesse chegado às mãos do amigo, porque a enviara para o trabalho dele. Na volta, passou numa livraria que costumava frequentar em Kanda e, dizendo ter alguns livros que queria dispor, pediu para que alguém fosse até sua casa dar uma olhada.

Nessa noite, não teve ânimo de sequer regar o jardim e, perdido em pensamentos, ficou observando a figura de Kadono, que vestia uma camisa branca de malha.

— Sensei hoje está cansado? — perguntou Kadono, fazendo o balde tilintar.

Daisuke sequer conseguiu responder tamanha a angústia que sentia. Durante o jantar não sentiu o gosto dos alimentos. Praticamente engoliu a comida garganta abaixo e largou o *hashi* na mesa. Em seguida, chamou Kadono e pediu:

— Vá até a casa de Hiraoka e pergunte se ele recebeu a carta que lhe enviei outro dia. Se ele já leu, diga que estou aguardando a resposta e espere até que ele a dê — e, temendo que Kadono não entendesse, explicou que enviara a carta para a redação.

Após Kadono sair, Daisuke foi para a varanda e se sentou na poltrona. Quando o rapaz voltou, ele estava no escuro, com a luz apagada. Kadono se aproximou e, em plena escuridão, disse:

— Acabei de chegar. O senhor Hiraoka estava em casa e disse que leu a carta. E mandou avisar que amanhã de manhã virá aqui.

— Ótimo. Obrigado — disse Daisuke.

— Ele disse que queria ter vindo antes, mas, como está com uma pessoa doente em casa, não pôde vir e mandou lembranças ao senhor.

— Doente? — perguntou Daisuke, de impulso.

Ainda em meio à escuridão, Kadono respondeu:

— É. Parece que a esposa não está passando bem.

Os olhos de Daisuke focavam a silhueta indefinida de Kadono, que vestia um *yukata* branco. A luz noturna era insuficiente para iluminar os rostos dos dois. Daisuke segurou com firmeza os braços da poltrona de junco.

— Ela está passando muito mal? — perguntou, enfático, Daisuke.

— Não sei direito como ela está, mas parece que não é uma doença leve. Mas se o senhor Hiraoka disse que virá amanhã, é porque não deve ser tão grave, não é?

Daisuke ficou um pouco mais aliviado.

— Qual é a doença dela?

— Esqueci de perguntar.

A conversa entre os dois foi interrompida nesse ponto. Kadono atravessou o corredor e foi para o quarto. Um tempo depois, em meio ao silêncio, Daisuke escutou o barulho do globo de vidro sendo encaixado no candeeiro. Kadono acendera a lamparina.

Durante a noite, Daisuke ficou ainda mais quieto. E, mesmo quieto, seu coração palpitava e suas mãos transpiravam segurando os braços da poltrona. Daisuke bateu palmas para chamar Kadono. A silhueta indefinida de Kadono vestindo um *yukata* branco reapareceu no final do corredor.

— Ainda está no escuro? Quer que eu acenda a luz? — perguntou Kadono.

Daisuke não quis que ele acendesse a luz e perguntou de novo sobre a doença de Michiyo. Perguntou tudo que lhe veio à cabeça: se havia ou não enfermeira na casa, como é que estava Hiraoka e até se ele faltara ao trabalho por causa da doença da esposa. No entanto, as respostas de Kadono eram todas exatamente iguais às que ele havia dado ao chegar. Quando muito, não passavam de meras suposições. Mesmo assim, Daisuke se sentiu um pouco melhor do que quando sozinho e quieto.

Antes de dormir, Kadono lhe trouxe uma carta que estava dentro da caixa de correio noturna[87]. Daisuke recebeu a carta em meio à escuridão e não fez menção de querer abri-la.

— Parece que é da sua casa — avisou Kadono. E, procurando chamar-lhe a atenção, perguntou: — Quer que eu traga luz?

Daisuke finalmente deixou Kadono trazer a lamparina e, sob a luz, abriu o envelope. A carta, um pouco longa, era de Umeko.

Sei que há algum tempo você está aborrecido com esse assunto de lhe arranjarem esposa. De nossa parte, tanto seu pai quanto seu irmão e eu ficamos muito preocupados. No entanto, apesar de nossos esforços, naquele dia em que esteve aqui, você pôs tudo a perder dizendo a seu pai que se recusava a se casar. E, apesar de essa sua atitude nos desapontar muito, hoje já estou conformada. Soube um tempo depois que seu pai brigou com você e que o avisou que não o ajudaria mais

87. Em japonês, *yachutokan*. Nessa época era comum ter duas caixas de correio em frente a casa: uma para as entregas diurnas (que ocorriam várias vezes durante o dia) e, a outra, para as entregas noturnas. [N.T.]

daqui para frente. Como você não apareceu mais em casa depois daquele dia, achei que o motivo só poderia ser esse. No entanto, achei que você viria no dia em que costumava receber seu cheque mensal, mas como não veio fiquei preocupada. Seu pai me disse que era para deixar tudo como está. Seu irmão, tranquilo como sempre, acha que você vai aparecer quando estiver em apuros. E que, no caso de você aparecer, era para fazê-lo pedir desculpas ao pai. Se não aparecer, seu irmão irá procurá-lo e tentar fazer você mudar de ideia. Mas não se preocupe quanto à questão do casamento, pois nós três já estamos conformados, embora seu pai ainda esteja muito bravo. Na minha opinião, acho difícil que, tão cedo, o relacionamento de vocês volte a ser como antes. E diante dessa situação, acho que, para você, realmente é melhor não vir aqui. A única coisa que me preocupa é quanto ao dinheiro que você recebia mensalmente. Pelo que o conheço, sei que não vai conseguir tão logo arranjar dinheiro para seu sustento e sinto muitíssimo por você, pois sei o quanto isso, certamente, lhe trará problemas. Então resolvi por minha conta lhe enviar o valor mensal; porém, se você aceitar, saiba que terá de durar até o mês seguinte. Enquanto isso, o humor de seu pai irá melhorar. Vou pedir para que seu irmão também fale com ele. Eu também pretendo pedir desculpas a seu pai por você assim que houver um momento oportuno. Enquanto isso, acho melhor você evitar vir aqui...

A carta se estendia bem mais; porém, como fora escrita por uma mulher, a parte restante não passava de meras repetições e redundâncias. Daisuke tirou o cheque e, após ler de novo a carta com atenção, enrolou-a com cuidado e a guardou de volta no envelope, sentindo-se no íntimo muito grato a ela. No final da carta ela assinava "de Umeko", de modo bem trivial. A linguagem informal[88] do texto foi uma antiga recomendação de Daisuke.

88. Em japonês, *genbun itchi* (unificação da fala e da escrita). Movimento que começou no período Meiji (1868-1912) associado à frase "escrever como se fala" (*ari no mama ni utsushitoru*) e se tornou imperativo para promover debates sobre a língua nacional e a composição literária japonesa. [N.T.]

Ele olhou atentamente o envelope sob a luz. Sua vida pregressa estendia-se por mais um mês. E Daisuke, que cedo ou tarde precisaria começar uma vida nova, sentia-se grato à cunhada por sua gentileza, mas sabia que isso era um veneno para ele. E, já que estava decidido a conseguir um emprego que lhe desse o pão somente após colocar a situação em pratos limpos com Hiraoka, o presente de Umeko era, nesse exato momento, uma preciosa provisão.

Nessa noite, ele apagou a luz antes de entrar no mosquiteiro. Kadono apareceu para fechar as portas corrediças que davam para o jardim, e Daisuke não fez objeção, mantendo-as fechadas. Como eram de vidro, ele podia ver o céu. No entanto, viu que o céu estava mais escuro do que na noite anterior. Ao estranhar essa escuridão, foi até a varanda e, ao olhar além do beiral, viu que algo brilhante cruzava o céu. Daisuke levantou de novo o véu do mosquiteiro e entrou debaixo dele. Sem conseguir dormir, ficou agitando ruidosamente o abanico.

Ele não estava preocupado com a questão familiar. E, quanto ao emprego, resolveu deixar as coisas acontecerem. A única coisa que realmente o atormentava era a doença de Michiyo, suas causas e possíveis consequências. Depois imaginou várias cenas de como seria o encontro com Hiraoka, o que o deixou ainda mais agitado. A mensagem de Hiraoka era de que viria por volta das nove horas do dia seguinte, antes de o calor ficar muito intenso. Daisuke não era o tipo de homem que preparava com antecedência frases prontas para lidar com um assunto. Desde o início, sabia o que precisava dizer e o faria conforme o desenrolar da conversa; sendo assim, isso não era realmente motivo de preocupação, mas, na medida do possível, queria conduzir de forma pacífica o assunto, de modo que o outro pudesse entender suas razões. Por isso, para se livrar dessa excessiva excitação, desejou ardentemente repousar durante a noite. Fechou os olhos com a intenção de cair num sono profundo; para seu desespero, porém, sua mente estava tão desperta que a dificuldade de dormir era pior do que a da noite anterior. E a noite de verão foi se tingindo com a luz do amanhecer. Não podendo mais suportar essa agonia, Daisuke se levantou. Foi descalço para o jardim e pisou, até se cansar, o chão frio e úmido de orvalho. Depois, sentou na poltrona da varanda e, aguardando o sol nascer, acabou cochilando.

Quando Kadono apareceu para abrir a porta da varanda esfregando os olhos sonolentos, Daisuke despertou, assustado, do cochilo. A metade do mundo que se estendia à sua frente estava avermelhada.

— Acordou muito cedo hoje, hein! — disse Kadono, como que surpreso.

Daisuke foi ao banheiro se lavar. Durante a refeição matinal, tomou apenas uma xícara de chá preto. Pegou o jornal, mas não conseguia entender o que lia. Tudo que lia virava um emaranhado de letras e desaparecia de sua mente. A única coisa que lhe chamava a atenção eram os ponteiros do relógio. Faltavam ainda duas horas para Hiraoka chegar. Pensou no que faria durante esse tempo. Ele sabia que não conseguiria ficar parado, mas sabia também que, não importaria o que fizesse, não ia conseguir se concentrar. Se pudesse, seu desejo era dormir durante essas duas horas e só acordar quando Hiraoka estivesse na sua frente.

Por fim, procurou algo para fazer. O envelope de Umeko sobre a mesa lhe chamou a atenção. Foi então que teve a ideia de se sentar na escrivaninha e escrever à cunhada uma carta de agradecimento. Escreveu com esmero, colocou a carta num envelope e preencheu os dados do destinatário; porém, mesmo tendo feito tudo isso com capricho, ao olhar para o relógio viu que só tinham se passado quinze minutos. Ainda sentado, Daisuke voltou os olhos inquietos para o alto, como se procurasse mentalmente o que fazer. De repente, ele se levantou.

— Se Hiraoka chegar, diga para esperar que eu já volto — disse para Kadono e saiu.

A luz intensa bateu de frente no rosto de Daisuke. Enquanto caminhava, seus olhos e sobrancelhas mexiam sem parar. Passou pelo bairro de Ushigome, depois seguiu pelo bairro de Iidamachi, desceu a ladeira Kudanzaka e entrou no mesmo sebo onde passara no dia anterior.

— Ontem eu estive aqui e pedi para que fossem hoje lá em casa buscar alguns livros que não preciso mais. Mas, como tive um imprevisto, quero deixar isso para outro dia, está bem? — disse Daisuke, dispensando o serviço.

No caminho de volta, o sol estava tão quente que resolveu pegar um bonde que dava a volta pela ponte Iidabashi e cortava o bairro de Akeba até o templo Bishamon.

Em frente à sua casa, havia um riquixá estacionado. No terraço, viu um par de sapatos alinhados. Sem que Kadono precisasse avisá-lo, logo percebeu que Hiraoka já estava lá. Enxugou o suor, trocou de roupa e se dirigiu à sala de visitas.

— Oh! Foi às compras? — perguntou Hiraoka, assim que o viu entrar.

Hiraoka vestia roupas ocidentais e se abanava como se estivesse sendo cozido em banho-maria.

— Que calor! Obrigado por ter vindo. — Daisuke se viu forçado a cumprimentá-lo com uma frase convencional.

No começo, os dois ficaram conversando sobre o tempo. Daisuke queria perguntar logo sobre Michiyo, mas algo o constrangia. Um tempo depois, os cumprimentos terminaram. A praxe era Daisuke puxar o assunto, já que o convite partira dele:

— Ouvi dizer que Michiyo está doente.

— É. Foi por isso que eu pedi licença para faltar ao trabalho nesses últimos dois, três dias. E sem querer acabei me esquecendo de lhe responder.

— Isso não tem importância, mas e Michiyo? Ela está tão ruim assim?

Hiraoka não conseguiu ser objetivo na resposta, mas deu a entender que, apesar de a doença não ser leve, não era também tão grave a ponto de gerar preocupações.

Na manhã seguinte àquele dia quente em que ela veio à casa de Daisuke e disse que fizera compras em Kagurazaka, Michiyo ajudava Hiraoka a se arrumar para o trabalho quando, de repente, ainda com a gravata na mão, desmaiou. Hiraoka levou um susto e, sem terminar de se arrumar, tratou de socorrê-la. Após dez minutos, Michiyo disse que já estava bem e que ele podia ir trabalhar; ela chegou inclusive a sorrir. Segundo Hiraoka, ela continuou deitada, mas, como parecia estar melhor, ele foi para a redação e lhe disse para, caso seu estado se agravasse, chamar um médico ou telefonar para o serviço dele. Nesse dia, ele voltou tarde para casa. Michiyo deitou-se cedo porque não se sentia bem. Quando ele lhe perguntou como estava, ela não conseguiu responder com clareza. Na manhã seguinte, o rosto dela estava muitíssimo pálido. Hiraoka levou um susto e mandou chamar um médico. O médico examinou-lhe o coração e franziu as sobrancelhas. Explicou que o desmaio era devido a uma anemia e alertou que ela estava com uma forte depressão nervosa.

Depois de saber disso, Hiraoka resolveu faltar ao serviço. Ela lhe disse que já estava melhor e insistiu para que ele fosse trabalhar, mas Hiraoka não lhe deu ouvidos. Na noite do segundo dia em que ele cuidava dela, Michiyo começou a chorar e a dizer que precisava se desculpar; em seguida, pediu ao marido que fosse falar com Daisuke para saber as razões disso. Quando escutou esse pedido pela primeira vez, Hiraoka não levou a sério. Achou que era um delírio pelo fato de ela estar com a saúde debilitada e, para consolá-la, disse que sim, que falaria com Daisuke. No terceiro dia, ela lhe fez o mesmo pedido. E foi então que ele, finalmente, começou a levar a sério suas palavras e a admitir que havia algum sentido nesse pedido. Nesse ínterim, no final da tarde, Kadono veio até Koishikawa com o recado de Daisuke, que queria saber se Hiraoka recebera a carta e solicitava uma resposta.

— Existe alguma relação entre o que você quer me falar e o que Michiyo está dizendo? — perguntou Hiraoka, olhando, surpreso, para Daisuke.

As palavras de Hiraoka já estavam afetando profundamente os sentimentos de Daisuke, e quando, de repente, ele lhe fez essa pergunta, Daisuke sentiu um nó na garganta. A pergunta de Hiraoka atingiu o coração de Daisuke de modo imprevisto e ao mesmo tempo inocente, fazendo-o corar e desviar o olhar para baixo. No entanto, ao levantar o rosto já estava recomposto e agindo de maneira segura e serena, como de costume.

— O que a Michiyo-san diz, que precisa se desculpar, e o que tenho a lhe dizer certamente possuem uma grande relação. Digamos que se referem à mesma coisa. Eu preciso mesmo lhe contar. Sinto-me obrigado a ter de lhe contar tudo e, pela nossa amizade, peço que me deixe falar.

— O que é isso? Que formalidade é essa... — disse Hiraoka, esboçando pela primeira vez uma expressão séria no rosto.

— Na verdade, eu queria, na medida do possível, lhe contar as coisas sem rodeios, sem preliminares, pois estas sempre soam como um tipo de pretexto. Mas, como é um assunto importante e que, infelizmente, fere a conduta social, temo que se zangue sem ouvir toda a explicação e a situação fique ainda mais complicada. Por isso, peço que me escute até o final.

— De que se trata afinal? Que história é essa?

A curiosidade deixava o rosto de Hiraoka ainda mais sério.

— Em troca, depois de lhe contar tudo, prometo escutar calado tudo que você vai me dizer.

Hiraoka não disse nada. Apenas fitou Daisuke, do fundo de seus óculos, com seus grandes olhos. Lá fora, o sol brilhava resplandecente, refletindo seus raios na varanda, mas os dois ignoravam o calor.

Daisuke falava num tom baixo. Explicou em detalhes como o relacionamento entre ele e Michiyo foi se transformando depois de o casal ter voltado para Tóquio. Hiraoka escutou com os lábios cerrados cada frase, cada palavra. Daisuke levou cerca de uma hora para lhe contar tudo.

Durante a narração, Hiraoka fez umas quatro perguntas simples.

— Em resumo, é isso — disse Daisuke, para finalizar a explicação.

A resposta de Hiraoka foi limitar-se a fazer uma respiração profunda, o que deixou Daisuke muito triste.

— Você deve achar que eu o traí e que, por ser seu amigo, isso é imperdoável. Nesse sentido, nada tenho a dizer, apenas que sinto muito, muito mesmo.

— Então você está ciente de que errou, não é?

— É claro que sim.

— E, mesmo sabendo disso, você levou adiante essa situação? — perguntou Hiraoka, num tom ligeiramente excitado.

— É isso mesmo. E é por essa razão que pretendo aceitar, sem questionar, o castigo que você quiser nos impor. Contei-lhe apenas os fatos para que você decida o que fazer.

Hiraoka não respondeu. Um tempo depois, olhou de frente para Daisuke.

— Você acha que existe alguma maneira de resgatar a honra de um homem ferido?

Dessa vez, Daisuke é quem se calou.

— Para mim, tanto os castigos impostos pela lei quanto pela sociedade não valem nada — retomou Hiraoka.

— Então o que você está querendo saber é se existe alguma possibilidade de se resgatar a honra dos envolvidos?

— Sim.

— Um jeito de minimizar essa situação seria você conseguir mudar o sentimento da Michiyo-san, de modo que ela passe a amá-lo muito mais do que antes, e, ainda por cima, fazer com que ela me odeie a ponto de me considerar um monstro.

— Você seria capaz de fazer isso?

— Não — disse Daisuke, resoluto.

— Então quer dizer que, mesmo sabendo que agia errado, você continuou com esse seu plano até chegar às últimas consequências?

— Sei que é contraditório. No entanto, acho que essa contradição é inevitável, já que ela resulta da divergência entre o relacionamento do casal sancionado pela lei da sociedade e o verdadeiro relacionamento que o casal desenvolve naturalmente. Eu peço desculpas a você, que, pela lei, é o marido da Michiyo-san. Porém, não considero contraditório meu modo de agir.

— Então... — disse Hiraoka num tom ligeiramente mais alto. — Então você acha que meu relacionamento com Michiyo, como casal, não condiz com o que as regras sociais prescrevem como sendo satisfatório?

O olhar de Daisuke era de compaixão por ele partilhar o sofrimento de Hiraoka. O olhar de Hiraoka, até então severo, se desfez parcialmente.

— Hiraoka. Pelo ponto de vista da sociedade, esse é um assunto que envolve a honra de um homem. Por isso, para preservar seu direito, mesmo que não faça questão disso, no íntimo esse instinto se manifestará naturalmente; portanto, peço-lhe para voltarmos aos tempos de escola para que você escute, mais uma vez, o que tenho a dizer.

Hiraoka nada podia dizer. Daisuke também se conteve um pouco. E, depois de dar uma tragada no cigarro, tomou coragem:

— Você não amava Michiyo-san — disse calmamente.

— Mas é que...

— Sei que isso não é da minha conta, mas eu precisava lhe dizer, porque acho que a resposta a toda essa situação está exatamente nesse ponto.

— E você não tem nenhuma responsabilidade nisso?

— Eu amo Michiyo.

— E você acha que tem o direito de amar a esposa de outro?

— Não pude evitar. Publicamente, Michiyo lhe pertence. Mas ela é um ser humano e não um objeto; ninguém pode ser proprietário do sentimento alheio. Não se pode obrigar alguém a amar ou deixar de amar, isso só cabe à pessoa e a mais ninguém. O direito do marido não se estende ao sentimento. E é por isso que a obrigação do marido é fazer com que o amor da esposa não se transfira para outro, não acha?

— Está bem. Digamos que você esteja certo e eu, realmente, não ame Michiyo — disse Hiraoka, com os punhos cerrados, tentando se controlar.

Daisuke aguardou Hiraoka terminar de falar.

— Você lembra o que aconteceu três anos atrás? — continuou Hiraoka.

— Três anos atrás você se casou com Michiyo.

— Isso mesmo. E você se lembra dessa época?

De repente, a memória de Daisuke resgatou as lembranças daquela época. Lembranças até então escondidas na escuridão foram alumiadas por tochas.

— Foi você que começou a dizer que me ajudaria a ficar com Michiyo.

— E foi você que contou para mim que desejava se casar com ela.

— Sei muito bem disso. E sempre fui grato pela sua generosidade.

Dito isso, Hiraoka ficou um tempo reflexivo.

— Lembra-se da noite em que nós dois saímos de Ueno e fomos até Yanaka? Tinha acabado de chover, a estrada estava péssima. Passamos em frente ao museu e de lá fomos conversando até que, ao chegarmos naquela ponte, você chorou por mim.

Daisuke mantinha-se em silêncio.

— Nunca fiquei tão grato por ter um amigo como naquele dia. Naquela noite estava tão feliz que nem consegui dormir. Era uma noite de luar e fiquei acordado até a lua desaparecer.

— Naquela noite, eu também estava feliz — disse Daisuke, como se sonhasse.

Então, Hiraoka o interrompeu como que num golpe:

— Naquela noite, você foi capaz de chorar por mim. Foi capaz de jurar que me ajudaria a ficar com Michiyo. Se iria chegar a esse ponto, por que naquela época você simplesmente não me ignorou e me deixou em paz? Eu não me lembro de ter lhe feito algo tão ruim a ponto de você revidar com essa facada nas costas.

A voz de Hiraoka tremia. Gotas de suor se acumularam na face pálida de Daisuke. E, num tom de súplica, este disse:

— Hiraoka, eu já amava Michiyo muito antes de você.

Surpreso, Hiraoka observou o sofrimento estampado no rosto de Daisuke.

— O eu daquela época não era o eu de hoje. Quando você me contou aquela história, eu achava que um verdadeiro amigo seria capaz de sacrificar sua própria felicidade para que o desejo do outro se realizasse. Foi aí que errei. Se naquela época minha cabeça fosse mais madura, como é hoje, eu poderia ter resolvido de outra maneira, mas, infelizmente, eu era jovem e subestimei demais a natureza. Toda vez que me lembro daquela época, me arrependo profundamente. Não só por mim. Na verdade, eu lamento muito também por você. O que eu mais lamento ter feito com você não é essa situação de agora, mas a imprudência de ter agido de modo cavalheiresco naquela época. Por favor, me perdoe.

Como você vê, a própria natureza se incumbiu de me castigar e, por isso, aqui estou, prostrado perante você, pedindo seu perdão.

As lágrimas de Daisuke caíram em seu colo. As lentes de Hiraoka ficaram embaçadas.

— É o destino. Não há nada que se possa fazer — a voz de Hiraoka tinha um tom de lamentação. Nisso, os dois, finalmente, conseguiram se olhar. — Diga o que você acha que devemos fazer para resolver essa situação.

— Eu estou aqui diante de você para lhe pedir perdão. Não tenho o direito de dizer o que fazer. O certo é você dizer o que pensa — afirmou Daisuke.

— Não tenho nada a dizer — disse Hiraoka, com a cabeça apoiada numa das mãos.

— Então digo eu. Você me dá Michiyo-san? — perguntou com extrema determinação.

Hiraoka tirou a mão da cabeça e apoiou os cotovelos na mesa.

— Tudo bem. Eu lhe dou Michiyo — disse Hiraoka. E, antes de Daisuke ter tempo de responder, repetiu: — Eu lhe dou Michiyo. Mas não agora. Sua suposição pode estar certa. Acho que eu não a amava tanto como pensei. Mas nem por isso a odiava. Michiyo agora está doente. E dessa vez parece que é grave. Não quero lhe dar uma pessoa doente e acamada. E, já que só vou lhe entregar Michiyo quando ela melhorar, até lá, como marido, tenho a responsabilidade de cuidar dela.

— Eu já lhe pedi perdão. Michiyo também lhe pediu perdão. Você, com certeza, nos considera dois sem-vergonhas, e, por mais que peçamos perdão, sei que nunca nos perdoará... ainda que ela esteja doente e acamada.

— Isso eu já sei. Você deve estar pensando que estou tentando tirar vantagem com a doença dela e que, ainda por cima, vou maltratá-la. Você acha que eu faria isso!

Daisuke acreditou nas palavras de Hiraoka. E no íntimo lhe agradeceu.

— Depois do que aconteceu hoje — continuou Hiraoka — e diante do papel de marido que tenho perante a sociedade, não posso mais manter nossa amizade. A partir de hoje, vamos romper o nosso relacionamento, está bem?

— Não tenho escolha — disse Daisuke, pendendo a cabeça.

— A doença de Michiyo, como eu já lhe disse, não é tão leve. Pode ser que daqui para frente haja mudanças. Sei que você deve estar preocupado. Mas, uma vez que nossa relação está cortada, não tem outro jeito. Quero que você não vá mais à minha casa, eu estando ou não.

— Entendi — disse Daisuke, hesitante. Seu rosto estava ainda mais pálido. Hiraoka se levantou.

— Fique pelo menos mais cinco minutos — pediu Daisuke.

Sem dizer nada, Hiraoka se sentou de novo.

— Há algum perigo de a doença de Michiyo piorar? — perguntou Daisuke.

— Não sei.

— Por favor, me responda ao menos isso.

— Bem. Acho que você não devia se preocupar tanto...

Hiraoka respondeu com um ar sombrio, num tom desanimado. Daisuke sentiu que não podia confiar nele.

— Digamos que o pior aconteça... Nesse caso, você me deixaria encontrá-la nem que fosse uma única vez? Não vou lhe pedir mais nada. Essa é a única coisa que lhe peço. Você aceita pelo menos isso?

Hiraoka continuava com a boca fechada e custou a responder. Daisuke, como que para tentar controlar sua angústia, esfregou as palmas das mãos até ficarem ensebadas.

— Isso a gente vê quando chegar a hora, está bem? — a resposta de Hiraoka tinha um tom sério.

— Então... Posso mandar alguém ir perguntar o estado dela?

— Não. Nós não temos mais nada a ver um com o outro. Se daqui para frente eu tiver algum contato com você, será apenas no dia em que for lhe entregar Michiyo.

Daisuke deu um pulo na poltrona como que atingido por uma corrente elétrica.

— Ah! Entendi. Sua intenção é me mostrar apenas o cadáver de Michiyo. Isso é terrível. É cruel demais.

Daisuke deu a volta na mesa e se aproximou de Hiraoka; de repente, agarrou-o com a mão direita pela gola do paletó e, chacoalhando-o, disse:

— Isso é terrível! Terrível!

Ao perceber que os olhos de Daisuke continham um tresloucado brilho assustador, Hiraoka pôs-se em pé mesmo com os ombros sendo chacoalhados.

— Não é nada disso — disse Hiraoka, agarrando a mão de Daisuke.

Os dois, como que possuídos pelo demônio, se entreolharam com os rostos transtornados.

— Procure se acalmar — disse Hiraoka.

— Estou calmo — respondeu Daisuke. No entanto, essas palavras escaparam por entre um arfar de sofrimento e angústia.

Um tempo depois, teve uma reação inversa. Como um homem que usara toda a sua força, Daisuke sentou de novo na poltrona. As mãos seguravam seu rosto.

17

Por volta das dez da noite, Daisuke saiu, sorrateiro, de casa.

— Aonde vai a essa hora? — perguntou, surpreso, Kadono.

— Ah! Já volto — respondeu ambíguo, para desconversar, e se pôs a caminhar até a avenida Teramachi.

Como era tempo de calor, a noite se iniciava. Pessoas vestindo *yukata* passavam por ele. Para Daisuke, elas não eram mais do que coisas em movimento. As lojas ao longo da avenida estavam iluminadas. Para evitar as luzes que o ofuscavam, Daisuke virou numa rua secundária um pouco menos iluminada. Às margens do rio Edogawa, um vento escuro soprou ligeiro, balançando levemente as folhas negras das cerejeiras. Em pé sobre a ponte, duas pessoas olhavam o rio, apoiadas no parapeito. Ao caminhar pela ladeira Kongoji, não encontrou ninguém. Os altos muros de pedra da residência dos Iwasaki cercavam a ladeira estreita.

O bairro onde Hiraoka morava estava ainda mais quieto. A maioria das casas tinha a luz apagada. Ao ouvir o som das rodas de um riquixá vazio se aproximando, seu coração começou a palpitar. Daisuke se aproximou da cerca da casa de Hiraoka e ficou em pé, parado. E, rente à cerca, observou a casa, cujo interior estava escuro. Sobre o portão fechado, uma tênue luz de lamparina mal conseguia iluminar a placa com o sobrenome do morador. A sombra de uma lagartixa projetava-se em diagonal no vidro da lamparina.

Naquela manhã, Daisuke esteve por lá; e também à tarde, perambulou pelo bairro. Seu intuito era interceptar a empregada no momento em que ela saísse para fazer compras e perguntar como estava o estado de saúde de Michiyo. No entanto, a empregada não saiu de casa. Ele também sequer viu a sombra de Hiraoka. Ao pé do muro, tentou escutar alguma voz que viesse lá de dentro, mas isso também foi em vão. Pensou ainda em interceptar o médico e perguntar detalhes sobre o estado de Michiyo, mas nenhum riquixá trazendo um médico parou em frente ao portão da casa. Sua cabeça, exposta à forte insolação, parecia balançar como se estivesse em pleno mar. Ali em pé, parado, Daisuke achou que a qualquer momento poderia desmaiar e, no que começou a andar, parecia caminhar sobre um chão com gigantescas ondulações. Sentia um grande mal-estar, chegou em casa quase que rastejando. Dispensou o jantar e se deitou, permanecendo imóvel. O temeroso sol desse dia finalmente se pôs e, com a noite, o brilho das estrelas se tornava cada vez mais intenso. Envolto na escuridão e no frescor da noite, Daisuke enfim conseguiu voltar à vida. E, sob o orvalho a umedecer seus cabelos, foi de novo até a casa de Michiyo.

Daisuke passou em frente ao portão de Michiyo umas duas, três vezes. E, quando passava sob a luz do portão, interrompia os passos e aguçava os ouvidos. Permanecia assim de cinco a dez minutos, mas não conseguia perceber nada do que se passava na casa. Tudo era silêncio.

Toda vez que parava sob a luz do portão, via a lagartixa grudada no vidro, e o reflexo negro da sombra dela permanecia projetado em diagonal no vidro da lamparina.

Sempre que Daisuke reparava na lagartixa, tinha um mau pressentimento. O fato de ela não se mexer provocava nele uma estranha sensação de incômodo. Sua aguçada sensibilidade o induzia a temer superstições, abalando-o psicologicamente. Súbito, intuiu que Michiyo corria perigo. Que, nesse exato momento, ela estaria sofrendo. Que estaria morrendo. E que o desejo de reencontrá-lo mais uma vez é que a impedia de morrer, mantendo-a viva, respirando de forma fracionada. Daisuke cerrou os punhos e teve ímpetos de socar a porta para quebrá-la. Todavia, logo se deu conta de que ele não tinha nenhum direito de apontar o dedo para Hiraoka. E, ao sentir medo dessa sua inquietude, correu. Apenas seus passos ecoavam pela ruela silente. Enquanto corria, sentiu o medo se agigantar. Quando parou de correr, teve uma imensa falta de ar.

No caminho encontrou uma escadaria de pedra. Meio que em desespero, sentou-se rapidamente num dos degraus e pressionou as têmporas com as mãos, mantendo-se imóvel. Um tempo depois, ao abrir os olhos, viu um grande portal preto. Além da cerca viva, um pinheiro de tronco grosso estendia seus galhos por sobre o portal. Daisuke descansava em frente ao portal de um templo.

Ele se levantou. E, embora atordoado, voltou a caminhar. Pouco depois, lá estava ele mais uma vez na rua de Hiraoka e, como que num sonho, parou de novo em frente à casa. A lagartixa ainda continuava intacta, no mesmo lugar. Daisuke deixou escapar um longo suspiro e, em seguida, desceu a ladeira pelo lado sul do rio Koishikawa.

Nessa noite, sua cabeça parecia rodopiar num redemoinho vermelho e quente como o fogo. Daisuke tentou desesperadamente sair dele, mas sua cabeça não obedecia a seu comando; em chamas, ela rodopiava, como as folhas das árvores, ao sabor dos ventos em labaredas.

No dia seguinte, o sol escaldante se elevava e, lá fora, a intensa claridade em tudo reluzia. Daisuke resignou-se a aguentar o calor e, finalmente, lá pelas oito e pouco, levantou-se. Mal acordou, sentiu vertigem. Como de costume, foi se lavar e se enfurnou no gabinete.

Pouco depois, Kadono veio avisá-lo de que havia visita e, parado diante da porta, ficou assustado ao ver o estado dele. Daisuke sentia dificuldade até para responder. Sustentando o rosto com as mãos, levantou ligeiramente a cabeça em direção a Kadono. Enquanto isso, passos da visita ecoaram na varanda, e, sem se anunciar, o irmão de Daisuke entrou no gabinete.

— Oh! Sente-se — convidou, a muito custo, Daisuke.

Assim que se sentou, Seigo tirou o leque e começou a se abanar, dirigindo o vento para a gola do quimono de fina procedência. O calor a queimar-lhe a gordura parecia penalizá-lo, provocando-lhe uma respiração ofegante.

— Que calor! — disse Seigo.

— Lá em casa, estão todos bem? — perguntou Daisuke, que estava exausto.

Os dois conversaram amenidades, como sempre faziam. O tom de voz e o jeito de Daisuke não eram o habitual; apesar disso, o irmão nem se deu ao trabalho de perguntar o que havia acontecido. No meio da conversa, Seigo de repente disse:

— Bem. Hoje, na verdade, estou aqui para... — retirou uma carta guardada sob o quimono, na altura do peito — estou aqui para tirar algumas dúvidas.

E, virando o envelope com o lado do remetente voltado para Daisuke, Seigo perguntou:

— Você conhece esse homem?

Nele, de próprio punho, estava escrito o nome e o endereço de Hiraoka.

— Conheço — a resposta de Daisuke foi automática.

— Ele diz que estudou com você, é verdade?

— É.

— Você conhece a esposa dele?

— Conheço.

O irmão pegou de novo o leque e deu umas duas, três rápidas abanadas. Depois, curvou levemente o corpo para frente e perguntou num tom um pouco mais baixo do que o normal:

— Você tem um caso com a esposa dele?

Desde o início, Daisuke não tinha a intenção de esconder nada. No entanto, ao ser questionado dessa maneira curta e direta, não soube responder em uma única palavra todo o desenrolar desse complexo relacionamento.

O irmão retirou a carta do envelope e, após desenrolar cerca de doze a quinze centímetros, entregou-a para Daisuke dizendo:

— A questão é que esse tal de Hiraoka enviou essa carta endereçada ao pai. Você quer dar uma olhada?

Daisuke pegou a carta em silêncio e começou a ler. Enquanto isso, Seigo observava a fronte de Daisuke.

A carta estava escrita com letras pequenas. Conforme sua leitura avançava, linha por linha, a folha ia pendendo comprida da extremidade de seus dedos. Mesmo tendo lido cerca de sessenta centímetros, a carta parecia não ter fim. A visão de Daisuke começou a embaçar. E sua cabeça parecia pesar feito chumbo. Precisava se esforçar para ler a carta até o fim. Seu corpo, ressentido pela exposição a uma pressão indescritível, provocou-lhe suor nas axilas. Quando finalmente terminou de ler a carta, não tinha mais sequer coragem para enrolá-la de volta. A carta ficou estendida sobre a mesa.

— Isso que está escrito aí é verdade? — perguntou o irmão em voz baixa.

Daisuke apenas se limitou a responder:

— É verdade.

O irmão, como que chocado, parou de agitar o leque. Durante um tempo, nenhum dos dois abriu a boca. Súbito, o irmão quebrou o silêncio:

— O que o levou a fazer uma besteira dessas? — perguntou em tom de indignação.

Daisuke se manteve de boca fechada.

— Você sabe que pode se casar com qualquer mulher, é só querer, não sabe? — continuou o irmão.

Apesar desse comentário, Daisuke continuou em silêncio.

Na terceira vez, o irmão disse:

— Você nunca foi libertino. Se você foi capaz de fazer tamanha estupidez, de que valeu gastar tanto dinheiro com você?

A essa altura, Daisuke não tinha mais coragem de explicar seu ponto de vista ao irmão. Sem contar que, até pouco tempo atrás, Daisuke tinha a mesma opinião que ele.

— Sua cunhada está chorando... — disse Seigo.

— É mesmo? — exclamou Daisuke, como se estivesse num sonho.

— E o pai está zangado.

Daisuke nada respondeu. Olhava o irmão como se mirasse algo distante.

— Você sempre foi uma pessoa difícil de entender as coisas. Mas, mesmo assim, até hoje sempre estive ao seu lado, achando que, algum dia, viesse a entendê-las. No entanto, dessa vez você foi longe demais. Para mim basta, já vi que você é alguém que realmente nunca vai entender nada. No mundo, não existe nada mais perigoso do que uma pessoa incapaz de entender as coisas. Não se pode ficar tranquilo com uma pessoa sobre a qual não se sabe o que faz ou pensa. Isso tudo é um capricho seu e, para você, tanto faz como tanto fez; mas pense um pouco na posição que seu pai e eu temos na sociedade. Creio que você ao menos deve saber o quanto nossa família preza a honra, não é?

As palavras de seu irmão entraram-lhe por um ouvido e saíram pelo outro. A única coisa que sentiu foi uma dor perpassar por todo o seu corpo. No entanto, isso não o afetou a ponto de sentir algum peso na consciência pelo irmão. Pediu desculpas por tudo, de modo convincente. Desde o início, não tinha a intenção de fazer uma representação teatral para convencê-lo a ficar do seu lado. Daisuke estava convicto de que seguir o caminho escolhido era o mais certo para ele. Estava satisfeito. E a única pessoa que entenderia esse seu contentamento era Michiyo. Exceto Michiyo, todos os demais eram inimigos: o pai, o irmão, a sociedade e os seres humanos. O que todos desejavam era embrulhar os dois e jogá-los na fogueira para que queimassem até a morte. O desejo de Daisuke era abraçar Michiyo e, em silêncio, deixar que as labaredas os consumissem rapidamente. Ele não respondeu às perguntas do irmão. E, imóvel feito pedra, segurava a cabeça, que lhe pesava.

— Daisuke — disse Seigo —, hoje eu vim aqui a pedido do pai. Sei que há algum tempo você deixou de ir lá em casa. O normal seria o pai mandar chamá-lo para lhe perguntar sobre isso; mas, como hoje ele não queria ver sua cara, me pediu para vir aqui verificar se o que essa carta diz é ou não verdade. Eu vim aqui para escutar sua versão, caso tenha alguma. No entanto, caso não tenha o que explicar e o que esse Hiraoka diz seja verdade, o pai pediu para lhe dizer que não quer ver você nunca mais; que, de agora em diante, não irá mais se importar para onde vá nem com o que fizer; e que não vai mais considerá-lo como filho e, por isso, você também não deve mais considerá-lo como pai. Isso é óbvio. E, pelo que escutei de você agora há pouco, a carta de Hiraoka não diz nenhuma mentira. O pior é que você não parece estar nem um pouco arrependido e, pelo visto, não vai sequer pedir desculpas. Nesse caso, não tenho como remediar com o pai essa situação. A única coisa que me restou fazer foi transmitir o recado dele. Estamos entendidos? Você entendeu o recado do pai?

— Entendi muito bem — respondeu Daisuke, sem rodeios.

— Você é um idiota — gritou Seigo.

Daisuke manteve-se de cabeça baixa.

— Imbecil — xingou-o de novo o irmão. — Onde já se viu, você, que sempre foi respondão e nunca gostou de ficar quieto, justo agora resolve ficar mudo. E ainda por cima fica por aí na surdina se metendo em encrenca e denegrindo a honra do seu pai. Para que você recebeu educação até hoje?

Seigo pegou a carta sobre a mesa e a enrolou. No silêncio, somente o barulho do papel sendo enrolado podia ser ouvido. Depois, colocando-a no envelope, guardou-a sob o quimono, na altura do peito.

— Bem. Eu já vou — disse Seigo, agora num tom casual.

Ao se despedir, Daisuke curvou-se em sinal de reverência. E o irmão disse com desdém:

— E eu também não quero mais vê-lo — e se dirigiu ao terraço.

Após o irmão ir embora, Daisuke continuou imóvel por um bom tempo. Quando Kadono apareceu para recolher a bandeja de chá, Daisuke se levantou subitamente e disse:

— Kadono... Vou dar uma saída para procurar emprego — e, após colocar o boné de caça, saiu para a rua, já com o sol forte, sem levar a sombrinha.

Daisuke caminhou a passos rápidos enfrentando o calor. Os raios de sol incidiam diretamente sobre sua cabeça. A poeira seca cobria a parte descoberta dos pés como se a impregnasse de cinzas. Ele se sentia como se queimasse. "Estou queimando, estou queimando...", repetia para si próprio.

Em Iidabashi, pegou um bonde que logo partiu em linha reta. Dentro do veículo, Daisuke comentou de modo que a pessoa ao seu lado pudesse ouvir:

— Oh! Está se movendo. O mundo está se movendo...

A cabeça de Daisuke começou a girar com a velocidade da composição. E, conforme girava, sua cabeça parecia ficar cada vez mais quente, como se estivesse pegando fogo. Tanto que achou que sua cabeça seria consumida pelo fogo se ele continuasse no bonde durante metade do dia.

De súbito, as caixas vermelhas dos Correios lhe chamaram a atenção. Logo, essas caixas saltaram para dentro de sua mente e começaram a girar. A placa pendurada no alto de uma loja de guarda-chuvas tinha o desenho de quatro guarda-chuvas vermelhos. Esses guarda-chuvas vermelhos também saltaram para o interior de sua mente e começaram a girar e girar, como que em redemoinho. No cruzamento das ruas, uma pessoa vendia grandes balões vermelhos. Quando o bonde dobrou uma esquina, um dos balões o seguiu e pulou para dentro de sua cabeça. De repente, um carro vermelho dos Correios, carregado de pacotes, passou rente ao bonde, vindo da direção oposta, e também essa imagem foi sugada por sua mente. O *noren*[89] da tabacaria era vermelho. A faixa de liquidação também era vermelha. Os postes de eletricidade eram vermelhos. As placas pintadas de vermelho continuavam a surgir uma após outra. Por fim, o mundo todo se tingiu de vermelho. E, tendo a mente de Daisuke no centro, o mundo girava ao redor expelindo labaredas.

Daisuke decidiu permanecer no bonde até que o fogo consumisse toda a sua mente.

89. Cortinas curtas que pendem sobre a entrada das lojas tipicamente japonesas, indicando o tipo de estabelecimento ou o nome comercial. [N.T.]

ESTE LIVRO FOI COMPOSTO EM ITC GARAMOND CORPO 10.8/16 E IMPRESSO SOBRE PAPEL OFF-SET 90 g/m² NAS OFICINAS DA ASSAHI GRÁFICA, SÃO BERNARDO DO CAMPO – SP, EM SETEMBRO DE 2011